大正曼殊沙華
～未亡人は参謀将校の愛檻に囚われる

無憂

illustration 鈴ノ助

Ruhuna

目次

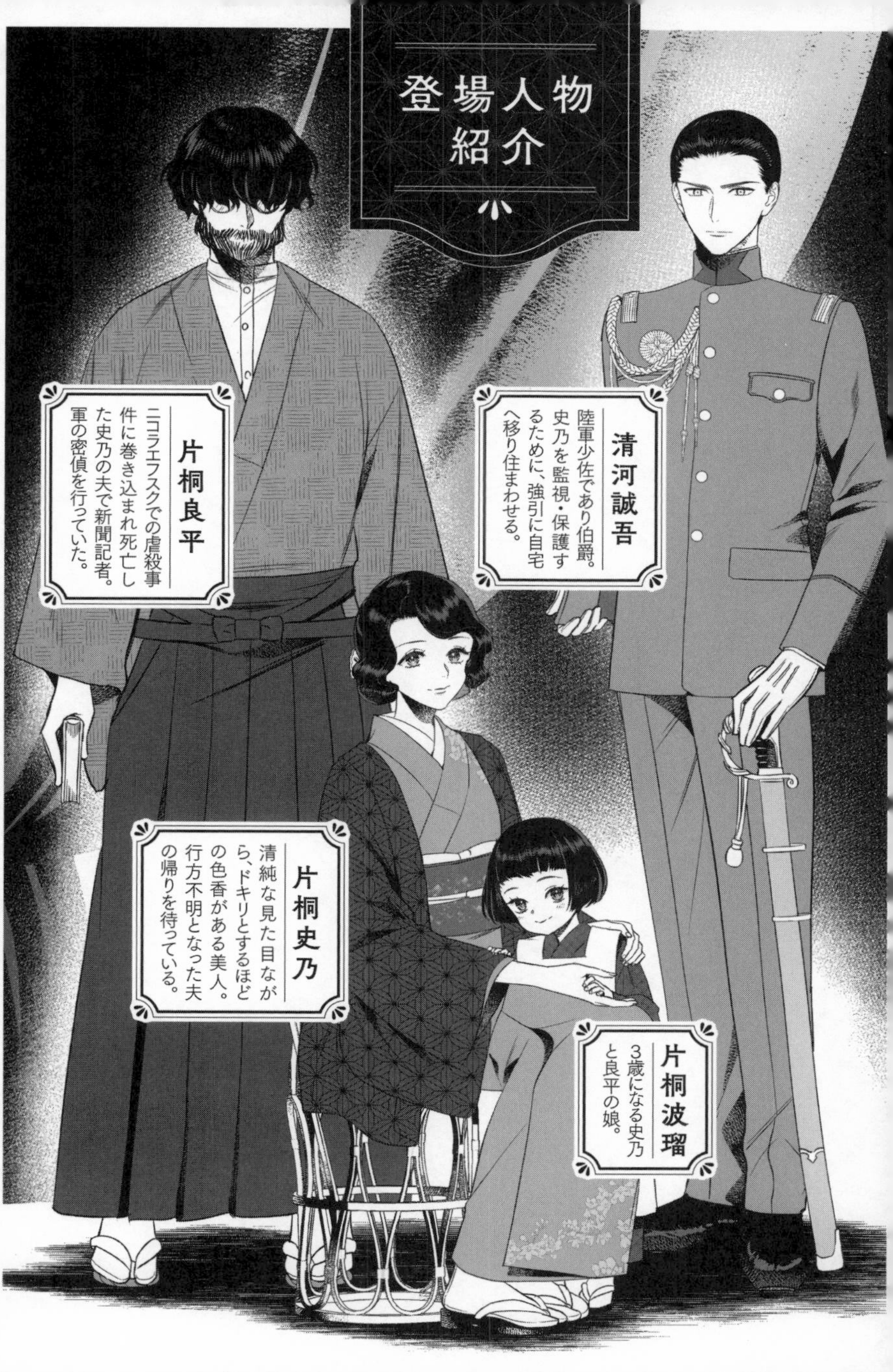
登場人物紹介
清河誠吾
陸軍少佐であり伯爵。史乃を監視・保護するために、強引に自宅へ移り住まわせる。
片桐良平
ニコラエフスクでの虐殺事件に巻き込まれ死亡した史乃の夫で新聞記者。軍の密偵を行っていた。
片桐史乃
清純な見た目ながら、ドキリとするほどの色香がある美人。行方不明となった夫の帰りを待っている。
片桐波瑠
3歳になる史乃と良平の娘。

大正曼殊沙華

～未亡人は参謀将校の愛檻に囚われる

プロローグ

貞女は、二夫に見《まみ》えず。

古来、日本では喪の色は白であった。女は白無垢《しろむく》を着て嫁ぎ、一人の夫に生涯の貞節を誓った。夫が死ねば白い喪服を纏《まと》いて再嫁せざるを示す。——明治政府は西欧に倣って黒い喪服を推奨したが、大正の御代《みよ》にはまだ、白い喪服も残存していた。

史乃《ふみの》もまた、母の形見の白無垢の喪服を着て、夫の葬儀に臨んだ。


その白い喪服に、カーキ色の軍服の袖が絡みつく。強引に唇を奪われて女は身を捩《よじ》り、逞《たくま》しい肩を押しやろうとするが、鍛え上げた頑強な身体《からだ》はびくともしない。男は女を軽々と抱き上げると、襖《ふすま》を開けて続き部屋に足を踏み入れ、すでに敷き延べられていた褥《しとね》の上に、女をそっと抱き下ろした。

「待って……！」

深い口づけからようやく解放され、女が微《かす》かに喘《あえ》ぐように言う。だが再び降りてきた男の唇が、女の懇願を封殺する。熱い舌が唇をこじ開け、咥内《こうない》を蹂躙《じゅうりん》する。息の熱さと軍服に染みついた煙草《たばこ》の匂いに包み込まれ、女は息も絶え絶えになる。

褥に押し倒そうとして背中の帯のお太鼓が邪魔と思ったのか、男は白手套《しゅとう》を嵌《は》めた両手で女の帯を解《ほど》きにかかる。脇に回して挟み込んだ帯締めの端を引き抜き、二重に結ばれた帯締めの固い結び目も解くと、胸元の帯の間に挟んだ白い帯上げを引き出してそれも解いた。その瞬間、背中のお太鼓がずるりと抜け落ち、硬い帯がシュルっと衣擦《きぬず》れの音を立てて、自ら弾けるように緩んだ。

「いけません、……待って……」

蛇のように巻き付いた長い帯を、男が乱暴に取《と》り除《の》けようとするその隙に、女は螺旋状《らせんじょう》に巻き付いた帯から抜け出そうとした。だが、男がそれを許すはずもなく、白足袋を履いた足首を掴《つか》んで、ぐいっと引き寄せられてしまう。

「あっ……だめっ、——さん！」

女が無意識に夫の名を呼び、それを耳にした男はさらに逆上した。カーキ色の軍服の両腕を褥の上に突き、女の上に圧《の》し掛かって、檻《おり》のように閉じ込めてしまう。

「逃がさない。史乃……」

真上から見下ろす端正な美貌。黒い瞳を欲望に滾《たぎ》らせ、赤い舌が無意識に薄い唇を舐《な》める。白い手套を嵌めた両手が白無垢の襟の合わせ目を掴んで力任せに寛《くつろ》げ、白無垢と長襦袢《ながじゅばん》を同時にはだける。細い肩がむき出しになり、真っ白な二つの乳房が男の面前にまろび出た。

「いやぁ！」

女が悲鳴を上げるが、男はその白い胸に顔を埋《うず》め柔肉に唇を這《は》わせる。男の唇が胸の先端を食《は》み、蕾《つぼみ》を舌で転がすように愛撫《あいぶ》する。白手袋の手が乳房を鷲掴《わしづか》みにして揉《も》みしだき、女は男の軍服の肩を押しやったり、右肩から胸に揺れる金の飾緒を引っ張ったりと、ささやかな抵抗を試みるが、ずるりと白無垢を背中側に引っ張られて上半身を裸に剥《む》かれ、細い手首を大きな手でそれぞれ握られて、抵抗を封じられる。

「お願い、やめて……わたしはまだ、あの人が……！　お願い！」

女は涙で潤んだ目で男を見上げ、首を振って懇願するが、男の双眸《そうぼう》は危険な光を湛《たた》え、ただ無言で両手首を大きな片手で掴むと、女の頭上に固定した。やめるつもりはない、そんな意思表明にも思えた。

男の手が腰紐《こしひも》を解き、着物の合わせ目を掴んで一気に裾をはだける。純白の着物の下から現れた鮮やかな緋色《ひいろ》の蹴だしも乱暴にまくり上げられ、露出した白い太ももを手套ごしに撫《な》でられて、膝に手がかかる。それだけはと、女が脚をばたつかせるが、大きな手が膝の裏を掴み、両脚を開かせる。まだ明るい部屋の中で、平らな下腹も薄い下生えも、何もかもが男の目の前にさらけ出され、女は羞恥に耐え切れず、顔を背ける。

「……もう許して……」

すっかり抵抗する気力を折られて、女がぐずぐずと泣き出した時。

せめて淡雪　とけぬ間と
神に願いを　ララ　かけましょか

若い女たちの歌声が不意に流れてきて、男はピタリと動きを止める。書院風の造りの円形に刳《く》り貫《ぬ》かれた窓の外、曼殊沙華《まんじゅしゃげ》が群生する庭を挟んだ生垣の向こうを、数人の女学生が下校途中、流行《はや》り歌を歌いながら歩いていく。一人の調子っぱずれな声に、少女たちの甲高い笑い声が混じる。

カチューシャかわいや　わかれのつらさ
せめてまた逢《あ》う　それまでは
同じ姿で　ララ　いてたもれ

再び歌い出す、明るく華やかなざわめき。その歌声を耳にして、二人は無言でお互い見つめ合った。歌声が通り過ぎる。女はもう一度、震える声で「やめて」と言うが、男は微かに首を振った。女の片足を軍服の肩に乗せさらに脚を開かせると、右手の白手套の人差し指の指先を噛《か》んで、ぐいっとひっぱって外した。口先に白手套を咥《くわ》えたまま、ぎらついた熱を含んだ視線で女のあられもない姿をじっと見下ろして、素手で女の白い内またを撫でていく。

「ああっ」

指先が秘所に至り、壊れ物に触れるかのようにそっと秘裂を割り、秘密の花びらを辿《たど》る。長い指が一本、つぶりと蜜口に差し入れられ、ゆっくりと抜き差しを始める。

「や……あ……ああっ……」

生理的な理由で中が潤い、水音が立ち始める。羞恥のあまり、女は両手で口元を押さえ、ギュッと両目を閉じる。男はぷっと咥えていた白手套を吐き捨て、黒い頭を女の脚の間に埋め、溢《あふ》れてきた蜜を唇で吸い上げた。

「ひっ……」

熱い舌が花芯を舐め上げ、蜜を舐め取る。強烈な快感に女が悲鳴を上げ、無意識に腰が揺れる。ぴちゃぴちゃと男は羞恥心を煽《あお》るようにわざと水音を響かせ、指を二本に増やして内部の敏感な場所を執拗《しつよう》に責める。否応《いやおう》なく快楽を注ぎ込まれて、女は身を捩り、首を振って耐えようとしたが、立ち上がった秘芽に軽く歯を立てられ、男の肩にかかる白足袋の爪先を丸めるようにして、全身を硬直させて達した。

「ああっ……あ――――っ」

ガクガクと身体を震わせる女の、溢れる蜜をずずっと音を立てて吸い上げると顔を上げ、手の甲で口元を拭い、指先の蜜を舐めた。

「挿れるぞ……」

男は軍袴《ぐんこ》の前を寛げ、下帯を寄せるようにして昂《たかぶ》りを取り出し、切っ先を濡《ぬ》れそぼった蜜口に宛《あて》がう。熱く硬いものの気配に、女がハッとして身を捩り、男の肩を掴んで最後の情けを乞う。

「お願い、それだけは許して……」

だが男はギラつく視線で女の顔を一瞥《いちべつ》すると、容赦なく奥まで貫いた。

「あぁっ……」

「くっ……」

隘路《あいろ》を強引に押し開かれ、女が白い喉を逸《そ》らす。結った黒髪は乱れ、額髪《ひたいがみ》が汗で張り付く。うなじにおくれ毛が散りかかり、白無垢は無惨に半ば剥《は》ぎ取られて、浮き出た鎖骨の下で白い胸が震えていた。男は快感に眉を歪《ゆが》め、グッと奥歯を噛みしめる。突き出た喉ぼとけがゴクリと大きく動いて、ゆっくりと抜き差しを開始する。軍服の肩から右肩を覆う金の飾緒が揺れ、右胸の天保銭と呼ばれる徽章《きしょう》が鈍く光る。

男は上体を倒し、片手で体重を支えながら女の細い頸筋《くびすじ》に顔を埋め、鎖骨に口づけると、残る片手で抜き差しのたびに揺れる白い胸を掴む。赤く色づいた先端をつまんで捻《ひね》り上げれば、女の内部がきゅっと締まり、我知らず男を締め付けてしまう。両手は無意識に男の肩に縋《すが》りつき、カーキの軍服を握り締めていた。

「あぁっ、だめっ……あぁっ……」

「史乃……なか、熱い……ずっと、こうしたかった……史乃……」

カーキ色の軍服の腰が打ち付けられ、しだいに激しさを増す。

窓から差し込む光が力を失い、女の身体に申し訳程度にまとわりついた白無垢を茜色《あかね》に染めていく。二人の息遣いと女の喘ぎ声、男が時折り漏らす呻《うめ》き声とが絡まり合い、肌と肌のぶつかる音が続いた。

いつ果てるとも知れぬ長い情交に、女が絶頂に白い身体を震わせるたびに、結っていた黒髪が乱れて褥の上に散らばり、細い脚が男のカーキ色の軍服を締め付ける。やがて日が翳《かげ》り薄闇が支配する頃、男は獣のような咆哮《ほうこう》を上げて女の中で果て、女も絹を引き裂くような悲鳴とともに達した。

部屋の中にはただ、二人の荒い息遣いだけ。夕暮れが忍び寄り、部屋の隅から漆黒の闇に溶けていった。

丸い窓の外、庭は一面の曼殊沙華の花で埋め尽くされていた。

女の情念のような真紅の花弁が、夕闇のなかで、すべてを焼きつくす焔《ほのお》のように浮かび上がって見えた。

第一章　死亡宣告

【一】

大正十年（一九二一年）八月。

三宅坂《みやけざか》の陸軍参謀本部は皇居桜田門《さくらだもん》にもほど近く、門前には銃を担いだ衛兵が歩哨《ほしょう》に立って、いかにも物々しかった。

炎天下の日差しに、足元の日傘の影はくっきりと濃い。史乃は棒縞《ぼうじま》の夏お召に更紗《さらさ》の帯を締め、三歳になる娘・波瑠《はる》の手を引いて門前に立ちすくんだ。門内に植えられた樹々からは蝉《せみ》の声がかしましく、はるかに見える赤煉瓦《あかれんが》の建物へと続く道には、陽炎《かげろう》が揺らめいている。

史乃は腹をくくり、人形のように微動だにしない衛兵にちょっと頭を下げてから、脇の門衛所に声をかけた。

「すみません――こちらの呼び出し状を受けて、参上したのでございますが」

門衛所にいたのは眼鏡《めがね》をかけ、額が半ば禿《は》げ上がった老兵で、史乃が差し出す軍からの呼び出し状を見て、内線電話をかけてくれた。

「やがて、迎えが来るとです」

西国の訛《なま》りが残る老人は、女の足元にまとわりつく赤い浴衣に白い前掛け姿の幼女に、眼鏡の奥の目を細める。門衛所で手持ち無沙汰に待つ間、史乃は白いレースの日傘で日差しと周囲の目線を避けつつ、西洋下げ巻に結った黒髪の、うなじにかかるおくれ毛を気にしていた。うりざね顔に、睫毛《まつげ》の長いやや垂れ気味の目、左の目じりによくよく見ないとわからない、小さな泣きぼくろが一つ。

カーキ色の軍服を着た男たちが何人も通り過ぎては、史乃母子に奇異の眼差《まなざ》しを向ける。若い兵士たちは、史乃のほっそりした白いうなじに頬《ほお》を染めるが、幼い波瑠は無邪気なものだ。

「へいたいさん、いっぱい！」

「そうね、波瑠も、いい子にする約束だったでしょ？　静かにね？」

そこへ、暑熱の中を奥の建物から早足でやってきたカーキ色の軍服に軍帽を被った若い軍人が、白手套を嵌めた手で史乃に敬礼した。

「片桐《かたぎり》夫人ですね。お待たせいたしました。こちらへどうぞ」

山本《やまもと》と名乗った彼の、階級は軍曹であった。史乃は慌てて日傘を閉じて頭を下げ、娘の手を引いて彼についていく。重厚な赤煉瓦造りの建物の中に足を踏み入れた瞬間、蝉の声が遠ざかると同時にスッと周囲の気温が下がり、ようやく炎熱を逃れて史乃は息をついた。両側に扉の並ぶ長く薄暗い廊下に、軍曹の軍靴の音がやけに響く。

カツーン、カツーン……

別の世界に迷い込んだような心地に、史乃は足がすくみそうになる。母の不安を感じ取った波瑠が、その脚に抱き着いた。

「かあたま、抱っこ！」

史乃は慌ててわが子の前にかがんで抱き上げ、山本軍曹の背中を必死に追いかける。何人もの軍服姿の男たちとすれ違うが、皆、節度を保ち、誰も史乃に話しかけたりはしなかった。相当の距離を歩いて、波瑠を抱く史乃の腕が痛くなってきた頃、前を行く山本軍曹が立ち止まり、とあるドアをノックした。

「山本であります。片桐夫人をお連れいたしました」

「入れ」

山本軍曹が白い手套をした手で黄銅色に光るノブを回し、こげ茶の扉を開ける。中庭に面しているとおぼしい、小さな細長い部屋で、窓際の執務机の前に座っていた人物が、椅子をぐるりと回して立ち上がった。窓からの光が遮られ、逆光で顔は見えない。

「どうぞ、座ってくれたまえ」

艶のある低い声に、史乃が反射的に頭を下げる。

「失礼いたします……波瑠、そちらにお座りしてね」

山本軍曹にも促され、史乃は部屋の中央に置かれたえんじ色の別珍地のソファに近づき、波瑠を抱き上げて座らせると、自分も隣に腰を下ろす。波瑠が足をぶらぶらさせているので、ソファを汚さないよう赤い鼻緒の下駄《げた》を脱がせた。そうして顔を上げると、部屋の主は窓から離れたせいで、姿がはっきりと見えた。

カーキ色の軍服を着た背の高い男で、右肩から右胸を覆うように参謀懸章と呼ばれる金モールの飾緒が垂れ、胸には銀の丸いバッジが光る。俗に天保銭《てんぽうせん》と呼ばれる、陸軍大学校の卒業記章。どちらも、末は将官が約束された超エリートの証《あかし》だ。

「参謀本部付の清河誠吾《きよかわせいご》少佐である。突然の呼び出し、驚いたと思う」

少佐はソファセットの方に歩み寄り、史乃にまとわりついている波瑠を見て、ハッと足を止める。鋭い視線でじっと波瑠を見つめる様子に、やはり子供を連れてくるのは非常識だったかと、史乃がどう言い訳しようかと思う。女中に預けて来るつもりが、今日に限って波瑠が母の袂《たもと》を頑として離さなかったのである。

「あ、あの……申し訳ありません、その……」

史乃が恐縮して頭を下げれば、波瑠はいっそう母にピッタリと抱き着き、その胸に顔を埋めて隠れるようにした。少佐はコホン、と咳《せき》ばらいを一つして、言った。

「あ、いや、問題ない」

母子の様子を食い入るように見つめながら、少佐は自らも対面の肘掛椅子に座った。

「山本！　……何か子供にやるような飴玉《あめだま》か、キャラメルのようなものは……」

「遺憾ながら、自分はその手の嗜好品《しこうひん》を持ち合わせておりません！」

「いえ、お構いなく！」

史乃が慌てて言い、巾着の中からセロファンに包んだ飴玉を出して娘に食べさせる。

「これでお行儀よくしていてね？」

「ん！」

対面の少佐が、地を這うような低音で問いかけた。

「……片桐良平《りょうへい》の細君、だな？」

「はい。……片桐史乃でございます。こちらは娘の波瑠と申します」

史乃が威圧感に怯《おび》えながらも答え、頭を下げる。だが、少佐はまだ波瑠から目を逸らさない。波瑠が不安げに母の袂を握りしめた。

「……子供は、いつ生まれた」

「大正七年の三月です。主人が大陸に発《た》ちまして、その後に妊娠に気づいたのです。手紙を送りましたが、すれ違いになって連絡がつかず……」

史乃の答えに、そうか、と口の中で呟《つぶや》いて、清河少佐は白手套を嵌めた大きな手で口元を覆った。

その仕草に史乃の心臓がドクンと跳ねる。困った時に夫の良平がする仕草に、よく似ていた。

対面の清河少佐は、襟足を短く刈り上げ、前髪は綺麗《きれい》に撫でつけて、形のよい額をさらしている。切れ長の目は涼やかで頬はややこけ、鍛えられた体躯《たいく》と無駄のない身のこなしには、いかにも軍人らしい清廉さが漂っていた。年の頃は三十くらい、頬骨の高い非常な美男子である。小太りで丸顔だった夫とはむしろ正反対で、似たところなど一つもないのに。

陸軍の、それも参謀本部に呼び出され、史乃は不安のあまり昨夜はろくに眠ることもできなかった。どうやら奇禍に遭ったのは夫の良平らしい。無意識に目の前の男に、夫の面影を探してしまったのか。少佐の凛々《りり》しい眉は痛まし気に顰《ひそ》められていて、最悪の想像が的中したと、史乃は悟った。

山本軍曹が白い布に包まれた四角い箱と、紫色の風呂敷包を卓上に並べた。紫色の包の中から現れたのは、割れた眼鏡と、菊のご紋の入った、汚れて歪んだ旅券。

「……！」

白布に包まれた四角い箱の、意味するところはあまりに明白であった。対面に座る少佐も子供の前で言いにくそうに、言葉を選びながら告げる。

「……この旅券は尼港《にこう》（ニコラエフスク）で発見された。旅券の持ち主とみられる男性の遺体は損傷が激しく、現地で荼毘《だび》に付し、他の遺品とともにいったん、浦塩《うらじお》（ウラジオストク）で保管していた」

少佐が白手套を嵌めた手で旅券を開き、片桐良平の名前と写真——写真は血痕とおぼしき茶色い染みに塗りつぶされ、判別できなかった——を示す。

尼港、という地名に、史乃の記憶が交錯する。だが、史乃の頭の中では、ドクンドクンと鼓動がやかましく鳴り響き、詳細を思い出すのを拒否するかのように、頭が働かなくなる。

尼港——昨年の春に世間を騒がせた、異国の港街。

雪と氷で閉ざされた極寒の地で起きた、凄惨な虐殺事件。地名と事件の記憶がようやく頭の中で結びつき、血の気が引いて手足の先が冷たくなる。ぐらりと倒れそうになった史乃に、隣の波瑠が

「かあたま？」
呼びかけた。

その声に、史乃はぐっと腹に力を入れ、気力で持ち直す。

幼い波瑠には、大人の話は理解できまい。きょとんとした顔で卓上に並ぶものと、母と、対面の士官とを見比べている。

ドクン、ドクン……

心臓の鼓動が早まるが、史乃は唾を飲み込んで大きく深呼吸した。

間近に感じる波瑠の体温が、史乃の意識を現実に留《とど》めてくれる。

――波瑠がいなければ、倒れていたかもしれない。

史乃はもう一度、大きく息を吸い込み、正面の少佐を見つめる。彼もまた、表情の読めない目で史乃をじっと見ていた。

「彼は不幸にも虐殺事件に巻き込まれた被害者ではあるが、少しばかり複雑な問題が生じ、それゆえ、貴女《あなた》への報《しら》せが遅れた」

「……主人は、あの町にいて、つまり……」

夫は殺された――？

史乃は子供の前だからと、ぐっと言葉を呑み込む。

「最近、自宅周辺で何か不審なことはないだろうか？」

少佐の問いかけに、史乃は首を傾《かし》げた。

「不審な……？　いいえ……特には」

「見慣れない者がうろついているとか、そういうことは？」

「見慣れない……」

史乃は口元に手を当てて考え込む。

「そういえば、女中が妙な男が家を覗《のぞ》いていたとか……あとは――」

少佐が少しだけ身を乗り出した。

「どんな男だ？」

「わたしが見たわけではないので……ただなんとなく怪しいとしか。あとは、外国人を時々見かけるようになりました。昔は、西洋人といえばどの人もお金持ちそうな方々ばかりでしたが、最近見かける人たちは服装などもくたびれていて、露西亜《ロシア》の革命から逃げてきた人たちじゃないか、なんて……」

史乃の話に、少佐が深刻そうに、眉間に皺《しわ》を寄せた。

「露西亜人が、貴女の周辺をうろついている可能性があるのか」

「特に、何か問題があったわけではありません。お気の毒な方たちですし……」

国を追われた露西亜人に疑いをかけたことに気が咎《とが》め、史乃は慌てて否定したが、少佐は首を振る。

「……片桐は、離日直後は大連《だいれん》から哈爾浜《ハルビン》、さらに朝鮮半島に近い間島《かんとう》を回り、満州《まんしゅう》の抗日パルチザンを取材していたようだ。その後、浦塩斯徳《ウラジオストク》を拠点に西伯利亜《シベリア》から沿海州《えんかいしゅう》を回って、露西亜の赤軍パルチザンに接触していたらしい。そして、片桐と関わりのあったパルチザンの幹部が、日本に入国しているとの情報がある」

いくつもの外国の地名や物々しい言葉に、史乃はぽかんとした顔で少佐を見た。史乃は満州や西伯利亜の地理に不案内で、革命やパルチザンやらとは、とんと縁のない暮らしをしているから、何を言っているのかほとんど理解できなかった。

「さあ……夫は四年前に大陸に渡ったきり、連絡もなくて――」

史乃の夫・良平は、露西亜や満蒙《まんもう》関係に詳しい記者《ヂャーナリスト》だが、何を取材していたかは聞いていない。何より、四年も音沙汰のなかった男である。一年以上前に、異国で残虐な事件に巻き込まれて死んだと言われ、その遺骨の入った箱を今さら渡されて、史乃は衝撃と困惑とで頭が働かなかった。

「警戒はすべきだ。奴《やつ》らは、片桐が持ち去った何かを探していると思われる。貴女の存在を知れば、接触を試みるだろう。それゆえ、軍の監視下に入ってもらいたい」

「監視下……」

少佐の顔からは何の感情も読み取れず、史乃はただ、おうむ返しに呟いた。

「国防上の理由もあるし、何より貴女がた母娘の安全のために、我々の目の届く場所にいてもらいたい。ひとまず、拙宅に部屋を用意した。身一つで構わないから、今すぐ、引き移ってもらいたい」

【三】


清河少佐の口ぶりでは、今すぐこの足で少佐の家に引っ越せという雰囲気だったが、さすがに無茶が過ぎると史乃は反論した。

「いくらなんでも無理でございます。家の者にも説明しなければなりませんし……」

「事は急を要する。今日明日にも、向こうが何か仕掛けてこない保証はない。……実はパルチザン幹部の入国は半月前にはわかっていた。すぐにも貴女を保護したかったが、こちらも根回しが必要で、本当にギリギリなんだ！」

血相を変えて、危険が迫っていると力説する少佐に気圧《けお》されながらも、史乃は言った。

「ならばなおさら、家の者に黙って引っ越すなんてできません。女中と下男の夫婦だって危険ではありませんか」

「それはこちらで何とかする！」

「だいたい、この暑い時期に、着替えもなしに動くなんて……小さな子供はすぐに汚しますし、住まいが変われば興奮して、それだけで熱を出したりいたします。殿方は子供の世話などなさらないから軽く考えておられますが、犬の子じゃあるまいし、そう簡単に右から左に動かせるものではございません！」

小さな子供の世話がいかに大変か、勝気にまくしたてる史乃に少佐も圧倒されたのか、口元を掌《てのひら》で覆って視線を泳がせる。

「たしかに、俺は子供のことは全然わからないが……そんなに大変なのか？」

「当たり前です！」

隣に座る波瑠が小さな手でギュッと、史乃の棒縞の着物を握り締め、不思議そうに母と正面の将校とを交互に見比べ、その動きにつれて、切り揃《そろ》えた黒髪がハラハラと揺れた。

幼子とその母親を少佐はじっと見つめ、二人の方にやや身を乗り出し、低い声で噛んで含めるように言った。

「突然のことで戸惑うのももっともだし、こちらの説明も不足していると思うが、子供の前では詳しい話もできない。ただ、子供の安全を第一に考えて欲しい」

子供の安全を持ち出されて、史乃がしぶしぶ了承すれば、少佐はあからさまにホッとしたように椅子に座り直し、背後に控えていた山本軍曹に命じる。

「一度、家に戻り、当座の必要なものを持ち出すことは認める。だがなるべく滞在時間は短く、かつ、家人への説明は山本から行い、余計な情報は漏らさないことを約束してもらいたい」

山本軍曹が白手套の手を額に当てて敬礼し、史乃は促されて立ち上がった。

「では、一度、本郷《ほんごう》のご自宅に寄らせていただきます」

山本軍曹が黒光りする自動車のドアを開けてくれたが、史乃は白い遺骨箱を抱えたまま躊躇《ちゅうちょ》する。箱型の馬車の前面が犬の鼻先のように伸びた形をして、日差しを避けるために幌《ほろ》が張られていた。数年前の好景気で、成金が競って買い求めたとはいえ、自動車はまだまだ珍しかった。

「どうぞ」

もう一度促され、山本軍曹が波瑠をひょいと抱き上げて乗せてしまうので、史乃も慌てて乗り込む。革製の座面もしっかりして、乗り心地も悪くない。

「米国から輸入したシボレーという車です」

運転席に乗り込んだ山本軍曹の説明に、「おくるま、おくるま!」と、波瑠が興奮してはしゃぐ。

「静かにね、危ないからちゃんといい子でお座りして」

「住所は聞いておりますが、間違いがありましたら指示願います」

「……はい……」

史乃は頷《うなず》くものの、頭は混乱の極みにあった。

膝の上の白い布に包まれた遺骨箱を見下ろし、あらためて、夫が死んだ、という事実を噛みしめる。

しかし、異様に軽い桐の箱は、夫の死の現実感のなさを際立たせるだけだった。

エンジンがかかり、車は滑らかに発進する。軍曹は白手套を嵌めた手で木製のハンドルを回し、玄関前のロータリーを回って、鉄の門が厳かに開かれていく。

夫が死んだ。

正確には、死んでいたと言うべきか。遠い異国の地で、虐殺の犠牲になった。

悲しい――はずなのだが、頭の芯が麻痺《まひ》したかのように、感情の発露が上手《うま》くいかない。

何も知らない波瑠の前で取り乱すわけにいかないと、必死に気を張っていたせいだろうか。

夫はもう、帰って来ない。届を出し、葬儀をして、遺品を整理して――幼い波瑠を抱え、一人で生きて行かねばならないのだ。


―＊―


片桐史乃、旧姓は畠中《はたなか》。ご一新の前は代々、加賀《かが》藩に仕えた士族の家系である。陸軍大佐であった父は日露戦争の旅順《りょじゅん》で戦死し、陸軍中尉の兄・畠中健介《けんすけ》は現在、西伯利亜に出征中である。

史乃の夫・片桐良平は新聞記者で、四年前、大連からの手紙を最後に消息を絶った。その後に生まれた娘・波瑠と、親の代からの使用人である浦部幸吉《うらべこうきち》・お仙《せん》夫婦とともに、本郷の家で暮らしている。

母屋の仏壇に良平の骨箱と遺品を供え、まずは線香を上げる。

突然の訃報にお仙も幸吉も驚いてはいたが、四年も消息不明だった良平については、半ば覚悟ができていたので、神妙に山本軍曹からの説明を聞いている。

「で、その、赤軍のパルちゃんとやらが、お嬢さんを狙うかもしれないんでござんすか？　ですが、良平の旦那はもう四年もあっちに行ったきりで、しかも一年も前にお陀仏《だぶつ》になってたなんて。それにしたって、今になって迷惑な話でござんすね。いや、あっしは内心、あんなルンペン文士にお嬢さんを嫁にやるなんてとんでもないと、反対だったんでござんす。後になって、健介の旦那も悔やんでいるご様子でしたが、後悔先に立たずってやつですよ」

幸吉が短く刈り上げたごま塩頭を手拭いで拭いながら言った。片桐良平はもともと、史乃の兄・健介が下宿人として連れて来た男だった。山本軍曹が頷く。

「片桐と接触していた露西亜の過激派が密《ひそ》かに日本に入国している。奴らの目的がはっきりするまで、片桐夫人には安全な場所にいてもらいたいと清河少佐殿は考えておられる。……これが清河邸と、参謀本部内の少佐殿直通の電話番号だ。何かあったら、即刻知らせて欲しい」

軍曹が差し出す電話番号の書き付けを、お仙が押し頂くように受け取る。

だいたいの話がついたのを見て、史乃は波瑠をお仙に預け、荷物をまとめるために離れに向かった。

離れは二間続きになった六畳間に、四畳半が一部屋のこぢんまりした建物で、もとは祖母の隠居部屋として建てられたものだ。

開け放った窓から降り注ぐ蝉しぐれを聞きながら、史乃は柳行李《やなぎごうり》に夏用の単衣《ひとえ》と襦袢、帯に肌着と部屋着用の浴衣を詰め、子供の衣類を揃えてから、喪服が必要だと気づく。

シャンシャンとかしましい蝉の声に誘われるように、ふっと窓際の文机《ふづくえ》に目をやった。夫が家にいる時はそこが定位置で、いつも煙草をふかしながら何か書き物をしていたと思い返す。酒は嗜《たしな》まないが、煙草は「バット」と呼ばれる蝙蝠《こうもり》の意匠の両切煙草を愛飲し、気づけば灰皿が山になっていた。

もっとも、結婚してからは取材と称して家を空けてばかりで、この家にいたのは通算でも二月に満たない。

僅かな夫の想い出に縋るかのように、史乃は文机の小抽斗《こひきだし》に手をかけたが、鍵がかかっていた。違い棚に置いてある自分用の文箱《ふばこ》を開け、夫からの手紙の束を取り出す。大陸に渡る前は、出張のたびに頻繁に手紙をくれていたのに、大連からの一通を最後に、便りはぷっつりと途絶えた。最後の手紙は大連への到着を知らせるもの。

『史乃へ
神戸《こうべ》港から門司《もじ》港を経て、昨日、大連に無事到着せり。街はアカシアの花盛りと言ひしも、実はニセアカシアなりと聞きて、聊《いささ》か感興を減じたり。羊肉の串焼き、街角で商へるマントウや水餃子《スイギョーザ》など、いずれも美味なりしも、史乃の飯が早くも懐かしく思われ候――』

あまり上手くない、クセのある文字。近況と食べたものが列挙され、夫は食べることが好きだったと、あらためて思い出した。

――遠い異国で、あの人は最後に何を食べたのかしら……

良平は、どこに行くにも木綿の立襟シャツの上に絣《かすり》の着物、袴《はかま》に雪駄履きで、セルロイドの丸眼鏡をかけ、顔も身体もどことなく丸っこく、仕事にかまけて髪も髭《ひげ》も整えずに顔の半ばを覆っていた。女学校の同級生が良平を見て、

『どうして健介さんは、あんなルンペン文士と史乃ちゃんの結婚を許したの！』

と、不思議がったくらい、胡散臭《うさんくさ》い風貌をしていた。でも、見かけよりも快活な男で、とにかく博識であった。少し甲高い早口で、古今の笑い話から最新の科学知識まで、およそ話題の尽きることがなく、史乃はいつも彼の話に笑い転げた。女学生だった史乃は、軍人然とした父や兄と違う、良平の醸し出す自由《リベラル》で闊達《かったつ》な空気に憧れ、食事の世話や繕い物をするうちに親しくなった。兄から薦められた縁談なのは確かだが、史乃自身も良平のことが好きだった。

『君の料理に惚《ほ》れた。ずっと、俺のメシを作ってもらいたい』

良平はそんなことを言い、史乃の作った料理を信じられないほどよく食べた。

亡き母の得意料理である治部煮《じぶに》を作った時は、ものも言わずに平らげ、喉に詰まらせていた。とりわけ鶏肉《とりにく》が好みで人参《にんじん》が苦手らしく、いつも先に人参と小松菜を食べてしまい、それからおもむろに、取っておいた鶏肉と椎茸《しいたけ》を交互に食べる。好物を食べる時、眼鏡の奥の目がいかにも幸せそうに細められる、その表情も好きだった。

『君の料理は本当に美味《うま》い。全く、俺には過ぎた妻《ワイフ》だ』

食べ終えた茶碗《ちゃわん》に番茶を入れて旨《うま》そうに飲みながら、良平はそんな風に史乃を褒めてくれた。


押し入れを開け、史乃は奥に仕舞《しま》ってある喪服を出そうとして、綺麗に畳んでおいた夫の絣の着物を見つけ、思わず手に取った。肌に触れるその感触と微かに残る煙草の匂いが、史乃の記憶を呼び覚ます。

大正五年（一九一六年）の師走《しわす》に結婚したものの、良平はしょっちゅう関西や遠く上海《シャンハイ》、時には浦塩に足を延ばして取材に駆けまわっていた。大正六年（一九一七年）に露西亜で革命が起きてからは、さらに甚だしくなり、ほとんど家に居つかず、たまに帰ってきても一日、二日するとまた、どこかに行ってしまう。そんな生活が続いていた。

それでも、良平は夜になると必ずと言っていいほど史乃を求めた。

『俺はこんな仕事だから、なかなか家に居てやれない。でもいつも、俺は君のことを愛しているし、君以外には触れないと誓う』

良平が飛びまわる街々には、必ずと言っていいほど日本人用の娼館《しょうかん》があり、一夜の夢を売る女たちで溢れている。東京《とうきょう》にも私娼窟は多く、結婚しても男同士の付き合いとして、芸者や娼妓《しょうぎ》を抱くことを問題に思わない男は多い。

『……俺はそういうのは、嫌なんだ。もちろん、結婚前には俺も行ったことはあるが、史乃と結婚したからには、俺は史乃だけがいい。長く家を空けても、俺はそういう女は抱かないと誓う』

結婚した最初の夜、背後から抱きしめられたまま、耳元でおずおずと語られて、史乃はこの人と結婚してよかったと心から思った。たとえ一緒に過ごした時間が短くとも、夫婦として心も体も一つになれる。自分も、生涯をこの人一人に捧《ささ》げようと、史乃もまた誓ったのだ。

史乃は良平を愛していたし、愛されていると思っていた——。

最後に抱かれたのは、良平が大陸に向かう前夜のこと。

大正六年の五月、二月ぶりに帰って来たと思ったら、明朝一番の列車で関西に向かい、神戸港から大陸は大連に渡ると告げられた。史乃が慌てて旅支度をしようとするのを、そんなのは後回しでいいと、背後から抱きすくめられたのだった。

大きな身体と煙草の匂いに包まれ、うなじに彼の唇と、チクチクした顎髭の感触を感じる。まるっこい外見の印象とは異なる、硬く逞しい胸が押し付けられ、両腕が檻のように史乃を拘束する。良平の熱い息遣いを感じ、史乃はいつもと違う彼の態度に戸惑った。

——これまでは、どちらかと言えば淡泊な男だった。狂おしく求められたことに、史乃は不安を覚える。急《せ》いた手つきで帯を解かれ、荒々しく襦袢ごと引き剥がされて。大きな節くれだった手が、史乃の肌を這いまわり、首筋をきつく吸い上げられる。

『待って……まだ……』

史乃の制止も聞かず、熱い昂りが強引に蜜口に押し入ってくる。

『あっ……ふっ……』

『ううっ……』

十分に解《ほぐ》されない隘路を犯される痛みを堪《こら》え、史乃はギュッと目を閉じていた。耳元にかかる息遣いの激しさと熱さ、きつく抱きしめる腕の力強さから、史乃は夫の執着の度合いを量るしかない。

普段の饒舌《じょうぜつ》さが嘘《うそ》のように、良平は、閨《ねや》では口を利かない男だった。

やがてゆっくりとした抜き差しが始まり、すぐに激しく腰を打ち付けられ、史乃の身体も快楽を拾いはじめた。声を漏らすまいと、畳に両手をついて顔を伏せ、荒れ狂う激情に耐える。夫の両手が史乃の乳房を背後から鷲掴みにして、上体をグイッと引き起こすと、豊かな胸を揉み込みつつさらに激しく腰を突き上げる。奥の感じる場所を幾度も突かれて、史乃が快感に身を捩れば、それに応えるように夫の楔《くさび》が内部で膨れ上がる。

『あっ……ああっ……良平、さんっ……』

『はっ……はあっ……』

激しく腰を打ち付けながら、良平が耳元で絞り出すように、かすれ声で囁《ささや》いた。

『史乃っ……』

いつもとはまるで違う、かすかな声。史乃の耳を犯すような低い、背骨を這いあがってすべてを融《と》かしてしまうような、初めて聞く声だった。

その声に誘われるように絶頂した史乃の中に、熱い飛沫《しぶき》が吐き出され、史乃の中を充《み》たしていく。

『史乃……』

もう一度だけ耳元で告げられた、ほとんど声にならない囁き。

――あの夜の、あの人はいつもと違った。

良平は、妻の史乃にすら肌を見せず、閨では必ず後ろから抱いた。風呂で背中を流そうとしても拒否され、閨でも単衣を脱がなかった。幼い頃の、醜い火傷《やけど》の跡がある。そう、説明されていた。

そして行為の間はずっと無言で、名を呼んでくれたのも、あの夜だけ。あの夜の良平は明け方まで史乃を求め、翌朝、疲れ切って起き上がれない史乃の額にそっと口づけて、一人、周囲を憚《はばか》るようにこの家を出て行った。

彼は見送られたくなかったのかもしれない。

もしかして、二度とこの家に帰らないことを、予感していたのだろうか。

八月の、長い昼下がりが終わり、夕暮れが忍び寄る時刻。蝉の声がふいに途切れ、静寂が訪れる。

史乃はしばらく畳の上に座り込んで、動けないでいた。

〔三〕

幸吉・お仙夫婦に留守を頼み、山本軍曹の運転する軍の自動車で麻布《あざぶ》の清河邸に到着した時には、すでに陽が落ちていた。華族や富豪の邸宅の並ぶ界隈《かいわい》でも、清河邸は群を抜いて広壮な洋館であった。清河伯爵は維新の折の軍功で封爵された元勲の家系であるという。

昼間に会った少佐殿が伯爵閣下だった事実に、史乃は少し、面食らう。

——そんなご立派な方だったのね……。

天保銭持ちのエリート将校で、容姿端麗、しかも伯爵様だなんて。行きがかりとはいえ、子持ちの未亡人を邸宅に連れ込んで、噂《うわさ》になったらまずいだろうにと、かえって心配になる。

史乃の行李《こうり》はお屋敷の下男らによって運ばれていき、史乃と波瑠は紋付袴姿に片眼鏡の老人と、きちんと髪を結った老女の出迎えを受けた。

「このお屋敷の管理を任されております、執事の村木源蔵《むらきげんぞう》と、女中頭の須藤《すどう》たかと申します」

「お世話になります、片桐史乃と娘の波瑠でございます」

「旦那様から伺っております。なんなりとお申し付けくださいますように」

「いえ、その……」

軍の事情で身を寄せるだけの史乃親子に対し、あまりに丁寧な対応に戸惑う。

「その、突然、こちらに移るように言われて、事情がぜんぜん……」

先に立って案内していた女中頭が足を止め、振り向いて言った。

「万事心得ておりますので、我が家と思ってお寛ぎください。何しろ急なことで、こちらも至らぬ点があるかと存じますが、遠慮なく、言ってくださいまし。わたくしのことは、おたか、とお呼びください」

「よろしくお願いします」

史乃も改めて頭を下げる。

良平のことは軍の機密に関わるので、不用意に漏らすなと重々、念を押されている。清河邸の使用人に対し、少佐がどこまで説明しているのかわからず、史乃は曖昧に微笑《ほほえ》むことしかできない。

下足のままの洋風の家も、純日本家屋で育った史乃には馴《な》れない。史乃と波瑠のために一階の客室が準備されていて、そこも洋間であった。さらに洋風の食事室《ダイニング》で食事と聞き、作法《マナー》が不安な史乃は真っ青になるが、幸い、供された夕食は和食であった。

「先代様は万事西洋風に、という方針でしたが、昨年、先代様がお亡くなり遊ばして、人員を整理いたしましてね。後継の旦那様が戦地から戻られたのが先月で、それでようやく、邸内が整ってまいったところでございますの」

先代と現伯爵の父親は故郷の西国で隠居生活を送り、現伯爵である清河少佐は戦地から戻り、家督を継いだばかり。広大な屋敷に使用人もまばらな理由を、おたかはそう、説明した。

——奥方もおらず部屋が余っているので、突然の来客を受け入れることに問題はないわけだ。

いっそ女中として雇ってもらいたいくらいだが、それは女中頭の裁量を超えるし、おそらく少佐は承知しないだろう。史乃と波瑠はあくまで客人という扱いで、子供用の椅子に座って食べている波瑠が、何か粗相をしでかさないように、史乃はひたすら神経を削ってその世話を焼いた。

「波瑠さまはおいくつになられます？」

食後の果物に梨を運んできたおたかが、波瑠に尋ねる。

「みっちゅ！」

「そう、お利口さん！　お喋《しゃべ》りもお上手ね」

おたかはそう言い、史乃ににこやかに語り掛ける。

「一番、可愛《かわい》らしいお年頃ですわね」

「わがままばかりでご迷惑をおかけします」

「いいえ、小さな子供のわがままなど、当たり前のことですよ。子守りの女中を雇うよう、旦那様にも申し上げないといけませんね」

史乃は驚いて目を見開く。軍の事情とはいえ、史乃と波瑠はただの居候だ。わざわざ女中を雇うなんて、とんでもない。だが、知らない場所での振る舞いに戸惑うばかりの史乃は、どうしていいかわからず、俯《うつむ》いた。

―＊―

用意された客間のベッドで波瑠を寝かしつけ、史乃が荷物の整理をしていると、コツコツとノックの音がした。

「はい？」

扉を開けると、今、参謀本部から戻って来たのだろう。軍服を着た少佐が立っていた。

「夜分にすまない。……子供は眠っただろうか。昼間、子供の前では話せないことだったので」

少佐は部屋を覗き込むと、波瑠が眠っていることを確認し、史乃を一階の書斎に連れて行く。

壁付けの電灯をともし、卓上の扇風機を回すと、涼しい風が流れ始め、薄く開いた窓からは、鈴虫の声がしていた。部屋には煙草の匂いが浸《し》みついて、夫ほどではないが、少佐もまた煙草を喫《の》むのだろう。

「そちらに座ってくれ」

革のソファを勧められて史乃が従えば、少佐は困ったように周囲を見回しながら、尋ねた。

「……少々暑いので、脱いでも構わないか……」

「どうぞ、お楽になさってください」

すでに寝間着代わりの紺地に白い千鳥模様の浴衣を着ている史乃の目からすれば、詰襟の軍服はいかにも暑く、堅苦しそうであった。

少佐はボタンを外して夏用の軍服の上着を脱ぎ、それを椅子の背にかけ、シャツの一番上のボタンも外し、向かい側の椅子に腰を下ろした。

昼間、参謀本部の応接室で向かい合った時よりもずっと距離が近く、引き締まったシャツ一枚の身体から漂う、煙草の匂いがきつくなる。

「突然のことで、驚かせてしまったと思う」

「……主人のことは、半ば覚悟しておりました。まさか、とっくに死んでいたとは思いもよりませんでしたが」

睫毛を伏せた史乃をじっと見つめて、少佐はためらいがちに言った。

「昼間は、子供の前だったので詳しい説明ができなかった。片桐の遺体が発見されたのは昨年の六月、沿海州の港街、尼港だ。日本でも騒ぎになったと思うが、赤軍パルチザンによる虐殺で、邦人七百人以上が犠牲となった」

史乃は痛ましい事件を思い出し、微かに眉を寄せた。大正九年の三月から五月にかけて、西伯利亜の東北、黒竜江《こくりゅうこう》（アムール川）の河口に位置する尼港で、露西亜革命派の赤軍パルチザンにより、反革命派の市民六千人以上が虐殺された。日本の守備隊は全滅、幼い子供を含む民間人の在留邦人も多数が殺害され、日本の世論も沸騰した。

「……あそこに、あの人がいた……間違いないのですね？」

史乃の絞り出すような声に、少佐が端麗な顔を歪め、頷いた。

「冬季の尼港は結氷して、陸の孤島になる。わが軍の救援隊は氷の解けた六月になって、ようやく現地に入ることができた。遺体の状態も悪く、身許《みもと》の確認も困難だったが、片桐は携帯していた旅券からわかった」

史乃は膝の上で両手をギュッと握りしめる。

「日本人や日本に協力的な反革命派の露西亜人はほぼ皆殺しで、領事館も焼失、記録が失われて正確な被害者の数も、片桐がいつ、何のために尼港に入ったのかも定かでない」

少佐の説明を聞きながら、史乃はそのことよりも、なぜ、一年以上経《た》った今になって、その死が遺族である史乃に知らされたのかに疑問を抱いた。

良平はただの民間人、一介の新聞記者に過ぎない。赤軍パルチザン幹部の来日と関係があるのか。史乃の疑問は当然、少佐も予想していたらしい。言いにくそうに付け加えた。

「尼港で片桐の旅券が発見された時、軍部は片桐の死についてはしばらく公表しないことに決めた。もともと、片桐とパルチザンとの関係を疑っていたからだ」

四年前の大正六年、帝政露西亜・ロマノフ王朝は革命に倒れ、皇帝ニコライ二世夫妻、四人の皇女、幼い皇太子に至るまで処刑された。日本をはじめとする列国は革命の伝播《でんぱ》を恐れ、反革命勢力を支援するために、西伯利亜への出兵に踏み切る。

「現在、露国で主導権を握っているのは、ボリシェヴィキと言われる過激派で、彼らは世界革命などと称して、世界中に共産革命を輸出するのを最終目標としている。暴力的な手段をも躊躇しない奴らで、抗日勢力と結託して日本で擾乱《じょうらん》を起こし、隙あらば革命を起こそうと目論《もくろ》んでいる。片桐は、そういった危険思想の組織と深い関わりを持っていた。……つまり、要注意人物だったのだ」

「そんなこと、わたしはちっとも……」

史乃には想像もつかない世界の話であった。

「俺は東京に戻り、片桐の家族について調べ、貴女と、子供のことを知った。それとほぼ同時に、片桐と交流のあった赤軍の幹部が、日本に極秘に入国したという情報も得た。彼らの目的は不明だが、片桐の妻子に接触を図る可能性に思い至り、これ以上片桐の死を隠しておくべきでないと判断したのだ」

「……はあ」

説明されても史乃は釈然としない。

――そもそもなぜ、夫の死が秘匿されたのか、説明になっていないのでは……。

史乃の表情から、不満を読み取ったのだろう、少佐は綺麗に固めた髪をガシガシと掻《か》きむしった。

「片桐は、軍の、高度な機密に関わるのだ。今は、それしか言えない」

「それはつまり、あの人は軍の――」

密偵？　と言う言葉を史乃が呑み込んだが、少佐はそれに対し、否定もせず、

「片桐が得た情報が、我々に流れてきていたのは、確かだ」

と、遠回しにそれを認めた。

「だから、軍部は貴女を監視すると同時に、保護する義務があると俺は思っている。過激派の動向

がはっきりするまで、不要不急の外出は避け、やむを得ぬ場合は、我々の手配した護衛を伴うように」

呆然《ぼうぜん》とする史乃に、少佐が尋ねる。

「……片桐が大陸に渡ってから四年、音信不通になっていたと聞いたが、貴女は片桐を諦めようとは思わなかったのか？」

予想もしない問いに、史乃は思わず顔を上げ、少佐の顔を見た。

「いえ、まさかそんな。妊娠に気づいたのは、あの人が大陸に行ってからでしたが……たしかに、兄は妊娠した時に少し……いえ、かなり怒っていましたが」

「怒る？　貴女に？」

史乃は首を振った。

「いいえ、主人に対して。もともと、兄の友人の縁でございましたので」

史乃は目を伏せる。良平からの連絡が絶えたまま、史乃は妊娠に気づき、出産した。

「では、子供は間違いなく片桐の――」

「当たり前です！」

言うに事欠いて何をと、史乃がムッとした口調で即座に断定すれば、少佐は失言を悟ったのか慌てて謝った。

「すまない、念のために尋ねただけのこと。貴女の貞操を疑ったりはしていない」

少佐が、かっちりと固めた髪の、ほつれた前髪を白い手袋を嵌めたままの指で掻きあげる。その仕草に妙な艶があった。

「子供は、いくつになる？」

「三歳です。主人が大陸に渡ってもうすぐ一年という頃で……」

史乃はなんとなく視線を逸らした。たぶん、あの最後の夜に授かった子だと思う。でもそんなことを口にするわけにもいかず、膝の上で手を組んでモジモジしていた。

「父親不在で大変だったろう」

「え、ええまあ……その頃はまだ、兄が内地におりましたので……名も、兄がつけました」

「そうだったか」

少佐が熱の籠もった黒い瞳でじっと史乃を見つめ、言った。

「これからのことは、俺が責任を持つので、安心して欲しい」

「責任？　……なんの責任です？」

「いや、その……これからの、暮らし向きや、将来も……心配はいらない」

「え？　なぜ？」

史乃が最大限に見開いた目で、少佐をまじまじと見た。

「……なぜ、貴方が責任を？　貴方とわたしたち母子《おやこ》、何の関係もないのに」

「……関係がない、わけではない」

「いえ、ないでしょう」

「いや、片桐の死に、我々軍部も関わっている。だから、貴女の将来に道義的な責任があるのだ」

それは、尼港の守備隊と民間人を見殺しにした軍部の責任という意味なのか？

だが、話題を変えるように、少佐が革の鞄《かばん》から茶封筒を取り出し、史乃に差し出す。

「片桐良平の死亡を証明する書類だ。尼港救援隊の報告書と薩哈嗹《さがれん》（サハリン）州派遣軍司令部による証明書だ。これで、片桐の死亡届を出してもらいたい」

茶封筒を受け取った史乃の掌が冷えていく。少佐は眉間に皺を寄せて、考えるようにして言った。

「死亡届を出さないと、葬式も出せない。一年以上、彼の死を秘匿していたことについては、あらためて詫《わ》びたい」

史乃は中身を確認しようと、茶封筒を少しだけ開けてみる。堅苦しく禍々《まがまが》しい漢字の並ぶ報告書と、軍司令官の署名の入った書類。記入すべき書類と、良平の戸籍の謄本も入っている。届出には本人の氏名、生年月日、住所、本籍地などが必要だからだ。昨日の今日で手回しのいいことだと思い、史乃はかすかに眉を顰めた。

「葬儀は、今さら急ぐこともないが……片桐には親族も特に親しい友人もいないようだし。一応、新聞に死亡広告を出しておくか？」

史乃は、ほんの身内だけで行った結婚式を思い出す。

「子供の頃の火事で、家族を失ったと聞いております。育ててくれた親戚も今は亡く、天涯孤独だと。死亡広告を出しても誰も名乗りでないかも……」

封筒に書類を戻し、それを両手で抱きしめた史乃に、少佐が言った。

「ああ、だが、それもケジメだから。結果的に、若い貴女の人生を四年も無駄にさせてしまった。重ね重ね詫びたいと思う」

——わたしが、帰って来ない夫を待った日々は無駄だったのだろうか……？

史乃は少佐の言葉を複雑な想いで噛みしめていた。

〔四〕

翌日、普段よりも早く目覚めた史乃は、見知らぬ家で時間を持て余してしまった。

いつもなら、お仙と二人で慌ただしく朝餉《あさげ》の支度をし、洗濯・掃除に繕いもの……と目まぐるしく時が過ぎていく。

でも、清河邸には何人もの使用人が働いていて、史乃の入り込む余地などどこにもない。

麻の小地谷縮《おぢやちぢみ》の着物に絽《ろ》の帯を合わせ、部屋の鏡台を見ながら髪を結い、簡単に化粧を済ませて身支度を整えると、ちょうど、波瑠も目を覚ました。

「かあたま！　おはよう！」

「おはよう。よく眠れた？」

「うん！　はる、おなかすいた！」

白地に赤いアザミ模様の浴衣を着せ、白い前掛けをつけてやる。艶のあるおかっぱ頭を丁寧に梳《す》いていると、ノックがあって、おたかが呼びにきた。

「朝食は、旦那様もご一緒にお摂《と》り遊ばしますそうで」

「そう、ですか……」

食堂にはすでに支度ができていて、少佐が椅子に座り、新聞を広げて読んでいた。上着は椅子の背にかけ、白いシャツに吊《つ》りベルト姿である。

「お、おはようございます」

遠慮がちに声をかけると、少佐は新聞から顔を上げ、咥えていた煙草を慌ててもみ消して、かすかに口角を上げた。灰皿の横に置かれた煙草の箱は薄桃色の「チェリー」だった。

夫とは違う銘柄であることに、史乃はなぜか安堵《あんど》した。

「ああ、おはよう。座ってくれ」

「旦那様、波瑠さまはこちらで?」

執事の村木が、子供用の椅子を運んできて、向かい合う少佐と史乃の、ちょうど中間地点に置いた。史乃はそれでは自分から遠いと思ったが、口を挟めない。

父親を知らない波瑠は、大人の男性を少し恐れる風がある。今も、不安そうに史乃の着物の裾に縋りつき、椅子に座るのをためらっている。それを見た少佐が立ち上がって歩み寄り、波瑠の前に膝をついて目線を合わせる。

「そういえば、ちゃんと挨拶をしていなかった。――おはよう、波瑠?」

「……」

史乃が、恥ずかしそうにモジモジする波瑠に、挨拶を促す。

「おはようございます、って」

「お、おは……おはよう、ございましゅ」

史乃の後ろに隠れながらぺこりと頭を下げる波瑠に、少佐が両手を差し出す。手袋をしていない手は大きく、節くれだっていた。史乃は夫の手を思い出し、ドキリと胸が高鳴る。

——男の人の手なんて、みな、似たようなものよね……。

いちいち、夫と少佐を比べてしまう自分を内心、窘《たしな》めていると、少佐が波瑠に呼びかける。

「おいで」

だが、波瑠は相変わらず史乃にしがみついてモジモジしている。

「少佐殿、この子はその、父親を知りませんので……大人の殿方が少し苦手でして」

史乃が説明すると、少佐は一瞬、凛々《りり》しい眉を寄せる。

「そうか、父親を……」

一瞬、手を引っ込めかけた少佐はだが、すぐに気を取り直したようにもう一度両手を差しのべる。

「おいで、波瑠。父親を知らないならば、これから知ればいい」

「え？」

いったい何を言って……？

と、史乃が呆然とする隙に、波瑠は勇気を出して史乃の後ろから前に出、少佐の胸に飛び込む。

それを少佐が自然な動作で抱き上げ、頭上に掲げた。

「軽いな！　高いだろう！」

「きゃっ！」

普段と違う景色に波瑠が歓声を上げる。ひとしきり高い高いをやってから、少佐は準備された子供用の椅子に波瑠を座らせ、尋ねた。

「波瑠、麺麭《パン》は好きか？」

伯爵家の朝食は洋食で、トーストとジャム、そして目玉焼きにハムが並ぶ。

「波瑠さまは珈琲《コーヒー》ではなく、牛乳にいたしましょう」

初めて食べる洋食に目を丸くする波瑠のために、なんと少佐自ら麺麭にバターを塗って手渡す。

「ジャムもいるか、甘いぞ？」

「おいちい！」

口の回りをジャムだらけにしながら麺麭を食べる波瑠を、目を細めて見ている少佐。何が起きているのか、史乃は困惑するしかない。

そして、父親を知らない波瑠を手懐《てなず》けようとしているらしい少佐に、史乃は言いようのない不安を覚えた。


朝食が終わると、少佐は立ち上がって執事の村木を呼ぶ。執事が剣帯を手渡し、そこに軍刀を装着する。椅子の背にかけていた上着を羽織り、ボタンを嵌め、白手套を付ける。最後に執事が差し出す軍帽を被り、書類カバンを手に玄関へと向かう。

「史乃さまもお見送りに」

おたかに促され、史乃は反射的に立ち上がり、すでに食事を終えて退屈していた波瑠を椅子から抱き上げ、少佐の後を追う。

「参謀本部に着いたら、折り返し山本と車をこちらにやる。その車で役所に向かってくれ」

帽子を直しながら少佐が言い、史乃は玄関の外で少佐を待つ山本軍曹を見て、首を振る。

「俥《くるま》を雇えば一人で行けます。軍曹殿を何度も往復させては申し訳ないですから」

人力車を雇って一人で行くと言う史乃に、しかし、少佐はにべもなかった。

「ダメだ。一人で行動などとんでもない。山本には貴女の護衛を命じてある。どこか出かけたい場合は、あいつに車を出してもらえ」

「……護衛？　わたしのですか？」

史乃が目をぱちくりさせると、少佐は足を止め、振り返って言った。

「昨夜の話を聞いていなかったのか。安全が確認されるまでは、外出は山本の車を使うように」

「……はあ……」

史乃にもう一度、一人で外出しないように念を押し、少佐は玄関を出る。

「行ってらっしゃいませ」

頭を下げる村木とおたかに倣い、波瑠を抱いたまま史乃も軽く頭を下げる。

「いってらっちゃいまちぇ！」

波瑠が大きな声で言い、振り返った少佐が口元を軽く綻ばせた。

――まるで、娘の見送りを受ける父親のよう――そう、感じてしまった史乃は、何とも言い難い不安と微かな不快感を覚え、眉を曇らせた。

―＊―


命令通り、山本軍曹は少佐を参謀本部に送るとすぐに清河邸に戻ってきた。

「湯島《ゆしま》の本郷区役所まで、いつでも出発可能であります」

白手套を嵌めた手をピシリと額に当て、かっちりと敬礼されて、史乃は諦めた。――無理に断れば、この人が咎められてしまうだろう。

普段は母にべったりの波瑠だが、清河邸の若い女中に遊んでもらい、ご機嫌だった。

「お出かけになるなら、今のうちがよろしゅうございますよ。波瑠さまは、わたくしどもで見ておりますので」

「……そうですか。では、お言葉に甘えて……」

幼い波瑠を連れて役所に行くことにためらいのあった史乃は、おたかの申し出をありがたく受けて、そっと身支度して、山本軍曹の運転する車で本郷区役所に乗りつけた。

本郷区役所は二階建ての洋館で、立派な鉄の門扉が開かれ、各種手続きに訪れた人々で混み合っていた。

高い天井にガヤガヤとざわめきが反響する中、待合の椅子に座って順番を待つ人々は、手に手に扇子を使い、手拭いで汗を拭いつつ暑さをしのいでいた。細い縞の小千谷縮に白い絽の帯を締めた史乃は、遠目には喪服の白装束にも見えて、儚《はかな》げで楚々《そそ》とした風情が人目を引いてしまう。不躾《ぶしつけ》な視線を避けるように俯きがちに茶封筒を抱え、人混みを縫うようにしてようやく戸籍課の窓口を探し当てた。幸いにも戸籍課は比較的すいていて、史乃が少佐から渡された書類を提出すると、黒縁眼鏡に黒い腕抜きの係官がわずかに息を呑んだ。窓口の隙間の向こうから、同情の籠もった目で史乃を見、問いかけた。

「御遺体はどうなりました？」

「現地で荼毘に付され、遺骨だけが軍から引き渡されました」

「そうでしたか。……こちらの書類の日付も最近ですね。身許の確認が遅れたのですね。ご愁傷様です」

熟練の係官は、提出された書類に不備がないか確認してから、厳かに告げた。

「死亡届が受理されました」

史乃も、無言で深々とお辞儀をした。

——これで、あの人は戸籍からも消えた。

手続きを終え、多くの人でごった返す待合の壁際をすり抜けるように歩いていた史乃は、突然、通り道を塞がれ、驚いて足を止める。顔を上げれば、くたびれた鳥打ち帽《ハンチング》を目深に被り、絣の着物によれた袴を穿《は》いた三十ぐらいの痩せた男が、鋭い目で史乃を見下ろしていた。

「あなたは、片桐良平先生の奥さんか？」

「え？　……あなたは……」

突然、夫の名を呼ばれて史乃は困惑した。壁際に追い詰められた形になり、恐怖で身体が強張《こわば》る。

男は周囲を憚るように見回すと、顔を近づけて小声で言った。

「やっぱり。片桐先生の居場所を教えて欲しい。あの人から、返してもらわねばならないものがある」

「居場所って言われましても……あの人は死にました。西伯利亜で……えっとパル？　パルなんとかに殺されたって軍の偉い人が」

必死に男から距離を取ろうと身を捩りながら、しどろもどろに答える史乃に、男が目を眇《すが》める。整った理知的な顔立ちながら、雰囲気に妙な凄《すご》みがあった。

「そんな嘘《ガセ》で騙《だま》せるとでも？　片桐先生が死んでいるはずがない！　ほんの一月前に、東京で見かけた人がいる！」

予想もしない言葉に、史乃は呆然と男を見上げた。

「……死んでない？　そんなバカな。……遺骨だって受け取って……」

「声をかけたら、慌てて逃げてしまったそうだ。――なるほど、女房に死亡届を出させて、戸籍から消える算段か。……なあ、あの人はどこにいる？　奥さんなら知ってるだろう？」

史乃の表情から、嘘を言っていないと気づいたのだろう。男は少しばかり同情めいた口調で言った。

「まさか、奥さんまで騙して？　……もしそうなら、遺骨箱の中を見てみるべきです。賭けてもいいが、中は空っぽですよ？」

史乃の背中を嫌な汗が流れ、心臓がバクバク脈打つ。

――あの人が、生きている？　でも、そんな。どうしてそんな嘘をつく必要が？

「人が来る。またいずれ」

周りの視線を気にしたのか、男はついと身をひるがえし、雑踏の中に消えた。


まるで手品のように人混みに紛れてしまった男の姿を、史乃はそれでも必死で探したが、グレーの鳥打ち帽も絣の着物もありふれていて見分けがつかない。史乃は諦めて二度、三度と頭を振ると、人混みをかき分け庁舎の外に出た。

薄暗い中から灼熱《しゃくねつ》の夏の陽光の下に出て、史乃は眩《まぶ》しさに目が眩《くら》んで立ち尽くす。庁舎の脇の木立からは蝉の声が響き、白昼夢を見ているような錯覚にとらわれた。

――今のは、何だったの？　あの人が、生きてる？　そんなバカな……。

史乃がおぼつかない足取りで区役所の門を出ると、道路の脇に停まっていた黒塗りの車から声がかかる。

「史乃殿！」

街路樹の陰に停めた車から山本軍曹が降りてきて、史乃のために後部座席のドアを開ける。

「届は出せましたか？」

「……はい。ありがとうございます」

さきほどの男の話をするべきなのだろうが、喉がひりついたようになって言葉が出ない。心臓がバクバクと脈打ち、暑さのせいではない汗が、背中を流れていく。

「この後、まっすぐ麻布に戻られますか？」

はい、と頷きかけて、史乃はさっきの男の言葉を思い出す。

『遺骨箱の中を見てみるべきです。賭けてもいいが、中は空っぽですよ？』

一刻も早く確かめたくてたまらなくなり、史乃は言った。

「その……本郷の家に寄りたいのですが」

「……何のために？」

山本軍曹に運転席から振り返って尋ねられ、史乃は咄嗟《とっさ》に理由を捻り出す。

「……主人の遺骨を菩提寺《ぼだいじ》に運んで、住職にお経をあげていただきたくて。お葬式がしばらくできないなら、せめてそれくらいは」

山本軍曹は少し考えてから頷いた。

「そういうことでしたら。あまり長い時間にはならないですよね？　承知しました」

「あの……それで」

史乃は遠慮しいしい、もう一つ頼み事をした。

「一筋先の、亀田堂《かめだどう》に寄っていただいても？」

「ああ、人形焼きの？」

「ええ、家人の好物で……あとご住職にも手土産を……」

「了解であります」

史乃の突然のお願いにも山本軍曹は嫌な顔一つせず、老舗の菓子舗に寄ってくれた。史乃は人形焼きを三つ、包んでもらい、一つを山本軍曹に差し出す。

「あの、軍曹殿。……これ、ご迷惑でなければ——」

「とんでもありません！」

遠慮する山本軍曹に、史乃はハッとした。夫の良平は健啖家《けんたんか》で、甘い物も好きだったが、兄の健介は甘い物が苦手なことを思い出す。

「もしかして、甘い物は苦手でいらっしゃる？」

「いえ、そんなことはありません！　……では、せっかくですから頂戴します。ですが、今後はこのようなお気遣いはご無用に願います。少佐殿に、叱られます」

山本軍曹は人形焼きの包を受け取ると押し頂き、包を助手席に置いて、車を畠中邸へと回した。

突然帰ってきた史乃に、だがお仙も幸吉も驚かなかった。菩提寺の住職にお経を上げてもらうつもりだと言えば、幸吉が頷いた。

「それがようございますよ。お経も上げていないのは気になっておりやした」

史乃はまっすぐに仏壇の前に進み、軽く手を合わせてから、骨箱の白い包みを解き、白木の箱を開けた。そこには、目の粗い生成りの布に包まれたものが一つ。史乃はゴクリと唾を飲み込み、震える手で布を開いた。

ころりと、小さな石ころが転がり出た。

【五】

史乃は骨箱を元通り白い布で包み、紫の袱紗《ふくさ》にお布施を用意して、山本軍曹の車で菩提寺である正福寺《しょうふくじ》に出かけた。江戸時代から続く禅宗の古刹の、大きな石灯篭《いしどうろう》や樹齢百年を超える巨木の繁《しげ》る境内は、盆を過ぎた今は人影もなく、蝉の声が入り乱れていた。庫裡《くり》に回ろうかと思ったが、たまたま、住職は方丈で勤行《ごんぎょう》の最中であった。史乃は草履を揃えて板敷の縁に上がり、住職の読経が終わるのを待つ。史乃に気づいた小坊主が、冷えた麦湯をそっと隣に置いていってくれて、史乃はありがたくいただいた。

静かに響く読経の声と木魚の音が、史乃の心を少しだけ鎮めてくれる。

――遺骨は、偽物だった。だが、夫が生きている証拠にはならない。でも……。

清河少佐と軍は、史乃に嘘をついている。それだけは明らかだった。

「南無阿弥陀仏《なむあみだぶつ》……」

木魚の音が止み、チーンとリンの音が鳴り響く。読経が終わり、住職が向きを変えて史乃に尋ねた。

「どうかなさいましたかな。畠中の史乃殿でしたな？」

正福寺の住職は眉も髭も白い。史乃は丁寧に両手をついて頭を下げた。

「ご無沙汰しております。実は、大陸に渡ったままであった主人が、亡くなっていたのがわかりました」

住職はすでに、史乃の脇に置かれた白い骨箱に気づいていた。

「そうでしたか。最近？」

「いえ、一年以上前の、西伯利亜の北の……尼港の街で」

「ああ、あの、例の事件ですか。今頃になって？　……たしか、兄君も出征中でしたな？」

「はい。兄の帰国は秋以降になりそうです。本葬はその後でと考えておりまして、ただ、せめてお経なりと上げていただきたくて、参りました」

「なるほど」

史乃が袱紗に包んだお布施と、人形焼きの包を差し出すと、甘い物好きの住職は相好を崩して深く頷く。史乃を招き寄せ、白い包を本尊の前に置いた。

「そうですな、今、読経を……」

本尊に向き直ろうとした住職が、白い眉を動かして庭の方に目をやる。夏の日差しを反射して白い玉砂利が眩しく、古木の林からは蝉の声がさらに激しくなる。

「おや、珍しい。軍人さんが二人も、この古寺に何の用であろう」

史乃も庭を振り返って、住職の視線の先を追う。青空の下、陽炎が立ちそうな炎暑の庭を、カーキ色の軍服を着た軍人が二人、連れ立ってやってくるのが見えた。一人は山本軍曹だが、もう一人には見覚えがない。

住職の予想通り、二人の軍人は方丈の階《きざはし》の下で靴を脱ぎ、縁側に上がってきた。

「ご住職、そちらんご婦人の話ば聞きたかと。畠中ん家に空き巣ば入ったとよ」

先に立ってきたのは襟元の徽章が黒い、憲兵隊の中尉であった。お国訛りが強くて咄嗟に何を言っているかわからない。すると、後から来た山本軍曹が帽子を取り、それを胸に当てて住職に一礼し、言った。

「こちらは、憲兵隊の高橋《たかはし》中尉殿であります。史乃殿の話が聞きたいと仰《おっしゃ》っています。実は、畠中家に空き巣が入りました」

「え？」

史乃が目を瞠《みは》り、住職も髭をしごく手を止める。憲兵中尉は帽子も取らず、勧められもしないのに勝手に史乃の前に座り、山本軍曹は史乃を守るように、史乃の背後に座った。

「畠中中尉は西伯利亜に派遣されちょると？」

憲兵中尉が軍帽の下から覗く、黒い小さな目で史乃を見つめる。聞き取りにくいが今度はわかったので、史乃が頷いた。

「はい……東京から水戸《みと》に転属となりまして、そのまま西伯利亜に参りました」

中尉が、本尊の前の白い骨箱に目を留め、白手套を嵌めた指をさした。

「あれは誰ん骨箱たい？」

「わたしの夫のものでございます。四年前に大陸へ渡ったきりで、昨年、尼港で亡くなっていたとわかり、住職様に供養をお願いに参ったのですが」

「おまんの夫は、片桐良平か？」

夫の名を言われて、史乃は思わず憲兵中尉をじっと見つめてしまう。

「はい。そうでございます」

「片桐ば尼港で死んだとは、本当と？」

憲兵中尉の言葉に史乃はドキリとしたが、背後の山本軍曹が頷く。

「旅券が発見されて、足取りからも間違いないと、哈爾浜特務機関も、サハリン州派遣軍司令部も確認しております」

ゴホン、と憲兵中尉は咳払いすると、上着のポケットから一枚の写真を取り出した。

「こん写真に見覚えはなかと？　こりゃあんたばい」

見せられた写真には、白無垢に角隠し姿で座る女と、紋付袴姿に丸眼鏡をかけた男。さすがに顎髭は綺麗に剃《そ》り、ただ口髭だけを整えていた。——史乃と良平の結婚写真で間違いなかった。

「はい。……これは、どちらで？」

どうしてこの人が持っているのか、という史乃の問いに、憲兵中尉が言った。

「最近、当局が捕らえた抗日活動家が持っとったばい」

「ええ？　どうして？」

目を丸くする史乃には構わず、中尉は続けた。

「奴ら、片桐の行方ば捜しとうと。……もちろん、生きとる片桐ばい」

呆然とする史乃を庇《かば》うように、山本軍曹が後ろから口を挟む。

「高橋中尉殿、片桐の死亡は参謀本部も、浦塩派遣軍司令部も確認しています。それを疑うのでありますか？」

「軍曹ごときが黙っとれ。我々は、日本ば脅かす外国勢力ば取り締まっとるけんくさ！　ばってん、片桐良平が売国奴やったら――」

「売国奴……」

史乃は思わず、中尉の言葉をおうむ返しにした。同時に、さきほど本郷区役所で会った男のことを思い出す。――そうか、あの人は、反政府活動家なのだ。史乃が背後の山本軍曹を振り返ると、軍曹の眉が心配そうに歪められていた。史乃は憲兵中尉に向かって尋ねた。

「死んでいるにしろ、生きているにしろ、主人は四年前に家を出たきりで、一度も戻っておりません。それに、うちに空き巣が入ったと仰いましたね。主人本人ではなく、主人の持ち物を探しているのでは？」

「そん可能性ばあるたい。何か心当たりは？」

史乃は首を振った。

「四年前、大連から手紙が参ったきり、連絡は途絶えております。我が家にあるとは思えません」

はっきり言い切った史乃を、憲兵中尉は小さな黒い目で疑わしそうにジロジロと見て、だがこれ以上は無駄と思ったらしい。

「……もし、怪しかもんば見かけたら、すぐに届け出るごと。こん写真、顔の判別もつかんばってんが、しばし預からせてもらうたい」

横柄に言い捨て軍服の内ポケットに写真を捻《ね》じ込んでしまう中尉に、史乃が無言で頭を下げると、中尉は立ち上がり、板敷に派手な足音を響かせて階段を降りて行った。

炎熱の庭を横切っていく、肩を怒らせた軍服の後ろ姿を見送って、改めて史乃はある事実に気が付く。

——わたし、もしかして、あの人の眼鏡を外した素顔を見たことがなかったかも……。


「やれやれ、面倒臭そうなご仁でありましたな。……どうも同じ軍人でも、あの憲兵とやらは慣れませぬな」

住職が言い、山本軍曹が申し訳なさそうに頭を下げる。

「すみません。自分は同郷なのでわかりましたが、訛りのきつい人で。……この件、少佐殿にご報告しなければなりません。なるべく早くに戻りたいのです」

「空き巣の件、でしょうか？」

山本軍曹が頷いた。

「お二人があの家を出て、離れは閉め切りになっていたそうです。史乃殿がこの寺に向かってから、浦部夫婦が空気を入れ換えようと雨戸を開けたら、内部が荒らされていて、警察に届けたようです。――なぜ、地元の警察ではなく、憲兵が出張ってきたかはわかりませんが。無茶をしないように、参謀本部から手を回してもらわないと……」

どうも、あの憲兵中尉は、史乃の夫・片桐良平が生きていると信じ、さらに外国勢力と繋《つな》がりがあると考えているらしい。

「実は……」

史乃は顔を上げ、山本軍曹と住職に告げた。

「さきほど、本郷区役所で妙な男に声をかけられました。主人は――片桐は生きているはずだ、と」

「史乃殿？」

若い山本軍曹は露骨に驚いた顔をしたが、老練な住職は白髭を撫でながら表情を変えなかった。

「なぜ、すぐに言わなかったのです？」

「申し訳ありません。なんだか意味がよくわからなくて、混乱してしまって。遺骨箱は空だと言われて、それで家に戻ってもらったのです」

「……中身は、空ではないが、偽物だったのですな」

住職の言葉に、史乃が頷く。

「石ころでした。……住職様にはわかりましたか？」

「普段と重さが違い申した」

山本軍曹の眉が寄せられて、その表情から、軍曹は知っていたのだな、と史乃は思う。

「軍艦が沈んだ時なども、遺骨は戻らないと聞いておりましたので、遺骨がないことが主人の生きている証拠にはなりません」

史乃の冷静な言葉に、軍曹が複雑な表情をした。

「でも、主人が生きているとか、その荷物が狙われているとなると、ちょっと穏やかでない気がして……」

両手を膝に重ね、俯いた史乃に、住職が提案した。

「なるほど。この骨箱は拙僧がお預かり申そう。……朝晩、勤行の時に、同時にご供養できる」

未亡人となった史乃の、微妙な立場を住職は思いやってくれたらしい。

「はい。お言葉に甘えて……お願いいたします」

史乃はもう一度、畳に手をついて深く頭を下げた。

山本軍曹の運転する車に乗り、正福寺を後にする。途中の道すがら畠中家の前を通り過ぎて、史乃はふと、瓦葺《かわらぶき》の屋根のある白壁の際にたたずむ人物に目を留めた。

盛夏の昼下がり、白い日傘の影は濃くて、顔は陰になって見えないが、足元は赤いヒールの靴を履いて洋装の女だった。

大正に入って十年、銀座《ぎんざ》あたりでは女の洋装もよく見かけるようになったものの、白壁の続く本郷の武家屋敷には、いかにも不似合いであった。仔細《しさい》に見て行くと、白いシャツに脹脛《ふくらはぎ》までの黒いスカートを穿いて、肩口に金色の髪が零《こぼ》れていた。

その女も視線に気づいたのか傘を上げ、青い瞳と目が合う。頭には赤い布を巻いて、金茶色の波打つ髪が肩を覆っている。――西洋人だと気づいて、史乃が息を呑む。

「軍曹殿！　あそこ！」

史乃が背後から声をかけ、軍曹が一瞬だけ史乃の指差す方向を見た。

「西洋人の女の人！　金髪の！」

「あ……！」

だが、その時には女はひらりと身をひるがえし、路地の奥へと身を隠してしまう。

「……赤軍のパルチザンには、女の人も……？」

史乃の呟きに、しかし、山本軍曹は何も答えない。ほんの一瞬の邂逅《かいこう》ながら、史乃はその女の顔を記憶に刻んだ。

第二章　求婚

【一】

清河邸に戻った時、母の不在のせいで、波瑠の機嫌は最悪であった。

顔中、涙と鼻水だらけにして抱き着いてくる波瑠を宥《なだ》めつつ、史乃はおたかや女中たちに申し訳ないと頭を下げる。おたかが微笑んで言った。

「いえいえ、ずっといい子でいらしたんですよ。母親もたまには出かけませんと。……そうそう、旦那様と相談して、専門の子守り女中を雇うことにいたしました。明日にもこちらに参ります」

「いえ、そんな……！」

史乃は驚愕《きょうがく》する。ただの居候である、史乃と波瑠のために子守りまで雇うのはやりすぎだ。

清河少佐は片桐良平の死に責任を感じていると言っていた。だが、史乃にはその責任感が理解できない。少佐に、史乃母娘の生活の面倒を見る義理などないのに。

史乃は、区役所で会った謎の男と、良平を探しているらしい憲兵中尉のことを思い出す。

石ころの入った遺骨箱、空き巣、西洋人の女——

史乃だけが、何も事情を知らされず、振り回されている。

昨日からの怒涛《どとう》の二日間で、考えなければならないことが一気に増えた史乃ではあるが、幼い波瑠は待ってくれない。その世話に明け暮れている間だけは、余計な悩み事からは解放される。史乃は、娘との時間を噛みしめた。

夕食を食べさせ、風呂に入れ、子守唄を歌い、うちわで扇《あお》ぎながら寝かしつける。

はるちゃん　かわいや　わかれのつらさ
せめて淡雪　とけぬ間と
神に願いを　ララ　かけましょか

短く切り揃えた黒髪が白い敷布の上に広がり、長い睫毛を伏せ、花びらのような唇から健やかな寝息が漏れている。波瑠が眠りの国に飛び立ったのを確かめて、史乃はそっとため息をついた。眠る波瑠の、幼な子特有の愛らしさを眺め、史乃の頬が我知らず緩む。

——あの人に、似たところがあるだろうか。

だが、妻であった史乃すら、良平の素顔を思い出せない。分厚い前髪と縁の太い丸眼鏡で、顔の印象はぼかされていた。極度の近視だからと眼鏡は眠る直前しか外さず、朝は史乃よりも先に起きて何か書き物をしていた。火傷の痕が醜いからと絶対に肌を晒《さら》さず、夜の営みは常に後ろから、彼は着物を着たままで——

良平は意図的に、史乃には素顔も肌も見せず、正体を隠していたのだ。

そこに思い至った時に、史乃の胸がツキリと痛む。

史乃ははっきりと覚えている。兄が下宿人として良平を連れて来た日のことも、少しずつ距離を縮めた日々のことも、結婚を申し込まれ、承諾した夜も、初めて、妻となった夜のことも——

——すべて、嘘だったのね。あの人は何かの目的があって、わたしと結婚した。

今にして思えば、兄・健介は良平の正体を知っていたのだ。大陸に渡ったきり、二度と戻らないことも。

兄との間では、偽りの結婚だと話がついていたのかもしれない。なのに、史乃は波瑠を身ごもった。

史乃が妊娠を告げた時の、兄の愕然とした表情を思い出しながら、史乃は眠る波瑠の黒髪をそっと撫でる。

——きっとあの人も、子供がいるなんて想像もしてない。

もし、生きていたとしても、片桐良平が史乃のもとに戻る日は来ないのだ。

その時、控えめなノックの音がした。

「はい」

慌てて出ていくと軍服姿の清河少佐が立っていた。

——もしかして、波瑠が寝入るのを待っていた？

だとしたら子守唄も聞かれていたのだろうかと思うと、途端に気恥ずかしくなる。

「あの……」

「……少し、いいだろうか」

史乃が頷くと、少佐が足音を立てないように部屋に入り、寝台で眠る波瑠を見下ろす。史乃に近づいた時に、ふっと煙草の匂いが漂う。

「よく眠っているな」

「ええ……最近はぐっすり眠って、夜中に起きなくなりました。前は、大変で……」

「そうか……さっきの歌は……」

やはり聞かれていたかと史乃が顔を引きつらせると、少佐は慌てて首を振った。

「いや、何でもない」

少佐はしばし無言で波瑠の寝顔を眺める。なんとなく、その端正な横顔を眺めながら、史乃は無意識に良平の顔を思い出そうとした。目の前の男の整った顔立ち、少しこけた精悍《せいかん》な頬と顎の線、短く切ってポマードで固め、整えた黒い髪。そのすべてが、記憶の中にあるはずの夫の面影とは重ならない。

良平も、背は高い人だった。髪は伸ばしてゴワゴワと額を覆い、頬はこんな風にこけていなくて、全体にもう少し太って——。

「片桐の死亡広告が出るように、手配はした。明日の新聞に載るはずだ」

「……そう、ですか」

「片桐の死は、これで公になる。本郷の家にはこちらから人員を配備するので、次に何かあれば対応できると思う」

少佐が史乃の顔を見た。

「昼間のこと、山本から報告を受けた。……区役所で妙な男に会ったこと、西洋人の女を見て、あとは憲兵」

少佐が白手套を嵌めたままの手で、前髪を掻きあげながら、ため息をつく。

「向こうは、貴女のことを我々の予想よりも早く掴んでいたらしい。……どうも後手後手に回っている。俺の帰国がもう少し早ければ……」

史乃が黙っていると、少佐が早口で言った。

「遺骨のことも……旅券から片桐の遺体があるのはわかっていたが、どれがそうなのかは、確定できなかったのだ。よくある処置で、騙すつもりでは……」

「わかっています。遺骨が偽物だからって、あの人が生きていると言い張るつもりはありません」

史乃の言葉に、少佐は少しホッとしたらしかった。

「そうか……。しばらく、外出も控えてもらいたい。何か入用なものがあるならば、おたかか、村木に言ってくれれば不自由はさせない。呉服屋も手配させる。子守り女中も新しく雇うつもりだ。……それで、この四年の貴女の苦労が帳消しになるわけではないが……」

史乃の四年間のことを詫びようとする少佐を、だが史乃は遮った。

「……少佐殿にそんな風にしていただく理由がありません」

「俺は誠吾、だ」

「え？」

史乃が問い返すと、少佐はまっすぐに史乃を見つめて繰り返した。

「俺の名は清河誠吾。名前で呼んでもらいたい」

「で、でも……そんな……」

名前を呼ぶような仲ではないと、史乃は言おうとしたが、じっと見つめてくる黒い瞳には、明らかな熱がともっていた。その視線に射抜かれて、史乃は言葉を失う。

「できる限りのことをしたいのだ。貴女が望むことは、すべて」

「少佐殿……」

「だから、誠吾だ」

少しばかりの苛立《いらだ》ちを込めて言われ、史乃は戸惑う。

「貴方のようなご立派な方を、そんな風には呼べません」

「片桐の死亡届も出した。後は葬儀を終えて、一日も早く結婚したいと思っている。波瑠も、俺の籍に入れて……」

何を言っているのかわからず、史乃はしばらくぽかんとして男の顔を見つめた。

「……えっと……近々ご結婚なさるのですか？　それは、おめでとうございます」

「違う！　俺と貴女が結婚するのだ」

「は？」

驚愕に目を見開く史乃に対し、少佐が白手套を嵌めた手で口元を覆い、しばし逡巡《しゅんじゅん》して視線を彷徨《さまよ》わせる。その仕草もまた、照れた時に良平がするのに似ていて、史乃はドキリとする。

「いきなり、藪《やぶ》から棒に何かと言われそうだが……その……それが、一番いいと思うのだ」

「何を仰るのです？　結婚？　わたしと、少佐殿が？　なんの冗談ですか」

ありえないと思って史乃は無意識に男と距離を取ろうと後ずさり、だが足が上手く動かずふらついた。

「あ……」

「危ないッ」

素早く男が腕を回して史乃を支え、そのまま抱き寄せられた。軍服を着た硬くぶ厚い胸で視界が覆われ、煙草の匂いと男の体温に包まれて、史乃の頭が真っ白になる。

「史乃……名を呼んでくれ」

「そんなの、無理……」

凍り付いたように固まる史乃の背中を、男の大きな手が、ゆっくりと這っていく。まるで存在を確かめるかのような動きに、史乃の鼓動が早まり、頭に血が上る。

「いやっ……離して、離してくださいっ……」

視線を上げた先にある、男の突き出た喉ぼとけがゴクリと動き、何かを堪えるように深いため息をつく。そうしてそっと史乃の身体から離れて、言った。

「失敬。……不躾だった。だが、冗談ではない。俺は本気だ」

史乃は男の体温が離れたことで、少しだけ冷静になり、探るように男を観察した。

背が高く、軍人らしい鍛え抜かれた体躯に、やや頬のこけた端正な顔立ち。将官の徽章と右胸の天保銭が男の地位と約束された将来を表すかのように光り輝いている。凛々しい眉は何かを堪えるように顰められ、切れ長の黒い瞳は強い光を湛えている。薄いが形のよい唇は微かに開いて、少し戦慄《わなな》いていた。

間違いなく上等の部類の男に結婚を申し込まれ、熱の籠もった視線で見つめられて、史乃がもっと若く、そして人妻でなければ、舞い上がってころりと信じたかもしれない。

だが、この四年の苦労と昨日、今日の衝撃は、史乃の心を疑惑でいっぱいにするには十分であった。

「いったい、何が目的なんです？　仮にも陸軍将校で、さらに伯爵様でもいらっしゃる貴方が、よりによって子持ちの後家と結婚しようだなんて……」

そう、口にしてから、史乃はあっと思い至る。

「もしかして……軍からそのように命令が？」

「違う！　そんな命令は受けていない！　俺は……」

少し大きな声を出してしまった男は、ベッドで眠る波瑠が身じろぎしたのに気づいて、慌てて口を塞ぐ。

「……俺の意志だ。誰の命令でもない。結婚して欲しい」

「命令でないなら、なぜ？」

「なぜってその……」

「軍人にとって命令は絶対でしょう。それならまだ、わかります。命令でもないのに、好いてもいない女と結婚しようなんて、おかしいです。同情心か道義心か存じませんが、そんなお気遣いはご無用に願います」

はっきり告げれば、男は固めた髪をワシワシと掻きむしって言葉を探しているようだった。

「お話がそれだけなら、お帰りいただけますか？　清河誠吾少佐殿」

毅然《きぜん》とドアの方を指させば、少佐は首を振る。

「貴女が不審に思うのも、当然だ。だが俺は本気だ。命令でも同情心でもなく、その……一目惚《ひとめぼ》れなんだ」

少佐の目は真剣だったが、言うに事欠いてバカバカしいと、史乃は鼻で嗤《わら》った。

「そんな与太《よた》話を信じろと？　人をバカにするものじゃありませんわ。それに――」

史乃はキッと顔を上げて少佐の目を見つめる。夫を亡くした女と軽く見られたのかと思えば、悔しさに目の奥が熱くなり、涙が溜《た》まってくるのがわかった。

「わたし、主人を愛しておりましたの。もしかしたら、すべてが軍部の差し金で、嘘ばかりの結婚生活だったかもしれませんけど。愚かな女だと嗤ってくださって構いません。今は、あの人以外と結婚するなんて、考えたくもない！」

涙が溢れ出して頬を伝うのも構わず、親の仇《かたき》のように少佐を睨《にら》みつけて言い切った史乃に、男も言葉を失くしたようだった。じっと史乃の顔を見つめていた少佐は、少し目を閉じて大きく息を吸った。

「すまない……傷つけるつもりはなかった」

少佐はちらりと眠る波瑠を見てから、史乃に視線を戻し、言葉を選びながら言った。

「冷静に考えて欲しい。貴女だけでなく、あの子の人生のこともある」

史乃は言われて初めて気づいたように、ハッと顔を上げた。涙を弾くように潤んだ目をぱちぱちと瞬いて、慌てて指先で頬を拭う。

「……片桐は死んだ。貴女があの子を一人で育てるなんて、無理だ」

「それは……わたしが、働いて……」

「あんな小さな子を抱えて？　カフェーの女給でもするつもりか？」

女の働き口が増えたとはいえ、手に職もなく、幼子を抱えた史乃にできる仕事など知れている。

「貴女の兄が戻ってくれれば、おそらく再婚を勧めるだろう。……俺より、条件のいい嫁ぎ先があるとは思えない」

それは全くその通りで、史乃は悔しくて唇を噛む。

「史乃」

ギラギラした黒い瞳で見つめられ、史乃は魅入られたように動けなくなる。

「少佐……わたしは、今でも夫を愛しています。生活のための打算で、貴方と心の伴わない結婚をするなんて、できません」

「打算でも構わない。それに、俺には心がある」

少佐は史乃の白い手にそっと口づけて言った。

「片桐の葬儀が済むまでは待つ」

そう告げると少佐がドアに向かったので、史乃が内心、胸を撫でおろすと、だが、彼はドアのところで立ち止まって史乃を振り返った。

「これだけは。……名前で呼んで欲しい。誠吾と」

とにかく早く出て行って欲しくて、史乃が仕方なく頷けば、男は少しだけ微笑んで部屋を出て行った。

パタリと扉が閉まって、部屋から少佐の気配が消え、史乃はホッとため息を零す。

「……結婚だなんて。そんなの、困るわ」

たしかに片桐良平は死亡届も出され、戸籍上は死んでいる。でも――

今の少佐の態度で、史乃は何の根拠もなく、確信した。

――あの人は、生きているんだ。だから、それを誤魔化《ごまか》すために、わたしと結婚しようとしている……？


翌日からは、清河邸で一見、親子のような穏やかな日が続いた。少佐ができる限りの時間を家で、波瑠と過ごそうとしているのは明らかで、史乃は少し複雑な気分になる。

――将を射んとせばまず馬を射よ、というつもりなのかしら。

「パパ！」

新しく雇われた子守り女中と庭に出ていた波瑠が、帰宅して車から降りる少佐に駆け寄っていく。

「波瑠、いい子にしていたか？」

「うん！」

足元にじゃれつく波瑠を軽々と抱き上げて室内に入ってきた少佐を出迎え、史乃は対応に窮する。

「波瑠……誠吾さまにお行儀が悪いわ。かあさまの方にいらっしゃい」

「や！　パパがいい！　たかいもん！」

「波瑠ったら」

「ははは」

すっかり主人に懐いて甘える波瑠を、使用人たちも何も言わずに見守っている。「パパ」という異国風の奇妙な呼び方の意味を尋ねた史乃に、少佐は「旦那様、みたいな意味だ。波瑠はまだ上手く喋れないから、簡単な方がいいだろう」と言われたが、なんとなく釈然としない。

軍服を着替え、紺色の絣を着流しにした後ろ姿に、史乃の心臓がドキンと跳ねた。肩パットが入り、肩章もついた軍服ではわからなかったが、肩のラインが良平に似ている気がしたのだ。

夫のことを思い出そうとすればするほど、雲を掴むように曖昧だったその像が、目の前の男によって塗り替えられていくようで、史乃は無意識に首を振る。

――あの人はもっと太っていて、顎や首筋はずいぶん違った。ただ、背丈が同じくらいなだけ。

一目惚れだという少佐の言葉は到底信じられない。でも、どこかで、生活の面倒を見てくれるというこの男に甘えたい気持ちがあって、夫に重ねることで自分の心を無意識に誤魔化そうとしているのだろうか。生活のために貞操を売り渡すに等しい、浅ましい考えに気づいて、史乃は自らを密かに戒めた。

【三】

清河少佐からの求婚は、史乃にとっては青天《せいてん》の霹靂《へきれき》で、同時に少佐への不信感を煽るだけであったが、現状、清河邸に世話になっている身では、無下にもしづらい。波瑠を連れてこの屋敷を出ることも考えたが、反政府勢力や外国人が本郷の実家周辺をうろつき、さらに憲兵隊にまで目を付けられている。この屋敷を出て参謀本部の保護監視下を離れれば、たちまち憲兵か怪しい男たちに捕まるのではと、史乃は悪い予感に苛《さいな》まれて決心がつかなかった。

自分一人なら、どこなりと身を隠すことも可能かもしれないが、幼い波瑠を連れては無理だ。

史乃は、良平との事情を知るらしい、兄・畠中健介の帰国を待つしかなかった。

少佐の懐柔策なのか、九月に入って早々、清河邸に呉服屋がやって来た。

「旦那様が、史乃さまと波瑠さまに秋冬のお召し物を仕立てるようにと。それから、波瑠さまにお祝い着をご用意すると仰って」

「お祝い着?」

「三歳の髪置きのお祝いでございますよ?　旦那様が是非にと」

史乃は目を丸くした。少佐が本気で史乃と結婚し、波瑠を自身の娘として籍に入れるつもりらしいと気づき、史乃は慌てた。

「そんなにしていただく理由がありません」

「旦那様のご意向でございますから」

おたかに笑顔で、しかし有無を言わせぬ調子で言い切られて、史乃はそれ以上何も言えなくなる。

清河邸には長い廊下で繋がった和館もあって、八畳間を二間続けた広い座敷一面に、呉服屋の若旦那の指図で、丁稚《でっち》二人が色とりどりの反物を広げていく。銘仙やお召、冬物のセル……畳の上に、鮮やかな着尺の花が咲く。

「近頃の流行と申しましたら、まずは銘仙でございますね。若奥様のお召し物でしたら、こちらの古典柄か、西洋風のモダンな柄もお薦めでございます」

若奥様ではなくただの居候だと、自分から言い立てる勇気などあるわけもなく、史乃はただ黙って正座して、次々に広げられる着尺を眺めていた。良平が消息を絶って収入は途絶え、その上、米価をはじめ諸物価の高騰が続き、爪に火を点《とも》すような厳しい暮らしが続いていた。母の残した古着を解いて縫い直すばかりで、数年来、着物を新調していない。

遠慮して俯いているばかりの史乃を他所《よそ》に、おたかと呉服屋はあれこれと喋りながら、勝手に盛り上がって決めていく。西洋風のモダンな薔薇《ばら》の花柄を大胆に描いた濃色の金紗縮緬《きんしゃちりめん》は、あまりに華やかすぎると史乃が尻込みするのを、肩にかけてみると深い色合いが史乃の控えめな風情によく似合って、おたかも呉服屋も絶賛した。

冬に備えてセルの鮮やかな格子柄、今年の流行色だと呉服屋が一推しするお納戸色の地に、全面に海棠《カイドウ》を散らしたお召、流行りの長羽織と、モダンな幾何学紋の名古屋帯に、レースや色鮮やかな刺繍《ししゅう》の入った半襟。長襦袢や帯揚げ、帯締めなども含めれば結構な量になって、その金額を想像して、史乃は背中に冷や汗をかいた。

——たしかに結婚は申し込まれたけど！　でも、本気とは思えないのに……。

天保銭の陸軍将校でさらに伯爵でもある少佐が、子持ちの後家と結婚なんて、不自然極まりない。何か思惑があるのかと疑う気持ちと、おたか以下の使用人たちが、史乃と波瑠を内心どう思っているのかと考えるだけで、史乃の不安は途方もなく膨れ上がっていく。

商談が一段落して、広げた反物を器用に巻き取りながら、呉服屋が世間話を始める。

「では、今代様は長く西伯利亜の戦地におられて、つい先日、お戻りになったのでございますか」

「ええ、そうです。西伯利亜より南の、満州の機関にいらしたそうです。先代の桐吾《とうご》さまが急に亡くなられて、すぐにも爵位の継承をと、大旦那様が願い出られましたが、軍機に関わる身ということで、戦地を離れることができませんで、この六月にようやっと」

「先代様もまだお若くていらしたのに、急なことで」

「もともと、桐吾さまはお体が弱い方でしたからね。誠吾さま——旦那様は腹違いだからと万事ご遠慮なさって、それで軍に入って戦地にも向かわれたのです」

清河伯爵は維新の元勲として爵位を得た家だが、清河誠吾少佐は庶子であったため、幼少より軍人を志し、陸軍士官学校から陸軍大学校に進み、参謀本部付で哈爾浜の特務機関に赴任していた。伯爵位を継いでいた異母弟の清河桐吾が急死し、予想外に爵位を継ぐことになった。

「では、こちらの若奥様は、今代様の出征前にご結婚を？　長くお出入りを許していただいておりますが、いっこう存じ上げず」

呉服屋に言われて、史乃がギョッとする。だが、おたかは動ずることもなく、ありもしない話を滔々《とうとう》と語り始めた。

「ええ、誠吾さまは陸大を出てすぐに、故畠中大佐殿のご令嬢である史乃さまとご結婚なさいましたが、その頃はまだ、桐吾さまの御母堂《ごぼどう》様である、大奥様が御存命でいらっしゃいましてね。桐吾さまも独身でいらしたので、派手なお披露目《ひろめ》はご遠慮なさったのですよ」

「ああ、なるほど。……大奥様は厳しい方でいらっしゃったから……」

おたかの話を聞いて、史乃は心臓が止まりそうになる。もともと出征前から、少佐は史乃と結婚していたと、おたかに告げているのだ！

——そんなバカな！　嘘にもほどがある！

史乃の心臓がバクバクと破裂しそうに脈打ち、冷や汗がダラダラと流れる。たしかに、夫、片桐良平については一切、喋るなと言われている。でも、そんな嘘をついてまで史乃母娘を囲い込もうなんて、正気の沙汰ではない。

——軍の命令だろうが、なんだろうが、人を騙すのはよくないわ……。

史乃がぐっと拳を握りしめた時、廊下の向こうから執事の村木がやってきて、少佐の帰還を告げる。

「まあ、大変、旦那様をお出迎えしなければ！」

と慌てて膝を浮かせるおたかに、村木が言った。

「旦那様がこちらに顔を出されるそうです。……ほらもう、お庭の方から」

村木が言う間もなく、庭を回って直接、少佐が大股で歩いてくる。カーキ色の軍服に軍帽を目深に被り、右胸の金モールの飾緒と天保銭がキラリと光る。そこに、庭から可愛らしい声が飛んだ。

「パパ！」

庭で子守り女中と遊んでいた波瑠が、目ざとく見つけて一目散に駆けていく。赤い着物に白い前掛けがひらひらと蝶《ちょう》のように翻り、直前で躓《つまず》いて「あっ！」と思ったところを、少佐がギリギリで屈《かが》んで抱きとめた。

小さな波瑠を軽々と抱き上げると、肩に乗せるようにして座敷へと歩み寄り、濡れ縁に腰を下ろした。波瑠はそのまま、大人しく膝の上に座っている。

どこから見ても親子にしか見えない情景に、史乃が眩暈《めまい》を覚える。いつの間にか少佐はすっかり波瑠を手懐けてしまっていた。

当主の登場に、呉服屋が慌てて反物を脇に置き、丁寧に両手をついて頭を下げる。

「これはこれは……この度は無事なご帰還とご襲爵《しゅうしゃく》、まことにおめでとうございます」

「ああ、ありがとう。俺は女の着物のことはさっぱりだが、この子の祝い着を買ってやりたくて」

呉服屋がポン、と手を打って言った。

「ええ、お伺いしておりますよ！　お嬢様の！　……これ、新吉《しんきち》、子供の晴れ着用のを」

「はい、ただいま！」

丁稚が数本の、ひときわ鮮やかな反物を抱えて走り出る。

「髪置きのお祝いなら、一つ身でございますな」

子供の晴れ着らしく、華やかで可愛らしい柄がいくつも広げられ、再び畳の上に花が咲く。広げられた反物をきょとんと見ている波瑠に、おたかが呼びかけた。

「波瑠さまもこちらにいらっしゃいませ、波瑠さまのお着物を選びましょう」

波瑠は興味津々ながら、見慣れぬ呉服屋の若旦那に怯えて、少佐の首根っこにかじりついてじっとしている。少佐が帽子を脱いで脇に置き、遠目に反物を見ながら波瑠に言った。

「波瑠、あの鞠《まり》の模様のはどうだ？」

「マリ！　マリはどこ？」

薄桃色地に手毬《てまり》柄の友禅を選んで呉服屋が掲げてみせると、おたかも頷く。

「まあ、可愛らしい！」

「一つ身ですので、帯を結びません。袖なしの被布《ひふ》を重ねることが多うございます。この着物ですと、白地の綸子《りんず》か、あるいは赤か……」

「俺は白がいいな。……どうだろう？」

「では、そういたしましょう。後は草履と足袋、髪飾りでございましょうか」

「そのあたりは俺はとんとわからない。女たちと相談してくれ」

それだけ言って、少佐は波瑠を抱き上げて母屋へと戻って行く。その後ろ姿を見送り、呉服屋がしみじみと言った。

「大変な可愛がりようでいらっしゃる。それにお父上にソックリで、先々が楽しみでございますね」

呉服屋のあからさまなお世辞に、史乃は引きつった愛想笑いしかできなかった。

〔三〕

九月の前半、史乃は本郷の家に戻ることも外出も許されず、清河邸に籠もって波瑠の祝い着や自分の着物を縫って過ごした。波瑠の子守りだけでなく、史乃付きの女中までつけられて、ますます気詰まりであった。

お久《ひさ》、という名の女中は史乃と同い年で、最近までさる富豪夫人の下で働いていた。零落した華族令嬢であった夫人は、借金のかたに父親より年上の成金の後妻として嫁いで、憂さ晴らしに高価な着物や化粧品を買い漁《あさ》った、いわゆる虚栄夫人《レーベ・ダーム》であった。しかし、贅沢三昧《ぜいたくざんまい》に景気の減退が重なって成金は破産に追い込まれ、彼女は若い書生と駆け落ちしてしまったとか。――そんな三文記事のような話を面白可笑《おか》しく語るお久は、流行の化粧や化粧品、髪型にやたら詳しかった。

「前の奥様は、神戸の中山太洋堂《なかやまたいようどう》のクララ白粉《おしろい》がお気に入りでしたけど、あたしは資精堂《しせいどう》のオオルロマンの方が洒落《しゃれ》ていて好きですわ。……後は高価な舶来物を使っていらっしゃいましたね。仏蘭西《フランス》の香水なんて、目の玉の飛び出るようなお値段でしたよ！」

お久は、史乃が捲《めく》る雑誌『婦人雅報《ふじんがほう》』を横から覗き込み、広告を指さした。

「そうそうこれ！　資精堂の七彩粉白粉！　これは前の奥様もお気に入りでした！　今度、旦那様にねだって買っていただきましょうよ！　それより、銀座のお店にお買い物に行きます？　帰りにはソーダ水かアイスクリーム。時々お相伴になったんですよ！」

うっとりと語るお久に、史乃は苦笑する。

「そんな贅沢なこと……いえ、アイスクリームを奢《おご》るくらいはかまわないけど……」

実のところ、史乃はお久の話の半分もわからず、化粧水と言えばヘチマ水一択であった。

「史乃さまは控えめでいらっしゃるから！　でも前の奥様が常々言ってましたよ。男はね、甘えてねだられるのが好きなのよって」

お久は、こうやって史乃の部屋で駄弁《ダベ》っているので、他の女中たちにはあまり評判がよくない。

それでも、化粧のセンスが抜群によく、電気鏝《ゴテ》で髪にウェーブをつけ、流行の髪型に結う技術が他に抜きんでていて、仕事が途切れたことがないのだと言う。

ウェーブをつけた前髪で耳を覆い、後頭部で小さな髷《まげ》を結う「耳隠し」は、史乃のどこか儚げな風情によく似合った。

「ほら、今日も素敵ですわ、史乃さま！　夢二《ゆめじ》の美人画みたい」

「……ありがとう。なんだか照れるわ……」

藤鼠《ふじねず》の地に秋草の裾模様お召に紺の帯を締め、薄紅色の刺繍の半襟が白い肌を引き立てている。

良家の若奥様と言われても疑う者はいないだろう。

史乃の支度ができたあたりで、子守り女中のお勝《かつ》が波瑠を連れて来た。

「かあたま、おつきみ！」

「そうね、今夜は中秋の名月だから、真ん丸お月様見られるかしら？」

史乃はブラシで波瑠の髪を丁寧に梳《と》かし、白い蝶型前掛の後ろのリボンを整えてやる。お久が赤いリボンを出して、波瑠の耳の上あたりで大きな蝶結びをつくる。

「あら、可愛らしい！　旦那様もきっとお喜びになりますよ！」

女たちの耳がわずかな自動車のエンジン音を捕らえる。

「あ、お帰りだわ！　さ、波瑠さまも史乃さまもお出迎えに！」

お久にせかされて、史乃は波瑠の手を引いて玄関に向かった。

「お帰りなさいませ」

執事の村木と女中頭のおたかとともに、波瑠を抱いた史乃もこの家の主人である少佐を出迎える。カーキ色の軍服はいつも通りだが、今日は乗馬の用があったのか、短袴《たんこ》に革の長靴であった。上等ななめし革を用いて足首のところでくたりと皺の寄った、いわゆるグシャ長で、青年将校特有の洒脱《しゃだつ》さがあり、いかにもエリート然として格好がよかった。

「ああ……今日はよく晴れている。いい月が見られそうだ」

少佐は軍帽をおたかに渡し、ベルトを外して軍刀ごと村木に手渡す。

「パパ！」

史乃の腕の中から早速手を伸ばす波瑠を、少佐はまるで本当の父親のように微笑んで、白手套を嵌めた両手で軽々抱き上げる。

「いい子にしていたか？」

「うん！」

そんな情景を見ていると、波瑠の父親は正真正銘この人なのではと、史乃でさえ錯覚しそうになる。使用人たちが騙されるのも当然かもしれない。

少佐は家で夕食を摂る時は軍服のままで、その後に着替える習慣にしていた。夕食は和食が多かったが、最近は洋食も並ぶようになった。その夜は牛ひき肉入りのコロッケと海老《えび》フライが出て、史乃は波瑠の皿のフライを先に小さく切って、中を冷ましてやる。小さな銀のフォークで美味しそうに食べる波瑠に、史乃が言った。

「……今日の甘味《デザート》はお月見団子ですって。それはお月様を見ながらいただきましょう」

少佐が、対面の席から思い出したように言う。

「そういえば、今日は皇太子殿下の欧州訪問に随行した東宮御用掛《ごようがかり》から欧州の政情を聞く機会があって、巴里《パリ》土産の菓子をもらった。砂糖菓子のようなものらしいが、後で波瑠にやってくれ」

皇太子が半年に及ぶ欧州訪問を終えて帰還したのが、九月の頭であった。

「英国まで船で二か月。赤道に近い印度《インド》洋では、あまりの暑さに船内の汽灌《ボイラー》が爆発して、殉難者もでたそうだ」

「まあ、そんなに暑いのですか……」

史乃は女学校で習った世界地図をなんとか思い浮かべるが、想像がつかない。少佐が海老フライを口に運びながら言う。

「北回りの、西伯利亜鉄道経由の方が近いが、今は無理だしな。……大連で行われている、撤兵に関する協議も難航しているらしい」

「では、兄が戻るのも遅れるでしょうか……」

「沿海州からの撤兵はすでに決定されているが、全面撤退となるとなかなか——」

卓上の麺麭をちぎって、少佐は史乃をまっすぐに見た。

「そうだ……軍に婚姻願を提出するに際して、貴女の身上調査書が必要なんだ。畠中中尉殿の帰還を待つつもりだったが、こちらで適当に書類を作成しておくから」

史乃がハッと少佐の顔を見た。

「まあ、堅苦しい規則で……俺の方から参謀本部の方には根回ししておくから、問題はない」

士官の婚姻には規定に従い、婚姻の同意書と婚姻相手の身許調査書の提出が必要であった。さらに、華族の籍にある少佐は、結婚に際して宮内大臣に届け出なければならない。ルンペン文士と結婚して、子供までいる史乃と、エリート士官である少佐の結婚なんて、許可が下りるのか？

——やはりどう考えても、わたしは参謀将校の妻にはふさわしくないと思うのだけど……。

「その、結婚は……兄が、なんと申しますか……」

史乃としては、兄・健介の帰還まではのらりくらりと返事を引き延ばし、兄の反対を理由に切り抜けようかと思っていた。視線を逸らして俯いた史乃に、少佐が念を押す。

「心配はいらない。最近、陸軍大臣を勇退された田中《たなか》公の後押しも得ている」

「でも、誠吾さま。皇太子殿下のご婚約にだって、いろいろ言われておりますのに」

史乃が、ちょうど巷《ちまた》を騒がしていた「宮中某重大事件」を引き合いに出して、それとなく少佐を窘める。皇太子はとある宮家の姫との婚約が内定していたが、元老の一人が異議を唱えて婚約が暗礁に乗り上げていた。皇族の姫様でさえ横槍《よこやり》が入るのである。史乃のような女が華族の夫人になれるとは思えなかった。

「問題ない。田中公の弱みは握っている。俺は誰であろうが、『諾《イエス》』以外の返事は受け入れない男なんだ」

少佐はそう言うと、史乃に向かい、片目をつぶってみせた。その妙に気障《キザ》なところも、良平に似ていた――。


夕食後、和館の濡れ縁には、三方に十五個の月見団子が積み上げられ、志野の壺《つぼ》に薄《すすき》と桔梗《ききょう》が活《い》けられて、月見の支度ができていた。波瑠は早速、月見団子を食べてから、子守り女中のお勝や若い女中たちと一緒に、塗の桶《おけ》の水鏡に月を映し、はしゃいでいた。

紺絣《こんがすり》の着流しに着替えた少佐が濡れ縁に腰を下ろしたので、史乃はおたかが用意した酒を差し出した。

夫の良平は酒を飲まなかったな、と史乃は不意に思い出す。

「じゃあ少しだけ」

少佐は猪口《ちょこ》を取り、史乃が注いだものを軽く呷《あお》る。

「……お酒、お好きなのですか？」

史乃に聞かれて、少佐は軽く微笑んだ。

「そこまで好き、というわけではなかったが、哈爾浜や西伯利亜の冬は酒がなければ乗り切れない。ウオトカという火のように強い酒を飲むんだ。あれに比べれば、日本の酒は水みたいなもんだ」

切れ長の目元をくしゃっと緩めて笑う少佐を見て、史乃はこの人が自分と結婚したがるはずがないと思う。

少し俯いた史乃の様子に、少佐が尋ねた。

「どうか、したのか？」

「いえ……その……貴方のようなご立派な方が、わたしのような子持ちの後家と結婚なんて……」

「史乃。前も言ったが、命令など受けていない。貴女を、愛《いと》しく思うから、自分の意志で結婚を申し込んだ」

ハッキリ愛を告げられて、史乃は視線を泳がせる。秋の夜を照らす満月に薄い雲が流れ、月明かりが翳る。

「俺の気持ちは決まっている。貴女以外と結婚するつもりはないんだ」

「でも……」

逡巡する史乃の肩を、少佐がそっと抱いた。

「まだ、決心がつかないのか」

なんて答えていいかわからず、史乃が目を伏せる。肩に触れる指先から、少佐の熱が伝わってきて史乃は体温が上がり、心臓の鼓動が早くなるのを感じる。少佐がしばし沈黙を守るうちに雲が晴れ、再び満月が姿を現し、史乃の顔を照らす。

――この人が、嫌いなわけではない。でも――

その時、少し離れて水鏡を見ていた波瑠と若い女中たちの間から、明るい笑い声が響く。

「はるちゃん、かわあいーや、わかれーのちゅーらーちゃー」

目をやれば、波瑠がお勝らと、歌を歌っている。いつも、史乃が子守り歌に歌ってやる流行歌の、替え歌だ。数年前に爆発的に流行し、あまりに流行りすぎて、史乃が学生時代は歌うことを禁じられたほどだった。

「ああ、カチューシャの歌ですね？　お上手！」

「でも歌詞が違いますね。……ああ、史乃さまが？」

「かあたまがいつも、ねんねのときに、うたってくれるよ？」

そのうち、女中たちが声を揃えて歌い始める。

カチューシャかわいや　別れのつらさ
せめて淡雪　とけぬ間と
神に願いを　ララ　かけましょか

史乃は思わず、少佐から顔を背けた。その歌は、史乃が初めて浅草《あさくさ》に良平と二人で見に行った、新劇の中で歌われた歌だったからだ。
――二人で過ごすことがほとんどなかった良平との、数少ない思い出の歌。史乃はその歌詞を変え、波瑠の子守り唄に歌ってきたのだった。

カチューシャかわいや　別れのつらさ
せめて又逢う　それまでは
同じ姿で　ララ　いてたもれ

史乃は毎夜、その歌を歌いながら、良平の帰りを待ち続けた。その思い出が胸に迫って、史乃は唇を噛んで俯く。少佐もまた、しばし黙って女中たちの歌を聞いていた。歌が終わり、史乃が夢から覚めたように言った。

「……ごめんなさい。わたしは、主人を愛しております。まだ、他の方に嫁ぐ覚悟は定まりません」

「史乃……」

肩に触れる少佐の手に、わずかに力が籠もる。

「片桐のことで……その……少しばかり尋ねても？」

史乃が顔を上げれば、少佐が困惑げに眉を寄せて、史乃を見ていた。

「その……俺も役目柄、片桐についていろいろと調べたのだが——言いにくいのだが、たいした美男でもないようだし、その……あの男のどこがそんなによかったのだ？」

予想もしない問いに史乃が目を見開けば、少佐は気まずそうに手で口元を覆う。困った時のこの男の癖であるらしいその仕草に、夫との共通点を見出《みいだ》しながら、史乃もまた考えた。

たしかに、良平は美男子ではなかった。——というより、もっさりとした前髪と分厚い丸眼鏡で顔の印象は消えている。いかにも鈍重そうで、そのくせ甲高い早口でよく喋った。たいした親族もおらず、金もない。東京に出てきてどこかの専門学校に入ったものの、金が尽きて退学したようなことを言っていた。

どこからどう見ても、この目の前の男の方が美形でエリート将校で金もある。少佐の求婚を断って、冴《さ》えない死んだ夫に恋々としているのは、少佐の目から見て不思議なのかもしれない。

「その……たしかに、貴方の方が美男でいらっしゃるけれど、その……どこか胡散臭いというか。わたしは主人のような人の方が安心できたので……」

「胡散臭い……」

史乃の言葉に、少佐は衝撃を受けたらしかった。

「史乃、俺は、胡散臭いか？」

真正面から見つめられ、史乃はドギマギする。

「だって……わたしとは釣り合いませんし……」

「そんなことはない！　……史乃は、綺麗だ。それに……」

少佐は眉を寄せて言う。

「俺に言わせれば、片桐の方がよっぽど胡散臭いだろう。あれがよくて俺がダメな理由が納得いかない」

「別に誠吾さまがダメなわけでは……」

慌てて否定する史乃に、なおも少佐が食い下がった。

「どこが好きだったのか教えてくれれば、俺もそうなるように努力する！　具体的に教えてくれ」

史乃は顎に手を当てて考え込む。

「そうですね……どこが、と言われても。あの人は、わたしの作る料理をとても褒めてくれたんです」

「料理……」

「バカバカしいと仰るかもしれませんが、死んだ両親にも兄にも、たいして褒められたことがございませんの。平凡で、特別な取り柄もない女でございましたので。でもあの人だけは、料理が美味いと言って褒めてくれて……それが嬉《うれ》しかったんでございます」

口に出してみると、本当にくだらない理由だったが、良平のために料理を作るのが史乃は好きだった。留守がちの彼が、旅の失敗談をあれこれ喋りながら、同じ口で卓上の料理をすごい勢いで食べていく。手品のように料理の消えた食卓を満足そうに見下ろして、「やはり君の料理が一等、美味い」と褒めてくれたのだ。

史乃の話を、少佐は無言で聞いていた。くだらなすぎて呆《あき》れているのかもしれないと、史乃が不安になった時。

「そうなのか……片桐は何が好きだったのだ？」

「……そうですわね、治部煮が、特に……」

「治部煮……」

「金沢《かなざわ》の出だった母の得意料理なのです」

食べてみたいなと少佐に言われて、史乃ははにかんだ。

「こちらの厨房《ちゅうぼう》には賄い方もいらっしゃいますし、設備も最新すぎて……もし、お彼岸にお墓参りのために本郷の家に戻るのをお許しいただけるなら、その折に作ってまいります」

史乃の返事に、少佐が少しはにかんで笑った。

「そうか、楽しみだな」

それから、しばらく二人で月を見上げていた。

【四】


秋の彼岸、史乃はようやく、少佐から一時帰宅の許可を得た。

ほぼ一月ぶりの帰宅に、波瑠は嬉しそうに畳の上を駆け回っている。

「その後、うちには変わりはない？」

「一応は……ただ――」

史乃が尋ねると、茹《ゆ》でた小豆を潰しながら、お仙が声を潜める。

「妙な男がうろついているのは確かです。それと、あの憲兵！　ほんっとにしつこいったら！　健介の旦那様がいつ戻るのかとか、良平旦那は本当に死んだのか、とか！　陸軍にいるそちら様の方がよっぽどご存じでしょって言ってやりましたよ！」

「……いろいろ押し付けて申し訳ないわ……」

プンプン怒りながら小豆を裏ごししているお仙に詫びて、二人で山ほどのおはぎを作った。

おはぎがあらかたできたところで、史乃は少佐と約束した治部煮に取り掛かる。来る途中に買い求めた鶏肉と人参、小松菜、そして干し椎茸。清河家の厨房には舶来の瓦斯《ガス》の天火《オーブン》などもあって、史乃も興味を惹《ひ》かれなくもないのだが、専門の賄い方を押しのけて、素人の分際で使わせてもらう勇気はなかった。畠中家の台所は昔ながらの竈《かまど》と七輪とを併用する形で、史乃は久しぶりに料理の腕を振るう。ちょうど煮あがったところで、買い物に出ていたお仙が声をかける。

「お嬢さん、お彼岸のお花、買ってきましたよ！」

「ありがとう。じゃあ、ちょっとお墓参りに行ってきます」

史乃は割烹着《かっぽうぎ》を外し、波瑠を呼んだ。パタパタと駆けてきた波瑠に、史乃は仏壇から数珠と線香を数本、取り出しながら言った。

「いらっしゃい、波瑠、お墓参りに行きましょう」

「おはたまいり？」

菊の花束を抱え、波瑠の手を引いて家を出る。二人を送ってきた山本軍曹は一度、参謀本部に戻っていた。正福寺まで歩いてもさほどの距離はない。

瓦葺の寺門をくぐり玉砂利の庭を歩けば、あちこちには萩《はぎ》が小さな花をつけていた。今日は方丈への挨拶は後回しにし、裏手の墓地に向かう。供え付けの桶に井戸のポンプで水を汲《く》み、「畠中家代々之墓」と刻まれた御影石の墓石の前に立つと、早速、史乃は墓の回りの雑草を抜き、花を活け、柄杓《ひしゃく》で墓石に水をかけて綺麗にした。初めは草むしりを手伝っていた波瑠だが、すぐに飽きてしまい、やや離れたところにしゃがみ込んで、アリの行列の観察に余念がなかった。

「波瑠、おじい様とおばあ様と、ご先祖様にお参りを……」

声をかければ、波瑠はハッと弾かれたように顔を上げ、史乃のところに駆け寄ってくる。

「アリさん、いっぱい。なんかね、みんなでムシさんをはこんでたよ？」

「そうなの、アリさんはきっと、冬に備えて大変なのね」

蝋燭《ろうそく》に火を点し、線香に移して火を消して線香立てに立てると、史乃は数珠を挟んで両手を合わせる。その母に倣い、波瑠もまた小さな手を合わせた。

こうして、いつもは波瑠と二人、史乃は墓前に夫・良平の一日も早い帰国を祈っていた。兄の健介出征後は、その無事も。その祈りの甲斐《かい》もなかったのね、と史乃は手を下ろして御影石の墓石を眺める。

しばらくそうしていると、隣にしゃがんでいた波瑠が史乃の背中に張り付いた。

「……波瑠？　おんぶ？」

史乃が背中越しに振り返ると、一人の女が立っていた。洋装で、三角巾のような赤いスカーフで頭を包み、金茶色の髪が午後の光を弾く。白いブラウスに茶色の織りの大きなショールを羽織り、脹脛を覆う茶色いスカート、足元はこげ茶の編み上げブーツ。女は、もの言いたげな青い瞳でじっと史乃と、波瑠を見ていた。

「あの……」

声をかけようとして、史乃はハッとした。以前に家の近くで見かけた、西洋人の女だと気づいたからだ。

どうしていいかわからず、史乃が無言で女を見上げていると、女が片言の日本語で呟いた。

「リョーヘイは、どこ？」

史乃は虚を突かれて、女の青い目をまじまじと見つめる。女が、繰り返す。

「リョーヘイ。リョーヘイに、会いたい」

「りょうへい？」

「リョーヘイ、カタギリ。……あなた、リョーヘイの、妻？」

史乃はゴクリと唾を飲み込む。波瑠は怯えたように史乃にしがみ付き、盛んに親指をしゃぶっている。

「片桐良平、の妻はわたしです。……あなたは？」

「わたしは、タチアナ・セルゲイエヴナ。……リョーヘイの、居所を知りたい」

女の名前は、史乃にはよく聞き取れなかった。

「主人は亡くなりました」

「シュジン？」

難しい言い方だとわからないかと思い直し、史乃が言い直す。

「夫は、良平は、死にました」

「新聞《ガジェータ》は、見た。でも、生きているリョーヘイも見たの。わたし、彼を愛してる。見間違えなんて、ありえない」

史乃が息を呑むのと、女が何かの気配を察知するのが同時だった。

「リョーヘイに、あずけたものを、返してもらいたいの。……また来るわ！」

女は踵《きびす》を返すと、ヒールの靴で走って行ってしまう。呆然と見送る史乃の前に、乱暴な靴音を響かせ、カーキ色の軍服姿が三人現れて、立ちふさがった。

「ここに、外国人の女ば来んやったか？」

突然のことにポカンとする史乃に、もう一人、軍人が進み出て通訳した。

「女、中尉殿は、『ここに、外国人の女が来なかったか？』と言っておられる！　正直に答えよ！」

以前に方丈で対面した憲兵中尉だと気づくが、中尉の方は目深に被った軍帽の陰から、ギロリと史乃を睨みつけるだけだ。

「……はい。あっちに走って行きましたけど」

史乃が立ち上がって膝の埃《ほこり》を払い、女の去った方を指さすと、上官は部下の一人に命じて後を追わせる。

「……おまん、片桐良平の女房たい」

「はい……いつかの……高橋中尉殿でしたか。お久しぶりです」

挨拶する史乃を無視し、中尉は続ける。

「なんば話しよっと？」

「なんの話をしていた」

また通訳する軍人に史乃はちょっとだけ頷き、正直に答える。

「……夫の、行方を聞かれました」

「そんだけと？　すらごと言うたらすぐにばるーぞ」

「中尉殿は、『それだけか。嘘をついたらすぐにばれるぞ？』と仰っている」

「それだけです。お名前も名乗られたようでしたが、生憎《あいにく》、わたしは異国の言葉がわかりませんので、聞き取れませんでした」

「名前？　名前ば何と？」

「タチバナとか、なんとか？」

史乃が首を傾げると、憲兵中尉はカッとなって怒鳴る。

「バカば言え！　タチバナば日本人の名前たい！」

「バカを言え！　立花《タチバナ》は日本人の名前ではないか！」

「そ、そうですよね。でも、そう聞こえちゃったんですもの」

「もうよか！」

「中尉は『もういい！』と仰って……」

「おまんもいちいち通訳せんでよかたい！」

上官が部下を叱りつけるので、史乃が慌てて割って入る。

「お役に立てず申し訳ありません」

史乃が頭を下げる中、憲兵中尉と部下は、もう一人の部下を追って駆け去って行った。

その後ろ姿にホッとため息をつくと、背後に隠れていた波瑠がもぞもぞと出てくる。

「いっちゃった？　へんなの？」

「ええ……もう大丈夫よ？　いちいち通訳しなくてもなんとなくわかるのにね……住職様にご挨拶して帰りましょ？」

史乃が線香や蝋燭を片付け、桶を返却し、波瑠の手を引いて墓域を後にする。方丈の下まで来たところで、庭を掃いていた住職にばったり会った。

「おお、史乃殿……お嬢ちゃんも大きくなった！」

「こんにちは！」

母の袂に縋りつきながらも、波瑠が大きな声で挨拶し、住職が白い眉に半ば隠れた目を細める。

「お茶を一献いかがかな？　……お骨にも、少しだけご挨拶を」

「はい、そのつもりでおりました。お邪魔させてください」

住職の後について方丈の階を上がり、本尊の前に正座すれば、住職が奥から白い布に包まれた骨箱を持ってきた。中身は石ころだと知ってはいるが、今はこれに祈るよりほかない。住職が短いお経を唱える間、波瑠は珍しそうに目をキラキラさせて、金色に輝く内陣の荘厳具《しょうごんぐ》、金の蓮華《れんげ》の枝や、黒光りを放つ香炉を眺めまわしていた。

チーン！　とおリンが鳴って読経が終わる。住職が史乃母娘に向き合い、寺の若い僧侶がお茶を運んできた。

「その後、いかがかな？　兄上はまだお戻りでないそうだが」

「……はい。あの後、西伯利亜から手紙が参りまして、哈爾浜から鉄道で浦塩経由で秋には戻れるとありました」

「そうか、それは重畳」

相好を崩す住職に、史乃はしかし俯いた。

「その……」

史乃はちらりと波瑠を見た。波瑠は御茶請《う》けに出された羊羹《ようかん》を行儀よく食べている。

「再婚、するように言われておりまして、兄の帰還を待ちたかったのですが、あちら様が……」

「ホウ、それはどんな縁で？」

飲みかけた湯呑を置いて住職が身を乗り出し、史乃はますます声が小さくなる。

「陸軍の、将校の方で……主人の死に責任を感じておられるようなのですが……」

「いいお話のように思うが、気が乗らないか」

「何分、急すぎて……子持ちの、後家ですのに」

膝の上で両手を組んでモジモジする史乃に、住職がうんうん頷きながら言った。

「すべては御仏のお導き。史乃殿の幸せを一番に考えればよろしい」

住職の言葉に深く頭を下げ、十月に入って早々にも、良平の葬儀を内々で挙げてもらうことで話がついた。住職に見送られて正福寺の寺門を出たところで、停車していた黒い自動車から、山本軍曹が降りて来た。

「……史乃殿、一人で外出しないでくださいと、申し上げましたよね？」

軍帽の下から覗く軍曹の黒い双眸が、微かに咎めるよう光り、史乃は思わず肩を竦《すく》めてしまう。

「その……ほんの近場ですので……」

「徒歩で出かけたと聞いて、肝が冷えました。自分が少佐殿に叱られてしまいます」

「ごめんなさい……」

山本軍曹は後部座席のドアを開け、まず波瑠を抱きあげて乗せると、史乃に乗車を促す。それから住職にかっちり敬礼をして、運転席についてエンジンを発進させる。

「あの……一度、本郷の家に寄ってください。取ってきたい荷物があるので……」

「構いませんが、手短にお願いします。……さっき、例の憲兵中尉とすれ違いました。どうも、外国人が周辺をうろついているとかで。捕まると厄介です」

「さっき、墓地で会いました。……外国人の女性にも」

軍曹が急ブレーキを踏み、史乃は前につんのめりそうになって、とっさに波瑠を抱きしめる。

「……会ったのですか」

史乃が頷けば、軍曹はしばらくパチパチと目をしばたいてから、深いため息を一つつく。

「少佐殿は、貴女のことを本当に心配されているのですよ。……表には出されませんが、哈爾浜にいる時から、ずっと」

「え？」

思わず史乃が聞き返すが、軍曹はぶんぶんと頭を振り、車を発進させてから言った。

「……すみません、聞き流してください。自分が言うべきことではありませんでした」

それから本郷の家に戻り、史乃はおはぎと治部煮を塗りのお重に詰め、緑色の唐草模様の風呂敷で包んで車に戻る。

ふと、家の側を通り過ぎながら、史乃は思い出した。

――そうだ、彼女は以前も、あの路地に立っていた。

『生きているリョーヘイも見たの。わたし、彼を愛してる。見間違えなんて、ありえない』

片言の日本語が甦《よみがえ》り、史乃の胸がズキリと痛む。彼女は、良平と西伯利亜で――

何か腑《ふ》に落ちたような気分で、史乃は膝の上の重箱の包を見下ろす。ちょうど大きさは夏の日に参謀本部から持ち帰った骨箱と同じくらい、でも、中身がぎっしり詰まった重箱は膝に確かな重みを伝えてくれる。

遠い異国で何があったのか、史乃に知るすべはない。だが史乃が待ち続けた四年も、そして良平本人も戻っては来ないのだ。

〔五〕

清河少佐は秋分の日の今日、秋期皇霊祭のために皇居に参集していた。山本軍曹が史乃の側を離れたのは、その送迎のためであった。

清河邸に戻った史乃は、山本軍曹が少佐に報告している間に厨房に重箱を持ち込む。三段重の二段にぎっしり詰まったおはぎを見て、厨房までついてきたお久とお勝が「きゃー」と黄色い歓声を上げた。

「いつもお世話になっているから、みんなで食べて」

史乃が言えば、お久が満面の笑みで言った。

「ええ、こんなにいいんですかぁ！　じゃあ、女中部屋に持っていきます！」

そこへおたかがやって来て、史乃に告げる。

「旦那様が書斎に来て欲しいと仰っています」

「すぐに参ります」

一番下の段の治部煮と小鉢、少佐の箸と杉の菜箸と木杓子《じゃくし》を借りて、史乃は一人、急ぎ足で書斎に向かい、ドアをノックする。

「入ってくれ」

返事を受けてドアを開ければ、少佐は咥え煙草で肘掛椅子に座り、何か書類を見ていた。紺絣を着流しにして、黒い帯を締め、長い足を組んで、着物の裾から鍛えた脛が覗いている。

史乃が重箱を抱えているのを見て、一瞬、切れ長の目を瞠った。

「以前に、治部煮をご所望でしたので……恥ずかしながら作ってまいりました」

「ああ！　それは忝《かたじけな》い」

少佐は煙草をもみ消して立ち上がり、小テーブルを片付けてくれたので、史乃はそこに重箱を置いた。流水紋に萩の花があしらわれた蒔絵《まきえ》の重箱を開け、有田焼《ありたやき》の小鉢に菜箸で盛りつけながら、史乃がはにかんだ。

「汁気が多いので心配でしたが、幸い、零れませんでした」

鶏肉と椎茸、人参、小松菜を彩りよく盛り付けて、箸を添えて少佐に差し出す。少佐の痩せた頬がわずかに綻んでいるように見え、史乃はおやと思う。今まで気にしたことはなかったが、この人も意外に食べることが好きなのでは――。

「実に美味そうだ」

少佐はそう言うと、いきなり人参からかぶりついた。梅花型に飾り切りした人参は橙色《だいだい》も鮮やかで、味も浸みているはずだが、少佐は一口で飲み込んでしまい、次に緑色の小松菜を摘《つま》み、それもガバッと口に押し込んだ。

史乃は良平とあまりによく似た食べ方に、息をつめて見守るしかない。心臓がバクバクと跳ねる。

――食べる順番まで似ているだなんて、あまりに荒唐無稽じゃないの！

少佐は次いで、十文字に飾り包丁を入れた椎茸を摘み、こちらは一口二口食べて、それから片栗《かたくり》粉《こ》をまぶしてとろみのついた鶏肉を齧《かじ》る。そして椎茸と交互に食べてしまい、空いた皿を無言で史乃に向けて差し出した。

「あ……」

何も言えずにただ、少佐の食べっぷりを見ていた史乃は、ハッと我に返る。

「……お替わりですか?」

「ああ、断然、美味い。鶏肉と椎茸を多めに入れて欲しい」

「お好きなのですね。……人参と小松菜がお嫌いなら」

「いや、食べる。鶏肉と椎茸の方が余計に好きなだけで、好き嫌いはない」

「そうですか……」

結局、少佐は重箱いっぱいの治部煮を一人で食べてしまう。健啖ぶりも、良平にそっくりだった。史乃は必死に混乱を呑み込む。たまたまだ。たまたま、この人も鶏肉と椎茸の煮物が好きなだけなのだと、必死に自分に言い聞かせて——

食べ終わると、少佐は煙草を吸いつけて、史乃に尋ねた。

「山本に聞いた。一人で出かけるなと、言っておいたはずだ」

「その……軍曹殿がなかなか戻らなくて、波瑠も退屈しておりましたし……」

モジモジと下を向いて言い訳ごかして早口に説明すれば、少佐はふっと煙を吐き出す。

「で、正福寺で憲兵の中尉と、外国人の女に会ったとか」

史乃は正直に頷いた。

「はい。金髪で、目が青くて……赤い花柄の布を頭に巻いていました」

「……露国の、プラトークのようなものか？」

「名前は存じませんが……田舎の人が着ている赤毛布《ゲット》ほど大きくもなく、ちょうど髪を覆う程度で……料理の時につける三角巾を赤くした感じでした」

「たぶん、間違いない。露人の女は猫も杓子も、頭に布を巻いているのだ」

この人もまた、長く西伯利亜にいて、露国の風俗に詳しいのだと、史乃は思い出した。

「何か言っていたか？」

「片言の日本語でしたので自信はありませんが、主人に会いたいと。生きている彼を見た。見間違えるはずはない。そんな感じのことを。名前も聞いたのですけど、わたしは聞き取れなくて。タチバナ？　みたいな名前でした」

史乃の報告に、少佐は天井に立ち上る煙を眺めながら言った。

「……タチアナ・セルゲイエヴナ・ミハイロヴァ」

「ご存じの方ですか？」

「沿海州の赤軍パルチザンの幹部で、尼港事件の首謀者の一人と目されている」

史乃がええっと目を瞠る。

「まさか、女性がですか？」

まだ二十代にも見える、若くて綺麗な女だった。金髪に青い目で、西洋人形のように整った顔立ち。虐殺事件の首謀者だなんて信じられなかった。

「日本人の感覚では奇異に思われるが、赤軍には女性幹部もそこそこいる。あの女は極東の赤軍パルチザンの参謀を務めていた。尼港の虐殺を進言したのはあの女と言われて、革命政府からも指名手配されているはずだ」

「……しめい、てはい……」

「パルチザンの指導者だったヤーコフ・トリャピーチン以下数名は、革命政府によって逮捕され、人民裁判の上で銃殺刑に処せられた。だが、タチアナや他数名の幹部については裁判の記録に見えない。西伯利亜のどこかに潜伏していると思われたが、日本に入国したという情報が上がっていた」

絶句する史乃に、少佐が鋭い目を向ける。

「女だてらに、危険で容赦のない人物なのだ。だから、俺は一人で出歩くなと言ったのに」

フーッと白い煙を吐き出しながら考え込む少佐を見て、史乃は居心地悪く身を縮める。

——そんな人が、まさかわたしに会いに来るだなんて、思いもしないじゃないの……。

「他に、何か言われたか？」

「えっと……」

史乃は記憶を廻《めぐ》らす。

「主人に預けたものを返して欲しいようなことを……」

「……なるほど」

史乃はしばらく俯いて考えていたが、顔を上げて少佐を見た。

「あの人は、自分は主人の恋人だ、みたいなことを言っていました」

その一言を、だが少佐は一言の元に否定した。

「バカなッ！」

あまりの勢いに、史乃がぎょっとする。

「そんなわけはない！　俺は哈爾浜の特務機関で赤軍パルチザンについて諜報《ちょうほう》活動をしていた。ミハイロヴァの恋人は同じパルチザンの、ドミトリー・セリョーギンだ！　今回も一緒に来日しているという情報がある！」

「そ、そうですか？　でも……男女の仲のことですし、四年も便りがなかったんです。あちらに恋人がいても不思議は——」

女性でありながら、パルチザンの幹部だというタチアナに、史乃は驚くと同時に一種の尊敬の想いを抱いていた。

史乃の女学校にも、民権運動や女権運動などの新思想《イデオロギー》にかぶれる同級生——いわゆる「イデオロヒメ」——もいた。だが、史乃は小難しい本が苦手で、料理や裁縫の記事の多い、保守的な賢母良妻雑誌ばかり読んでいた。要するに、昔ながらの古臭くてつまらない、愚かな女に過ぎない。

一方、夫である良平は、新しい自由民権思想《デモクラシー》にも詳しく、難しい外国語の書籍もたくさん、書棚に並んでいた。もし、良平ならば民権運動に本気で傾倒して、露国の革命運動に共鳴してもおかしくはない。

俯いてしまった史乃に、少佐が身を乗り出して反論する。

「君はッ！　……夫を疑うのか？」

少佐は苛立ちのままに史乃に詰め寄った。

「片桐は尼港で死んだし、赤軍パルチザンの女とどうのこうの、あるわけない。あの女の戯言《たわごと》だ！」

「でも……」

なおも言い募る史乃の前に進み出て、少佐は両手で椅子の背を掴んで史乃を囲い込む。

「そういえば、憲兵にも会ったのだったな。何を言われた？」

矢次ぎ早に質問されて、史乃は怯えて首を振る。

「以前と同じ中尉でした。その、タチアナという人の行先を聞かれて、わからないと答えました。名前はタチバナだと言ったら、日本人の名前じゃないかって、きつく叱られてしまって……」

チッと舌打ちをして、少佐は至近距離から史乃の目をじっと見た。

「あの憲兵、前から貴女に目をつけていたんだ。貴女をあの家から出したのも、あの憲兵から遠ざけるためだったのに」

少佐の態度に疑問を抱いて、史乃は尋ねた。

「……本当に、主人は死んでいるのですか？　どうして、日本で見かけたと言っている人がいるのです？」

史乃の目が大きく見開かれ、そこに次第に涙が溜まってくる。

「本当は生きていて――でも、軍の都合で死んだことにしているのでは、ないのですか？　――生きているのを信じて待つことは許されませんか？」

「史乃……」

頬を伝う涙の流れるままに訴えかける史乃に、少佐は切れ長の目を見開き、しばし息をつめて見つめていた。

「片桐は、もういない。……死亡届も出したじゃないか」

「でも……」

少佐の大きな掌が史乃の頬を包み、整った顔が降りて来て唇を塞いだ。

口づけられたことに気づいて、史乃は少佐の絣の着物を押しやろうとしたが、頑丈でびくともしない。やや開いた唇の隙間をこじ開けるように、熱いものが侵入してきて、史乃はそれが男の舌だと気づく。

――わたし、あの人と接吻《せっぷん》もしたことがなかった……。

そう思い出せば、史乃の両目からはさらに涙が溢れ、悲しみの激情が胸の内からせりあがってくる。

わたしは、愛していた。でも、あの人は、愛してくれなかった？　――もし、かの地で他の人を愛したとしても――

男の両腕が史乃を閉じ込め、きつく抱きしめる。熱い舌が史乃の咥内を蹂躙し、唾液を吸い上げられる。口蓋の裏を舌で撫で上げられ、ゾクリとした感覚に史乃はハッと我に返り、渾身《こんしん》の力で男を突き飛ばした。

「史乃……」

夫以外の男に唇を許してしまった。動揺した史乃は、無我夢中でその場から逃れようとした。だが男の長い腕が伸び、背後から抱きすくめられ、史乃は衝撃に息を詰める。

背中を覆う男の硬い身体の感触と、漂う煙草の匂い。肩口にかかる熱い息。帯のお太鼓を挟んで感じる気配までが、あの、最後の夜の良平と同じだった。

「史乃……」

少佐がもう一度、耳元で低く囁く。甘い声がもたらす痺《しび》れるような官能も、あの夜と同じ。

――そんな、バカな。

凍り付いたように動けない史乃の身体を、長い両腕が背後から抱き留め、大きな手が身体の線を確かめるように這っていく。硬い帯を過ぎておはしょりを越え、着物の合わせ目を捲り、太ももを撫でて奥へと侵入を試みる。その手つきも掌の熱さも、すべてがあの、最後の夜をなぞるかのように同じだった。

——この人は、誰？　良平さんの、はずがないのに、どうして……

腰巻のさらに下に入り込まれる感覚に、史乃はようやく我に返り、男の両腕を引き剥がそうと身を捩った。

「やめて、いや！　良平さん、助けてッ……」

「史乃……」

史乃の抵抗に、少佐もまた夢から覚めたようにハッとして手を引っ込める。その隙に史乃は男の腕の中を逃れ、ソファの隅に縮こまって、大きく肩で息をした。

「すまない……葬儀が終わるまでは待つ約束だった……」

少佐が口元を掌で覆い、首を振る。

史乃は混乱したまま、しばし両手で顔を覆う。

「わからない……どうして……」

「片桐は……貴女を愛していた。でも、もう死んで、この世から消えた。それは、間違いないんだ」

その言葉に、夫の死を告げられて初めて、史乃は声を上げて泣いた。

〔六〕

九月最後の日曜日、史乃は少佐に誘われ、波瑠と三人で銀座に出かけた。

「ずっと、屋敷に閉じ込めたままでは、貴女の精神によくないから」

彼岸の日に大泣きしたことを史乃はまだ気に病んでいて、少佐の顔をまともに見ることもできない。こんな状態で少佐と外出なんて……と史乃は尻込みしたが、お久は大張り切りで支度をはじめ、波瑠も久しぶりの外出にはしゃいでしまい、到底断れるものではなかった。

お久が選んだのは、よろけ縞に萩の花を散らした葡萄《ぶどう》色のお召に、幾何学紋の名古屋帯、珊瑚《さんご》の帯留め。そこに流行のレースの半襟を合わせて、モダンな雰囲気に仕上げてある。前髪は綺麗なウェーブをつけて耳を隠すように結い、銀細工の笄《こうがい》を挿す。ビーズ刺繍の抱え型の鞄を手に持てば、どこから見ても名家の若奥様風であった。

少佐は普段の軍服とは打って変わって、こげ茶の三《み》つ揃《ぞろ》いの背広、ハイ・カラーに縞のネクタイ、フェルトの中折れ帽。背が高く体格がいいので、洋装がことのほかよく似合っている。波瑠もまた、赤い友禅の振袖にレース飾りの蝶型前掛けをし、髪には赤い大きなリボンを結んでめかし込んでいる。少佐の腕に軽々と抱き上げられた波瑠の、赤い友禅の袖をヒラヒラと靡《なび》かせながら、銀座の柳並木の下を三人で連れ立って歩いて行く。その姿は富裕で幸福そうな家族にしか見えなかった。

少佐は煉瓦街の老舗の宝石商の前で立ち止まり、瀟洒《しょうしゃ》なドアを開ける。応対に出た若い手代に少佐が一言、二言囁けば、すぐに奥の応接室に案内される。豪奢《ごうしゃ》なソファを勧められ、大人には珈琲が、波瑠には、最近発売されたという白い飲み物が供された。牛乳に似ているが、牛乳よりも甘酸っぱく、波瑠も美味しそうに飲んでいた。やがて、きちっと三つ揃いを着た、髪にも髭にも白髪の混じる初老の男が挨拶に出てきた。当家の番頭であるという。

「結婚指輪をご所望ということですが、どんなものを……」

ぎょっとして硬直する史乃を他所に、少佐は珈琲を一口すすると、カップをソーサーに戻して言った。

「結婚直後に西伯利亜に出征して、しばらく哈爾浜にいたんだ。結局、四年も留守にしてこの六月にやっと帰還が叶《かな》った。その間に子供まで生まれて、ずいぶん、苦労させてしまった」

とんでもない嘘を語り出す少佐に、史乃はびっくりして、ガチャン、と乱暴に珈琲カップをソーサーに置いてしまい、慌てて周囲を見回した。

――この人は何を言って……わたしは貴方と結婚していたわけじゃないのに！

「誠吾さま、あなたはいったい……」

少佐が史乃に苦笑して、番頭に言った。

「西伯利亜からロクに便りもしなかったせいで、すっかり信用を失ってしまったんだ。物で釣れるとは思わないが、せめて愛の証になる物を贈って俺の気持ちを伝えたいと思って」

「なるほど！　手前どもの商品は、永遠の愛を語るのに恰好《かっこう》でございますよ。特に最近の流行はこちらの金剛石《ダイアモンド》で、世界でも一番の硬さ！　硬い愛の誓いにはピッタリです！」

番頭が、ウエストコートのポケットから小さな鍵を取り出し、卓上の箱を開く。蓋を開ければ、濃紺のベルベットの台座に眩《まばゆ》いばかりのダイアモンドが並んでいて、史乃は一瞬、気が遠くなる。

「……誠吾さま、そんな気を遣われなくても、わたしは……」

少佐の思惑がわからない史乃は、高価な贈り物などもらっても気味が悪いだけだ。そっと男の袖を引っ張って止めるが、少佐は気にしない。

「任務にかまけて四年も放置したんだ。これくらいの埋め合わせは必要だろう」

——四年も……って、貴方とは一月前に会ったばかりです！　……そんなことは口にするわけにもいかないし……。

困惑する史乃を他所に、横から覗き込んだ波瑠が目を輝かせる。

「キレイ！　キラキラ！」

「波瑠、玩具《おもちゃ》じゃないの。いい子にして！」

手を出そうとするのを慌てて後ろから抱き込んで窘める史乃に、番頭が微笑んだ。

「なかなかお目の高いお嬢様です。ダイアモンドはカットの技術が進歩して、宝石としての価値が上がりました。欧州からの輸入に頼っておりましたが、我が社では国内の職人の技術を高めて、お着物にも似合う、日本独自の意匠《デザイン》を模索しております」

番頭が一つを手に取り、そっと史乃の左手を取って薬指に嵌めようとした。だが、それを少佐が制止する。

「待て。嫉妬深いと言われそうだが、妻に指輪を嵌めるのは俺の手でさせてくれ」

凍り付く史乃と違い、番頭はさすが、年の功で笑顔を崩さず、指輪を少佐に渡す。少佐は史乃の左手を取って薬指に嵌めた。

「こちら菊爪と申しまして、お着物にも合いますし、女性らしくてお薦めでございます」

金色の菊の花びらのような台座に白く輝くダイアモンドが載っている優雅なデザインは、史乃の白い指によく似合った。

「これは金？」

少佐の問いに、番頭が頷く。

「十八金でございますね。露西亜の革命以後、白金《プラチナ》が国内に入りにくくなっておりまして……白金ですとこちら、星爪と呼ばれる少しばかり変わった意匠でございます」

番頭は別の銀色の指輪を取り、少佐に渡す。少佐がそれを、史乃の指に重ねて嵌めた。

「石も重要ですが、金か白金かで、ずいぶん印象が異なります。もちろん、お誂《あつら》えもいたしますが、白金だと今は原材料不足の問題がございますね」

番頭の説明に、少佐が言った。

「誂えはまたいずれ。今日はすぐに手に入るものが欲しい。――史乃はどちらがいい？」

少佐が色気の籠もった流し目で史乃に問いかけ、史乃はドギマギするばかりでどうしていいかわからない。

「その……えっと……」

結局菊爪の方を選び、少佐はさらに自身の指に嵌める、飾りのない指輪を求めて、それぞれに刻印を入れてもらうことにする。

「刻印は奥で職人にやらせます。少々、お時間を」

その間に、少佐は帯留めを出してもらい、こちらは史乃の意見など聞かず、雪輪の意匠に真珠とダイアモンドをあしらった金の帯留めを選んだ。小切手帳を出して代金を支払うと、奥から刻印の済んだ一対の指輪が出てくる。

少佐はダイアモンドのついた方を史乃の指に嵌める。

「こっちは、貴女が俺に嵌めてくれ」

「……そんな！」

史乃は店員たちの生温かい視線を受け、顔から火を噴きそうになりながら、少佐のごつごつした長い指に飾り気のない金の指輪を嵌めた。


宝石商を出て、少佐は波瑠を片腕に乗せて銀座の煉瓦街の柳並木を歩き、資精堂へと連れて行く。

「女中がここの何やらがお薦めだと言っていたが、俺はよくわからん。とっとと選んで、それからアイスクリームを食べよう」

波瑠の方はもう、さっきから目を輝かせて、周囲をキョロキョロと眺めまわしている。米国の薬局に倣って、店内にソーダ・ファウンテンを開設して、ソーダ水やアイスクリームが人気だった。

気後れする史乃を他所に、少佐は波瑠を抱いてずかずかと進み、店員を捕まえる。

「この白粉が評判だと聞いたのだが……」

雑誌の切り抜きを示せば、店員は「ああ」と頷き、史乃をカウンターに導く。

「こちらの七彩粉白粉ですね！　どうぞ手に取ってごらんくださいませ」

商品をショーケースから出して並べながら、店員はそっと新規の客を観察する。

幼い子供を腕に抱いた父親は背が高く、彫りの深い整った容貌で、姿勢がよくて惚れ惚れするほど脚が長い。妻とおぼしき連れの女は、艶やかな黒髪を綺麗にウェーブのかかった流行の「耳隠し」に結い上げ、派手さはないが清楚で控えめな色気がある。こういった店に慣れないのか、恐る恐る伸ばした白い手の薬指にダイアモンドが光って、店員はゴクリと唾を飲み込んだ。

「わたしのような者には勿体《もったい》ないです」

遠慮がちに夫を上目遣いに見上げる表情がなまめいていて、男はこけた頬に蕩《とろ》けるような笑顔を浮かべている。男の腕に抱かれた幼女は、黒目がちの目元が男に似ていて、母親の前に並ぶ商品に好奇心いっぱいだ。

「そんなことはない。贈らせてくれ、史乃」

そっと妻の手を握る男の様子にあてられて、店員の方がボーッとなってしまう。男は金を払って商品を受け取ると、店員に尋ねた。

「この子にアイスクリームを食べさせたいのだが――」

「あ、は、はい！　あちらでございます！」

不意打ちを食らった店員は飛び上がり、真っ赤になって慌ててソーダ・ファウンテンを指さした。


人生で初めて食べたアイスクリームに、波瑠は大興奮であったが、食べ終わると糸が切れたように少佐に抱かれて眠ってしまった。

「子供というものは、可愛らしいものだな……」

銀座の並木の下を並んで歩きながら、少佐が呟く。

「すみません、重いのにずっと……」

「こんなのは重いうちに入らない。……もっと、父親らしいことをしてやりたいと思うのだが、なかなか……」

「でも、貴方の子では――」

「史乃」

ピシャリと口を封じられて、史乃が口ごもる。少佐が史乃を見下ろして言った。

「波瑠の将来のことを考えて、俺の実子だと届け出るつもりだ」

「そんな無茶な……！」

「手はいくらでもある。……元上官だった、田中公にも許可を得ている。心配はいらない」

「でも……」

史乃は思わず視線を逸らす。

波瑠の将来を思えば、得体の知れない新聞記者《ジャーナリスト》の子ではなく、陸軍エリート将校で伯爵の娘の方がいいに決まっている。だがそれでは、世間をも欺くことになる。何より、波瑠に本当の父親のことを話せなくなってしまう。

「誠吾さま……わたしは、片桐を愛しておりました。その子の父親は片桐です。波瑠に嘘をつきたくはないんです」

はっきりと告げた史乃に、少佐が足を止める。

「史乃、俺は……」

夕暮れが迫る銀座の煉瓦街に、柳並木の影が長く伸びる。

「……俺は、この子の本当の父親になりたいと思っているんだ。そこに、嘘偽りはない」

史乃は、それ以上は何も言えずにただ俯いた。

第三章　曼殊沙華

【一】

十月に入ってすぐ、片桐良平の葬儀を行うことにした。場所は本郷の畠中家。一応、新聞広告を出したが、案の定、親類の筋からは何も言ってこなかった。ここまで天涯孤独ということが、果たしてあるだろうかとさえ思う。

山本軍曹に正福寺まで住職と骨箱を迎えに行ってもらい、史乃は波瑠の支度をさせて、自身は母の形見の喪服を身にまとい、髪は控えめに、髷をうなじの近くでまとめた。

近頃は、政府も西洋諸国に習って黒い喪服を推奨しているらしいが、史乃が母から受け継いだのは伝統的な白喪服であった。帯揚げも帯締めも、すべて白一色。

史乃は、母が同じ喪服を身に着けた日のことを思い出す。あれは旅順で戦死した父の葬儀で、史乃はまだ七つ、兄の健介が十四歳の年だった。母は軍人の妻らしく凛として美しく、幼い史乃は無邪気に、まるで花嫁のようだと言った。あの時の母の、一瞬の泣き笑いのような表情が忘れられない。

良平との婚礼は、史乃は借り着ながら長い裾を引いた白無垢の打掛に、角隠しで嫁いだ。そして今日、また白一色の喪服を着て、良平と訣別《けつべつ》する。

——良平がどこかで生きている。史乃は心のどこかでそれを確信しているのに。

隣近所の数軒には、良平の訃報を伝えてあった。故に義理堅い隣家の清水《しみず》家からは、史乃の幼馴《おさなな》染《じみ》でもある、一人娘の葉子《ようこ》が香典を包んで焼香に来た。紋付袴姿の幸吉と、白襟紋付のお仙が出迎え、仏壇の前に座る史乃の前で正座し、丁重に挨拶されて、史乃もまた畳に手をついて会葬の礼を述べる。

銀座で買ってもらった指輪は宝石箱に入れたきりだ。さすがに、亡き夫の葬儀で別の男にもらった指輪など嵌めるわけにいかない。

「史乃ちゃん！　旦那さん、大変だったわね」

葉子は尋常小学校から女学校まで一緒の同級生である。女学校を中退して結婚した史乃と違い、彼女は卒業後、女子大に進学した。家付娘で、親の勧める相手との見合いが嫌だのなんだのと揉め、史乃もあれこれ愚痴を聞かされたものだが、結局、高級官僚を婿に取って今は落ち着いているらしい。なかなか子ができないと悩んでいたはずだが、史乃は葉子の腹が微かに膨れているのを見て、アッと思う。

「葉子ちゃん……！　もしかして……」

葉子がはにかんで史乃の手を取る。

「そうなの！　ようやく。できないのかと思ってヒヤヒヤしたわ」

「おめでとう！　……いえ、お葬式に言う言葉じゃなかったわ」

史乃が慌てて首を振れば、葉子がぷっと噴き出す。史乃の隣に行儀よく座っている波瑠に、葉子が声をかける。

「波瑠ちゃん、お久しぶり、大きくなって！　またおばちゃんのおうちにも遊びに来て！」

それから隅に控える山本軍曹を見て声を潜める。

「……軍人さん。健介さんの帰国はまだだけど、そちらのご関係の方？」

「兄の帰国は十一月になりそうなの。先に葬儀だけでも済ませてしまった方がいいと言われて。……一年以上前の尼港の事件で被害にあったせいで、軍の方が遺体の身許の確認をしてくださったの。その行きがかりよ」

史乃が声を潜め、葉子に掻い摘んで説明する。葉子の他にも、近所の人を中心に会葬者も数人だがあった。何人かは、「片桐先生にはお世話に……」と丁寧に礼をくれる人もいた。良平が寄稿していた新聞社や雑誌社、後は良平と同類のような文士風の男たち。見たことのない男たちの中に、独りだけ、見覚えのある男がいた。男は史乃に近づいて挨拶し、一冊の古びた本を渡してきた。

「あなたは――」

「岩田《いわた》と言います。片桐先生には、川本天元《かわもとてんげん》先生の塾でお世話になって。……これ、片桐先生からお借りしたままになっていた本です。こんな機会になってしまいましたが――中を、あらためていただけますと幸いです」

史乃は男が、本郷区役所で声をかけてきた男だと気づいた。やはり木綿のシャツの上に絣の着物とくたびれた袴という書生姿であった。

「俺は無神論者ですので、お参りはご遠慮します」

男はそう言うと、意味ありげな視線を残して帰って行った。史乃はとりあえず会葬のお礼だけし、本はそっと仏壇に供えて、他の会葬者に挨拶を続ける。正福寺の住職の読経と焼香が済んで、葬儀はしめやかに終わった。

山本軍曹が車で住職を正福寺に送って行く間、史乃はさっきの男が置いていった本を見た。外国語の書籍で、史乃が女学校で習った英語のアルファベットとも違う文字が並び、まったく読めない。良平が、この文字の外国の書籍を何冊も持っていたのを思い出し、ふと気になって頁《ページ》を開いてみると、小さな紙きれが挟まっていた。

テラノニハ　　タチアナ

史乃はその紙切れを白い喪服の帯の間に挟むと、本を元通り仏壇に供えておいた。

葬儀は終わったものの、幼い波瑠には退屈だったのか、機嫌悪くぐずっているのを持て余していると、隣家の葉子が顔を出す。

「いただきものの栗羊羹だけど、波瑠ちゃん食べないかしら」

「あら、葉子お嬢さん、よかったら上がっていってくださいまし！」

お仙が応対に出て、あらためて座敷に上がってもらい、煎茶を淹《い》れた。

「しばらく留守にしているみたいだけど、どこにいるの？」

「……その、尼港で主人の遺体を発見した軍の……参謀本部の将校の人が、何か責任を感じたらしくて。結婚して欲しいって言われてて……」

「そうなの！　参謀本部の将校？　すごいじゃない！」

葉子が大きな丸い目をさらに見開くので、史乃は恥ずかしさで俯いてしまう。

「でもよかったわ……史乃ちゃん、何しろ四年もほったらかしで、健介さんはどうしてあんな人と史乃ちゃんの結婚を許したのか、うちのお母さんも不思議がっていたのよ」

そんな話から葉子の妊娠に話が飛んで、いつの間にかお仙も加わって、出産はいつ頃か、妊婦が気を付けるべき食べ物などなど、話が広がる。

だが史乃はさっきの、本に挟まっていた書付が気になって仕方がない。

「あの……そういえば、正福寺のご住職様にお布施渡すの忘れちゃったかも……」

「ええ？　大変じゃない？」

葉子が言い、お仙が首を傾げる。

「でもお嬢さん、お渡ししてませんでしたか？」

「渡したと思ったけど、渡してなかったみたいで……ごめんなさい、ちょっとひとっ走り行って、お渡ししてくるから、波瑠をお願いできるかしら。ほんの十五分もあれば戻れるし……」

「しょうがないわねえ……」

史乃は白い草履をつっかけ、日傘を手にバタバタと家を出た。


―＊―


正福寺の庭に史乃が足を踏み入れる。萩ももう散り、紅葉にはまだ早い。墓地の方だろうか、と史乃が目をやれば、塀際に赤い、火花のような曼殊沙華がポツポツと咲いていた。――ああ、もうそんな季節。そう思いながら、史乃が一歩踏み出したところで、背後から声がかかる。

「奥さん、こっちです」

振り返れば、岩田と名乗った男と、以前に墓地で会ったタチアナ・ミハイロヴァが、大きな銀杏《いちょう》の木の下に立っていた。金髪を包む赤い三角巾が、曼殊沙華を思わせる。――そう、この人はどこか、死の匂いがする――

「もう少しこっち……木立ちの中なら見つかりにくい」

岩田に手招きされ、史乃が迷いながら近づく。

「取って食いはしませんよ……どうも、我々が思い違いをしていたようです」

「思い違い？」

「我々は片桐先生を真の革命家と思っていたが、どうやらそうではないらしい」

史乃は彼らの前に立ち、日傘を閉じる。

女が、片言の日本語で史乃を責めた。

「あなた、ウソツキだ。リョーヘイ、やっぱり生きてる。ついこの前、見た」

史乃が目をぱちぱちさせる。

「……そう、ですか？」

史乃の前には姿を現さない良平が、この女の前には現れたというのだろうか？　困惑を隠さない史乃に、岩田が言う。

「葬式までして……大げさだな。片桐先生はそうまでして、軍部から逃れて命を保ちたいのか」

「わたしたち、リョーヘイに騙された。日本人、みんなウソツキ」

金髪碧眼《へきがん》の女から紡がれる日本語は、流暢《りゅうちょう》とまでは言い難かったが、十分に意味は理解できた。

「……日本語、お上手なんですね」

思わず言った史乃に、女は赤い唇の口角を少し上げて微笑んだ。

「タチアナよ。……日本語は、リョーヘイに習ったの。彼、教えるの上手《ジョーズ》。なんでもね」

その言い方になんとなく含みを感じて、史乃は無意識に眉を寄せた。

「帰らないと……娘が……」

「奥さんと、子供のこと、リョーヘイ、一言も言わなかった。ヒドイ男。ずっと隠してたのね。あなたも、リョーヘイのコト隠してる。日本人、みんなウソツキ」

タチアナの言葉に、史乃が首を振る。

「あの人は死にました。……そう、言われています。わたしは知りません」

史乃の声が震えるが、タチアナは青い目で一瞥して、肩を竦めてみせた。

「ウソはもういいの。知っているくせに、イヤな女」

「我々はどうしても片桐に会わねばならない。奴が持っているものが必要なんだ。——そうでないと、川本先生が——」

「川本先生?」

「あなたを使えば、リョーヘイはきっと出てくる。……あなたを、愛しているなら」

史乃には何が何やらさっぱりわからなかった。その時、正福寺に男が一人駆け込んできた。

「岩田! ミハイロヴァさん! 大変です! 憲兵隊が! その女、囮《おとり》だったんです。見張られていたんです! こっちに来ます! 逃げないと!」

「なんだと……! タチアナ、行くぞ! 捕まったら計画がパアだ!」

「こっちです! 裏門はまだいける!」

戸惑うタチアナに、岩田が何事かを異国の言葉で言い、腕を掴んで引っ張るように裏門へと逃げて行く。タチアナは一瞬、史乃を振り返ったけれど、そのまま男に腕を取られるように駆け去った。

突然のことに史乃が呆然として、思わず手を伸ばした。

「え、ちょっと……！　あの……！」

ぽかんと立ち尽くす史乃の背後から、複数人の砂利を踏みしめる足音がして、振り返ればカーキ色の一団が走ってくる。

「憲兵隊だ！　不逞《ふてい》外人がいると通報を受けてきた！　隠れても無駄だぞ！」

「女！　ここらに怪しい奴らが——って幽霊？」

白無垢姿の史乃を見て、憲兵隊の一人が叫ぶ。

「何ばタワケたことを言いよっと！　追うたい！　まだ遠くに行っとらんばい！」

続いて駆けてきた男がお国訛りで指示を出し、そして史乃の姿を見てあっと驚いた。軍帽のつばを少しだけ上げたその人は、小さな黒い目を瞬く。

「おまん——片桐の女房じゃなかと！」

一隊を指揮していたのは、以前も正福寺で会った、憲兵隊の高橋中尉であった。


「やっぱりおまんは売国奴ん仲間たい！」

騒ぎを聞きつけた正福寺の住職は、史乃は関係ないと高橋中尉を止めてくれたが、史乃はわけのわからぬまま憲兵隊に連行され、殺風景な取り調べ室に押し込められてしまった。

「仲間、ではありません。あの人たちは、わたしの主人に用があったみたいで……」

「つまり片桐ば生きとるばい！　片桐はどこしゃいおる！」

「つまり片桐は生きているんだな！　片桐はどこにいる！」

やはり今回も余計な通訳が入り、史乃は戸惑う。わかる時とわからない時があるので、全部通訳されると会話の空気が上手く掴めない。

「そんなことを言われましても……。わたしは軍からは死んだと聞かされて、遺骨も渡されました。兄の帰国まで待つつもりだったのですが、どうしても早く葬儀をと言われて、今日お葬式を……」

「誰ん言われたと！」

「それは……」

参謀本部の清河少佐だと、言ってしまっていいのか、史乃は一瞬ためらった。話したら、結婚を申し込まれていることまで話さなければならない気がして、恥ずかしかったのだ。

だがその一瞬の逡巡が、高橋中尉の疑いの火に油を注いでしまう。

「何ば目論んどるか、この女！　吐くたい！　前から怪しい思うちょったたい！　今日という今日は——」

「中尉殿、落ち着いてください！」

胸倉を掴まれ、史乃がギョッとする。通訳の兵士もさすがに止めようとするが、高橋中尉の目の中には残忍な光が宿っていて、史乃をギラギラと睨みつけている。その時、廊下からザワザワとしたざわめきが聞こえ、バタンと乱暴に扉が開いた。

「お待ちください、少佐殿！　今、取り調べ中で――」

止めようとする番兵を押しのけて強引に入ってきたのは、将校マントをまとった背の高い男だった。胸元の徽章は黄色と赤の鮮やかな縞に、星一つ。長い脚で大股に歩み寄って、軍帽のつばを少しだけ上げる。突然の登場に唖然《あぜん》としていた高橋中尉だが、明らかに階級が上であることに気づき、慌てて立ち上がり、ビシリと敬礼する。通訳の兵士に至っては、その場に凍り付いた。

「憲兵隊の高橋中尉であるか」

「は、はい！」

「参謀本部第二部、清河誠吾少佐である。我が許嫁《いいなずけ》である史乃殿を迎えに参った」

「……参謀本部……」

少佐がさりげなく将校マントの右側を捲り、右肩から右胸を覆う参謀飾緒を見せつける。最高峰のエリートだけが身につけられるそれに、中尉はぐっと唇を噛んだ。

「こ、こん女、片桐良平と申す売国奴の女房たい。とてもじゃなか帝国陸軍少佐の妻には――」

「旅順で名誉の戦死を遂げられた畠中壮介《そうすけ》大佐の娘御で、歩兵第二連隊の畠中健介中尉の令妹である。口を慎みたまえ」

聞く者すべての心臓を凍らせるほどの低音で告げてから、少佐は史乃の肩に手を置いた。

「本日、葬儀の直後に菩提寺にて不穏な者たちに絡まれていたのを、憲兵隊に保護されたと聞いた。感謝する。高橋雄作《ゆうさく》中尉殿」

軍帽の陰から射抜くような目で中尉を睨みつけ、少佐は呆然としている史乃の耳元で囁く。

「車を用意してある。帰るぞ」

「あ……」

少佐に肩を抱かれるようにして立ち上がった史乃は、何がなんだかわからず、高橋中尉を見る。

中尉は頭から火を噴きそうなほど怒っていて、史乃はゾッとする。

「ああ、そうだ、中尉殿。西伯利亜から上海を経由して、赤軍パルチザンのドミトリー・セリョーギンとタチアナ・ミハイロヴァが日本に潜伏中だという情報は得ている。さきほど、史乃殿に接触したのはタチアナ・ミハイロヴァと、無政府主義者《アナキスト》の結社・天啓社《てんけいしゃ》の者と思われる。奴らは沿海州で片桐良平と交流があり……おそらくは仲間割れから、片桐は尼港で殺された。それが参謀本部の公式見解である」

中尉が悔しそうに顔を歪め、清河少佐を睨みつける。

「公式見解っちゅうは、つまり――」

「なに、公式見解だ。よって以後、片桐良平の行方についての詮索は無用である。以上」

少佐は薄い唇を酷薄そうに綻ばせると、史乃の肩を抱くようにして憲兵中尉に背を向けた。

【三】


清河少佐に引っ張られるように憲兵隊の詰め所を出ると、門前には山本軍曹の車が待っていた。すでに午後の陽は翳って、夕方の気配が濃い。

「あの……」

後部座席に乗せられた史乃は不安で問いかけたものの、後から乗り込んできた少佐の、厳しい表情に思わず口を閉ざす。

「どうした」

低く冷たい声で問われて、史乃はゴクリと唾を飲み込む。

「波瑠は……」

「波瑠のことは心配いらない。波瑠は清河の家で、おたかに任せてある」

「……すみません」

ほんの、ちょっとで済むと思ったから——そう俯いた史乃に、少佐は前を見たまま言った。

「何があった」

「葬儀に、あの、本郷区役所で会った男の人が来たんです。主人に借りた本を返しに。それで……」

「それはこれか？」

少佐が、後部座席に置いてあった本を史乃に示す。

「そう、です……お仏壇にお供えして……」

「これが何の本か知っているか？」

少佐がその、露西亜語の表紙を撫でる。史乃は首を振った。

「いいえ、わたしには読めません。英語じゃないってのは、わかりますけど……」

少佐が聞いたこともない、異国の言葉を告げる。

「『Империализм, как высшая стадия капитализма』。日本語で言えば、『帝国主義、資本主義の最高段階としての』。レーニンの著作だ。……露西亜の革命政府の首班。世界中の共産主義革命論者の、経典のようなものだ」

「そんなものをあの人が……」

少佐はそれをポイッと後部座席に投げ捨て、言った。

「実は、葬儀に無政府主義者《アナキスト》が接触を試みることは織り込み済みだった。まさか貴女がおびき寄せられるとは想像していなかったが」

「……すみません」

チッと露骨に舌打ちをされて、史乃が身の置き所もなく肩を竦める。

「貴女は慎重な風でいて、時にとんでもないことをしでかす。どうして、正福寺に行ったりしたのだ」

史乃は帯の間に挟んだ、小さな紙きれを取り出し、少佐に渡した。

「……これが……本の間に……」

タチアナ・ミハイロヴァが書いたらしい、拙い仮名書きの手紙を一瞥すると、少佐はそれをクシャリと握りつぶし、軍服のポケットに入れた。

「なぜ、そんな手紙にホイホイと。貴女らしくもない」

「なぜか、行かなければいけない気持ちになってしまったんです」

「史乃……？」

「行かなければ……あの人が、本当に死んでいるのか、確かめなければならないって……」

史乃は少佐の顔を見た。

「タチアナさんが、あの人を見たと言っていました。それも、つい最近」

「……タチアナが、片桐を？」

頷く史乃に、少佐は軍帽を脱いで、髪を掻きあげる。

「それで、他に何を言われた」

「わたしを呼び出せば、あの人も出てくる。あの人が、わたしを愛しているなら――」

「無茶を言うな。片桐は死んだ。貴女を愛していたところで、化けて出られるわけがない」

にべもなく言い捨て、もう一度深く軍帽を被り直す少佐に、史乃が言った。

「主人が尼港で死んだというのは、嘘なのですね」

「……なぜ、そう思う。あの女の言うことなど――」

「だって、尼港で虐殺を命令したのはあの人たちなのでしょう？　だったら、良平さんが死んでいるかどうか、あの人たちが一番よく、知っているはずです。でも、あの人たちは良平さんが生きていると思っている。……つまり、少なくとも尼港で殺されたわけではないってことでしょう？」

史乃の言葉に、少佐は唇を引き結ぶが、史乃はなおも続けた。

「尼港で死んでいない人を、尼港で死んだことにした。……良平さんは生きている。そして日本にいるのですね」

その言葉に少佐は深くため息をつく。

「史乃……貴女という人は……」

「でももう、わたしの元には戻らない。だから、戸籍から抹消し、死亡広告も出し、葬式をさせ、すべての痕跡を消すことにした」

今度は、史乃が諦めたような深いため息をついた。

「売国奴だって、憲兵の中尉が言っていました。タチアナという女の人は、あの人に日本語を習ったとも。――西伯利亜のあの人のことを、わたしは何も知らない……」

暮れていく東京の街を眺め、史乃は消えた夫の姿を探すかのように、西の空を見た。

車は清河邸ではない、史乃の知らない網代《あじろ》垣の廻らされた瀟洒《しょうしゃ》な家の前に停まった。

軍曹がドアを開けて少佐が先に降り、史乃に手を差し出すので、史乃も仕方なく降りた。

「……ここは？」

「うちの別荘……俗に言う妾宅《しょうたく》だ」

「え？」

戸を開ければ、奥から老人が片足を引きずりながら出てきて、少佐に深く頭を下げた。少佐が山本軍曹に「さきほど打ち合わせたとおりに」とだけ言えば、軍曹は敬礼して再び車に戻り、エンジンをかけてどこかに走り去った。

知らない場所に怯える史乃は、少佐に肩を抱かれて、家の中に導き入れられる。

玄関には立派な式台があり、長い廊下で囲まれた中庭には庭石が配され、鹿威《ししおど》しが時折カツーンと音を立てる。廊下をめぐって奥の庭に面した座敷に通され、史乃は濡れ縁からの景色に言葉をなくした。

池のある広い庭、奥の方は一面、真紅の曼殊沙華で埋め尽くされていた。赤い、糸のように細い花弁が天を向いて立ち並んでいる様子は、美しいけれどどこか不吉な――まるで死の国がそこにあるかのような――気がして、史乃は目を逸らすこともできない。

「すごいだろう。この庭は毎年、この時期になると真っ赤に染まるんだ」

呆然と立ち尽くす史乃に、少佐が喉の奥で笑った。

「美しいが、毒があるせいか、いろんな呼び名がある。彼岸花や、死人花《しびとばな》なんてな。……花が咲く時には葉が見えず、葉がある時は花がない。だから、葉見ず花見ずとも言う。それにちなんで、この別荘は不見庵《ふけんあん》なんて名前が付けられているんだ」

少佐は、史乃の手を取って部屋の中央に置かれた長火鉢の前に連れて行き、そこに座るように言うと、自分は立て襟のホックを外し、将校マントをバサリと脱ぎ捨て、対面に胡坐《あぐら》をかいた。長火鉢には火が入っておらず、上に置かれていた煙草盆《ぼん》を引き寄せると、少佐は胸の内ポケットから煙草を取り出し、口に咥える。

「ここは、柳橋《やなぎばし》の芸者だった俺の母親が、囲われていた家だ」

マッチを擦って火を点《つ》けて、煙草の煙を吐き出しながら少佐が言い、史乃がハッとしてその顔を見上げる。少佐の整った横顔からは、特段の感情は読み取れなかった。

「八つの時に本邸に引き取られ、十で母が死んだ。本邸には年が一年も違わない異母弟がいたが、身体も心も弱くてな。親父《おやじ》は弟の予備として俺を育てることに決めたんだ。……当然、異母弟も、その母親である本妻も、俺の存在が気に入らない。まあ、散々いびられて……我慢がならなくなるとここに逃げ込んだ」

別荘番の老人が、熱い番茶の土瓶と、大振りの湯呑を盆に載せて運んできた。

「急なことですまんな。吉蔵《きちぞう》」

「いえ。……坊ちゃまが突然いらっしゃるのはいつものことで。隣は、お指図の通りにしておきました」

「坊ちゃまはよせ」

吉蔵と呼ばれた老人はそれぞれの前に湯呑を置くと、土瓶を置いて一礼する。

「わしは奥におりますんで、用がありましたらいつでも……そこの鈴を鳴らしてくだせえ」

部屋の隅の紐を指さす。それが天井を伝い、老人の部屋の鈴に繋がっているらしい。

「ああ、わかった」

老人が下がって、史乃は湯気の立つ湯呑からお茶を飲んだ。――熱いお茶が身体に染みわたり、手足の先まで冷え切っていたことに気づく。ホッとすると同時に、娘の波瑠のことがどうにも気にかかってきた。

「……その、どうしてここに。早く、帰らないと……」

「波瑠のことなら気にしなくていい。おたかには、波瑠の世話を頼んである。少し、落ち着いて二人で過ごしたかった」

熱の籠もった瞳で見つめられ、史乃は決まりが悪くて、もぞもぞと膝の上で手をすり合わせた。

「白い喪服には、『貞女は二夫に見えず』の意があると聞いた」

史乃は一瞬、目を見開き、それから睫毛を伏せた。古来、再婚がなかったわけではないが、一人の夫に貞節を尽くすのがよしとされる。

「母の形見です。その……恥ずかしながら、最近の流行りの黒い喪服を誂える余裕がなくて……」

「いや、花嫁のようだと思って……」

史乃がギョッとして顔を上げ、すぐにまた俯く。少佐が胸元から折り畳んだ書類を出し、史乃の前に置いた。それを覗き込んだ史乃が目を瞠る。

「……婚姻届……」

「片桐の葬儀までは待った。だから……」

「待ってください。あの人の死亡届を出して、まだ一月と少しです。……女は、百日を過ぎないと再婚できません」

「大丈夫だ。片桐の死亡日は一年以上も前だ。問題なく処理される」

「で、でも……」

史乃はじっと少佐を見つめ、意を決して言った。

「あの人が尼港で死んだというのは、嘘なのでしょう？　あの人は生きてる。……名前も、身分も変えて、日本のどこかにいる。貴方はあの人の行方も知っていて、なのに、わたしと結婚しようとする。……貴方も、軍も、何を考えていらっしゃるのです？　せめて、兄が戻るまで待ってください」

少佐は凛々しい眉を顰め、首を振った。

「もう、待てない。軍の思惑は関係ない。俺が、貴女を手に入れたいだけだ。愛してる」

「……貴方も、兄も、軍も、嘘ばっかり……あの人も……みんな……」

史乃は、少佐から目を逸らし、窓の外の曼殊沙華の庭を眺めた。幻想的な光景に、ふいに涙が溢れてくる。

少佐が白手套を嵌めた手を伸ばし、史乃の左手を掴む。その手に指輪のないことに気づき、咎めるように尋ねた。

「指輪は、気に入らなかったか？」

「夫の葬儀に、他の人からもらった指輪を嵌める女がいますか。……何を、言われるか」

「……それも、そうか。でも、もう片桐のことは忘れなさい。あれは死んだ。そのための葬儀だ」

少佐は史乃の左手を引き寄せ、何も嵌まっていない白い薬指に口づける。史乃を見つめる黒い瞳には明らかな情欲の煌《きら》めきが灯《とも》って、史乃は反射的に手を引っ込めようとしたが、少佐はそれを許さなかった。

「史乃、そこに署名をして、俺のものになれ」

有無を言わさぬ調子で命令されて、史乃はだが、勇気を奮って首を振った。

「嫌、です……良平さんを、あの人を愛しているんです！」

史乃の手を握る少佐の手に力が籠められる。

「ダメだ。許さない。これ以上は、待たない」

そう言うと、少佐は史乃の手を力ずくで引き寄せると、顔を近づけて唇を奪った。

〔三〕

抱きしめられ、唇を奪われる。軍服に染みついた煙草の匂いに咽《む》せて、息ができない。肩を押しやろうとするが、屈強な軍人にとって、史乃の抵抗など児戯に等しかった。少佐は史乃を抱き上げると続き部屋の襖を開け、すでに敷き延べられた布団の上に史乃を下ろした。

最初から、抱くつもりで史乃をこの家に連れ込んだのだ。逃げられないと、史乃は悟る。

「待って……」

言葉での拒絶は、口づけで封じられる。咥内を這いまわる舌の熱さで脳が麻痺していく。白手套を嵌めた両手が帯締めを解き、胸元から帯揚げを引きだす。手慣れた仕草で着物を脱がせていく少佐の、カーキの軍服の腕を掴んで押しやろうとしたが、頑丈な腕はびくともしない。帯揚げが解かれれば、背中のお太鼓が滑り落ち、硬い帯が自ら弾けるようにあっさりと緩んでいく。

貞操を守る鎧《よろい》を奪われて、史乃はそれでも這い出して逃れようとしたが、白足袋を履いた足首を掴まれて、男の下に引きずり込まれてしまう。

「いけません、……待って……」

顔の横にカーキ色の軍服の袖が檻のように突き立てられ、男が蔽《おお》いかぶさってくる。

「逃がさない。史乃……」

真下から見上げれば、頬骨の高い端正な美貌がすぐそばに迫っていた。黒い瞳が情欲にぎらついて、史乃は思わず息を呑む。白手套の両手が襟の合わせ目を強引に広げ、白無垢と長襦袢が一気にはだけられ、真っ白な二つの乳房が零れ出た。

「いやぁ！」

史乃の悲鳴を無視して、少佐が顔を史乃の白い胸に埋める。白手套の手に乳房を鷲掴みにされ、史乃は最後の抵抗とばかりに軍服の肩を両手で押しやったり、右肩の飾緒を引っ張ったりしたが、男の力には到底、敵《かな》わない。細い両手首はやすやすと大きな片手に掴まれ、無駄な努力を嘲笑《あざわら》うかのごとく、抵抗は封じられ、上半身が露《あら》わにされる。

「お願い、やめて……わたしはまだ、あの人が……！　お願い！」

涙声の懇願も必死の抵抗もむなしい。少佐は力ずくでも、史乃を征服するつもりなのだ。

男の手が腰紐にかかり、白無垢の下の緋色の蹴だしもまくり上げられる。まだ明るい午後の光の下に、史乃のすべては男の眼の前にさらけだされてしまった。

「……もう許して……」

力強い軍服の檻に囚《とら》われ、もう逃げられない。——まだ抱かれる覚悟はできていないのに。

今はまだ、史乃の心は夫を愛している。良平のどこがよかったとか、少佐のどこがだめとか、そういうことではない。生涯、一人の夫に操を捧げるのが、女の徳目だと教えられてきた。

白い喪服は、二夫に見えざる妻の誓い。その白無垢の喪服を強引に剥ぎ取られ、夫以外に秘してきた場所までも暴かれていく。

羞恥心と絶望で、史乃は抵抗する気力を折られてしまい、涙が溢れて視界が滲《にじ》む。
——良平さん、許して。
その時、窓の外から若い女たちの歌声が流れてきて、少佐がハッとして動きを止めた。

カチューシャかわいや　わかれのつらさ
せめて淡雪　とけぬ間と
神に願いを　ララ　かけましょか

曼殊沙華の咲く庭を囲む生垣の向こうを、下校途中の女学生たちが歌いながら歩いていく。数年前から一世を風靡《ふうび》した流行歌で、史乃と良平が一緒に見た新劇の、劇中で歌われたもの。史乃にとっては夫・良平との思い出の曲だ。うち一人の声が調子っぱずれで、少女たちが笑いさざめく。

カチューシャかわいや　わかれのつらさ
せめてまた逢う　それまでは
同じ姿で　ララ　いてたもれ

ごく自然に、二人は何も言わずお互い見つめ合った。正面から見下ろす少佐の黒い瞳が、湖のよ

うに静かに凪《な》いでいた。どこか懐かしむような穏やかな瞳を見上げて、歌声が通り過ぎるまでのごくわずかな時間、史乃はこのままこの人が許してくれるのではと思う。だが――

歌声が過ぎ去り、史乃が口を開く。

「やめて――」

だが、その懇願に、少佐は無言で首を振ると、史乃の片足を軍服の肩に乗せてさらに脚を開かせる。右手の白手套の人差し指の先を咥え、歯で噛んでぐいっと引っ張って外す。白手套を咥えたまま、史乃を舐めるように凝視する瞳は、再びギラギラした欲望の火が灯っていた。手套を外した手が白い内またに這わされ、壊れ物に触れるかのように指で秘裂を割り、蜜口に長い指がつぷりと差し入れられる。

「や……あ……ああっ……」

ゆっくりとした抜き差しに、史乃の内部が潤い、水音が響く。感じたくないと思う心とは裏腹に身体は反応して、史乃は目をギュッとつむり、両手で口元を押さえる。声を、聞かれたくなかった。

史乃の様子を見下ろしていた少佐が、ぷっと白手套を吐き捨てる。白い太ももを両手で掴み、頭をずらすようにして脚の間に顔を埋めた。熱い息を秘所に感じて、史乃がハッと目を見開く。

「ひっ……」

溢れる蜜を吸い上げられ、熱く柔らかい舌に花芯を舐め上げられる。こんなことは夫にもされたことがなく、史乃は動転するが、強制的に与えられた快感に思わず悲鳴を上げ、無意識に腰が揺れてしまう。ぴちゃぴちゃと男が立てる水音が史乃の羞恥心をさらに煽り、二本に増やされた指が、バラバラに動いて内部の敏感な場所を探っていく。一点、強烈に感じる場所を掠《かす》めて、史乃の腰がビクンと大きく揺れ、指はその場所を執拗に責め続ける。

「んんっ、んっ、んんん……んあっ、ああっ……」

その場所を刺激されるたびに腰が溶けるような快感に襲われ、声を抑えることもできなくなる。同時に男の舌が陰核を舐め上げ、史乃の脳に白い閃光《せんこう》が走った。

——だめ、感じたらだめ。

史乃は快感に溺れまいとぎゅっと奥歯を噛みしめるけれど、舌と指とで巧みに責められて、官能の波に攫《さら》われてしまう。

「あっ、あああっ……それっ、だめぇ……」

勃ちあがり膨れた秘芽に軽く歯を立てられて、史乃は白足袋の爪先を丸めるようにして、とうとう絶頂した。

「ああっ……あ———っ」

白い世界に投げ出されるような感覚に史乃が呆然としていると、秘所から顔を上げた少佐が、まだ嵌めたままの左手の白手套で口元を拭い、歯で噛むようにして白手套を取り去る。

「挿れるぞ……」

低い声で宣言すると、少佐は猛《たけ》り立った雄茎を取り出し、しとどに蜜を零す膣口《ちつこう》に宛がう。

――だめ、これ以上は――

繋がってしまったら、夫への裏切りが完成してしまう。最後の一線を越えなければ許されるわけではない。でも――

史乃は少佐の軍服の肩を掴み、肩から下がる金の飾緒を握り締め、押しやった。

「お願い、それだけは許して……」

だが少佐は史乃の懇願を無視し、大きな手で史乃の脚を掴み、切っ先を押し付ける。一呼吸おいて、ぐっと一気に腰を進め、容赦なく奥まで貫いた。

「ああっ……」

熱い楔が隘路をこじ開け、史乃の中を充たす。すべて奪われて、夫以外の男に犯されている。その事実に、史乃の最後の矜持《きょうじ》が折れた。――わたしは、穢《けが》された――

「くっ……史乃ッ……」

見上げれば少佐はゴクリと唾を飲み込み、突き出た喉ぼとけが大きく動いた。上半身が降りて来て、脇の下から腕を入れ、背中に回して抱きしめられる。白無垢を剥ぎ取られて露わにされた裸の胸に、軍服が覆いかぶさる。右肩から下がる飾緒が素肌を掠めるくすぐったさと、肌に直接触れる硬い釦《ぼたん》の冷たさに、史乃がぎゅっと目を閉じた。抱きしめる腕に力が籠められ、体を密着されれば、さらに男の楔の存在を感じる。

「はっ……あっ……」

圧迫感の底から、ジンジンした快楽が押し寄せてくる。少佐がゆっくりと抜き差しを始めた頃には、快感に抗《あらが》う気持ちは残っていなかった。

ぬぷっ……少佐が腰を突き上げるたびに、蜂蜜を練るような水音が聞こえて、史乃の堪えきれない喘ぎ声と交じり合う。夫以外の男に抱かれているのに、史乃の身体は心をあっさりと裏切り、快楽の淵《ふち》に堕《お》ちていく。男の腰が巧みに動いて、熱い泥濘《でいねい》を掻き回すように繰り返し最奥を突きあげ、そのたびに史乃の脳裏に真紅の火花が散った。

——庭を埋め尽くす曼殊沙華のような、紅《あか》く妖しく禍々しい快楽の渦に飲み込まれていく。

薄闇の迫る部屋で、史乃はいつしか自ら少佐に縋りつき、絶頂の中で少佐の熱い飛沫を受け止めた。

薄暗がりで、何かが蠢《うごめ》いた。チカッというわずかな音がして、枕元のランプが点される。史乃は仰向《あおむ》けのまま、ランプが映し出す、天井に蠢く影を眺めていた。

衣擦れの音に目を向ければ、少佐は立ち襟のホックと金釦を外し、ばさりと軍服の上着を脱ぎ捨てる。吊りベルトを肩から引き下ろし、シャツの釦をもどかし気に外して、それも脱ぎ捨てた。ランプの明かりに照らされて、極限まで鍛えられた隆々たる肉体が現れる。胸筋は盛り上がり、腹部は六つに割れて、太い腕には血管が浮いていた。

良平は、絶対に肌を晒さなかったから、史乃は男の裸を間近に見たことはない。だから、史乃は初めて目にする軍人の肉体に目を見張った。

少佐は軍袴も脱ぎ、下帯も外して素裸になる。脚の間のものが鎌首をもたげていて、史乃は思わず目を逸らした。

あれがさっき、自分を貫いて、犯した。夫を裏切り、史乃を快楽の沼に引きずり込んだ、罪深いもの――

少佐は史乃を上から見下ろし、頬を撫でる。

「史乃……」

じっと見下ろしてくる少佐に、史乃が何も言わずにいると、少佐は史乃の顔の両脇に手をついて、覆いかぶさって史乃の唇を塞ぐ。熱い舌が咥内を這いまわり、舌と舌が絡められる。口蓋の裏を舐め上げられ、ゾクリとした刺激に史乃が背中を反らす。

「んんっ……」

少佐の唇が首筋から胸へと降りて、きつく吸い上げては痕を残す。少佐は史乃の脚を広げ、さっきまで犯していた蜜口に屹立《きつりつ》を押し付けた。彼自身が放ったものがくぷりと溢れ出て、先端を濡らす。その淫靡《いんび》な仕草に史乃が顔を背けると、少佐は滑りをよくするように塗りこめてから、一気に中に突き立てた。

「ああっ……」

媚肉《びにく》を引き裂くように分け入ってくる熱い楔の圧迫感に、史乃は白い喉をさらして喘ぎ、少佐がくっと奥歯を噛みしめた。

すでに一度犯されてしまった。今さら抵抗したところで意味がない。天井を見上げてなすがままに揺すぶられる史乃の上に、逞しい身体が覆いかぶさり、筋肉質の腕が史乃の背中に回される。硬い胸が柔らかな胸を圧し潰し、肉体の檻で史乃を閉じ込めようと力を籠める。夫との情交は常に後ろからで、良平は絶対に着物を脱がなかったから、肌と肌を合わせたことすらない。男の硬い肉体と熱い体温を直に感じて、史乃は無意識に男の肩に両手で縋りついていた。

「史乃……ずっと、こうしたかった……史乃……」

低い声が耳もとで囁く。熱い息が耳朶《じだ》にかかり、甘い声が脳髄を侵す。激しく突き上げられるたびに沸きおこる快感に身体の芯から燃やされて、身体が溶けてしまうような恐怖で、史乃は首を振り、逃れようとした。だが、少佐は力強い両手で史乃の細腰を掴むと、さらに奥へと肉楔を打ち込み、結合を深める。

「ああっ……」

最奥を穿《うが》たれ、脳にチカチカと閃光が走って、史乃が快感にのけ反《ぞ》った。

「くっ……なか、ドロドロに熱い……史乃……」

「んんっ……」

身を捩る史乃のさらに奥深くを征服しようと、少佐は史乃の身体を折り曲げるようにして、真上から圧し掛かって激しく腰を動かす。

「ああっ、あっ……それ、だめっ……あっ……あああっ」

夫との交接では取らされたことのない体位と、注ぎ込まれる快楽の深さに怯えて、史乃は少佐の逞しい肩を押しやろうとする。だが少佐は史乃の手をそれぞれ握って、指を絡めて敷布に押し付け、一番深い場所を幾度も抉《えぐ》る。そのたびに史乃の脳裏に白い閃光が走り、全身を快楽の毒が蝕《むしば》んでいく。

「ああっ……」

白い喉をさらして喘ぐ史乃を上から見下ろして、少佐も快感に眉を顰める。

「史乃……悦《い》い……ああ、ずっと、夢に見た……史乃……」

貪るようにガツガツと最奥を穿たれ、史乃は荒れ狂う快楽に翻弄される。快感の渦が史乃を巻き込み、またたく間に快楽の頂点に攫っていく。

「ああっ……ぁあ――――っ」

白い身体を反らして絶頂する史乃に対し、だが少佐の責めは止まず、なおも激しく腰を使ってくる。

「ああっ、あっ、ああっ……もう、許してっ、ああっ……」

「くっ……悦い……史乃ッ……」

少佐の手が史乃の双の乳房を鷲掴みにし、ぐにぐにと揉み込む。指の間から突き出た赤い蕾を指で挟み込むように苛みながら、少佐が一つを口に含む。

舌で転がし、圧し潰すようにして、さらに強く吸い上げられて、史乃はあまりの快感に悲鳴のような嬌声《きょうせい》を上げ、無意識に両脚を男の腰に回して縋りついた。史乃の肉壁が快楽に蠕動《ぜんどう》し、男を締め付ける。

「ああっ……それ、だめっ……あ――っ」

二度目の絶頂はさらに深く、史乃は背中を反らしてガクガクと全身を震わせた。

「ああ、これが、好きか、史乃……ううっ……なか、すごいっ締まるっ……」

今まで知らなかった泥沼のような快楽。史乃は白足袋を履いたままの両脚を男の腰に回し、爪先を丸めて絶頂に抗おうとする。

――どうして。わたしはこの人を愛していないのに。なのに、身体が――

「もう、許して……良平さん、許してっ……」

「こんなにっ……感じてッ……史乃ッ諦めて俺に堕ちろッ……史乃ッ」

罪悪感から夫の名を呼んだ史乃に対して、少佐はまるで罰だとでも言うように責めを緩めない。甘い拷問のように続く激しい情交と、否応なく注ぎ込まれる快楽に咽《むせ》び泣きながら、史乃はただ、許しを乞い続ける。

「許して、これ以上は、もうっ……あっ、あっ……」

「史乃ッ……もう、忘れろッ片桐は死んだんだッ」

少佐は史乃の片足を肩に担ぎ、両脚を直角に開くようにして深く熱杭《ねっくい》を捻じ込んだ。グリッと最奥を犯され、史乃の意識が真っ白に焼き切れる。

「あつ……あ――ッ」

「ああ、史乃……そんな顔で達《い》くのか……くっ……俺もうっ……出るッ……」

白い全身を震わせながら絶頂する史乃の中に、少佐も精を吐き出す。

「史乃……俺のものだ、史乃……」

汗ばんだ身体に抱きしめられ、耳元で囁かれる甘い声に酔わされて、史乃は快楽に沈み込むように眠りに落ちた。


鼻先を漂う煙草の匂いに、史乃の意識が覚醒する。行灯《あんどん》の火から煙草を移している少佐の横顔が、灯影《ほかげ》に照らされて深い影を作っていた。

「ん……」

「起きたのか」

慌てて肌掛けをかき寄せる史乃を見て、煙草を吸いながら少佐が笑った。

「今さらだ」

すっかり夜になっていて、史乃は波瑠のことを思い出して、飛び起きる。

「……帰らないと！」

その様子に、少佐は美味そうに煙を吐き出しながら言う。

「今日は、おたかにもよく言ってある。心配はいらない」

「そんなわけにいきません！」

「母親がいなくても、子は案外と大丈夫だ」

剥ぎ取られた白無垢を探してキョロキョロする史乃に、だが少佐が呆れたように言う。

「少し待て。そろそろ来るはずだ」

脱ぎ捨てた軍服のポケットを探って懐中時計を取り出し、少佐が時刻を確認したちょうどその時、襖の向こうから声がかかる。

「坊ちゃま、本邸からお女中が見えました」

「ああ、通してくれ」

「失礼します」

聞き慣れた声に史乃がビクッとする間もなく、襖が開いて若い女中が三つ指を突く。なんと、お久であった。

「お着換えとお支度に参りました」

「ああ、ちょうどいい時間だ。頼んだ」

驚愕して固まる史乃にお久が声をかける。

「こちら、電灯つけてもよろしゅうございますか？」

「ちょっと待て。いくらなんでも明け透けに過ぎる。合図するまで待ってくれ」

少佐が言い、行灯の薄明かりで自分でシャツを羽織り、下帯を巻き始める。軍袴まで穿いたところで、お久に声をかける。

「もう大丈夫だ。史乃の手伝いを頼む」

少佐が上着を肩にかけて部屋を出るのと入れ替わりにお久が室内に入り、電灯が点る。明るくなった部屋で、史乃は羞恥に耐えきれず、布団に顔を突っ伏してしまった。お久がその背中に、持ってきた麻葉模様の長襦袢を着せかける。

「大丈夫ですよ。……わたし、こういうのに慣れていますから」

お久が耳元で囁き、史乃は首筋まで真っ赤に染めて恥じらう。

「お腰は、ご自分でなさいます？　その間にこちらのお着物畳んでおきますね」

赤い腰巻を渡され、史乃はものも言えずに俯いた。


格子柄のセルの着物の襟を合わせていると、お久が背後から手伝って腰紐を結んでくれた。

「よかったですよ。心配していたんです」

「え？」

思わず肩越しに振り向いた史乃に、お久が邪気のない笑顔で言う。

「やっぱり小さなお子さんがいると、夜の営みが間遠になってしまって。夫婦の危機だなんて言いますものね。旦那様、相当、我慢していらっしゃったみたいだから」

目を見開いた史乃に、お久がニコニコと笑った。

「本当に真面目な方ですよね。芸者遊びもなさらず、女中に手を出したりもしない。親しい方のお弔いが済むまではって。だから、あたしやおたかさんから、波瑠さまはお預かりするから、たまには夫婦水入らずでゆっくりなさってください、って申し上げたんですよ。波瑠さまにはね、活動写真の映写機を借りてきましてね。それはもう、大喜びでご機嫌でいらっしゃいましたよ」

器用に名古屋帯を結びながらお久が言い、史乃はドクドクと心臓の鼓動が収まらない。

それから部屋の隅の座鏡の前に座り、お久が乱れた髪に櫛《くし》を入れ、丁寧に梳いた。

「ここは熱鏝がないので、編んでまとめてしまいますね？」

「え……ええ、ありがとう」

「あ、ここ……痕がついてますね。旦那様ったら」

うなじの赤い鬱血痕を鏡越しに指摘され、史乃が真っ赤になる。お久は少し考えてから、高く結い上げず、うなじで髷を作る形に変えた。

「よくよく見ないとわかりませんよ。次から気を付けるように、史乃さまから伝えてくださいね」

お久の顔を鏡越しにも見られなくて、史乃は思わず両手で顔を覆った。

〔四〕

「すまない、この後、上官から呼び出しを受けている。俺は俥を拾うから、二人は山本の車で屋敷に戻ってくれ」

史乃たちの乗る車を見送ってから、清河誠吾少佐は別荘の管理人である吉蔵が手配した人力車で、夜の街を永田町《ながたちょう》の料亭に乗りつけた。門には屋号の入った提灯《ちょうちん》が灯り、風雅な暖簾《のれん》をくぐれば、半纏《はんてん》姿の仲居が出迎える。

「清河さま、お待ちしておりました」

気配を察知して奥から出てきた女将《おかみ》に挨拶され、少佐は軍帽と将校マントを脱いで仲居に預ける。女将に先導されて軒先の灯篭に照らされた回廊を進んでいくと、奥の間からは三味線と小唄が聞こえてくる。

逢うて別れて　別れて逢うて
ちぎれちぎれの雲見れば
恋しゆかしのひと声は　わたしゃ松虫　主はまた
空吹く風の香気《のんき》さよ　男ごころはむごたらしい
憎うなるほど憎いぞえ

座敷の襖を女将が開ける。羽織袴姿の老人と壮年の陸軍将校が芸者を侍《はべ》らせ、小唄と芸妓の舞を鑑賞していた。正客は元陸軍大臣であった田中公。六月に健康を理由に職を辞し、大磯《おおいそ》の別荘に引っ込んだはずだが、東京に出て来たらしい。もう一人は参謀次長の武藤《むとう》少将。清河少佐の、直属の上長である。

踊りが終わり、三味線弾きの芸妓と舞い手の芸妓が三つ指ついて丁寧にお辞儀をする。田中公が手を叩《たた》いて芸妓たちを労《ねぎら》って座敷を下がらせ、座敷の隅に控えたままの清河少佐を手招きした。

「やっと来たか、清河。この色男が」

「遅くなりました。お元気そうで何よりです」

少佐が座布団を避けて正座し、田中公に頭を下げる。

「清河は哈爾浜でも料理屋嫌いで有名じゃったから、来んかと思うたわ」

哈爾浜の料理屋とは、要は日本軍相手の娼婦を置いた店のことである。現地は娯楽も少なく、将官から一兵卒に至るまで、暇さえあれば女たちを抱きに行ったものだが、清河少佐はその手の付き合いを一切、断っていた。

「相変わらずの石部金吉《いしべきんきち》か。……どうじゃ、この店は二階で芸者を抱けるぞ。金ならワシが出してやっても――」

お節介な田中公の言葉に、少佐は凛々しい眉間に深い皺を刻み、首を振って拒否する。田中公が苦笑した。

「おぬしは生みの母親が芸者じゃけん、芸者遊びを毛嫌いしとる。……まあいい、まずは飲め」

女将が、少佐のための膳を運んできて、酌をする。それをぐいっと一息に空け、少佐は盃を置いた。女将が一礼して座敷を下がり、男だけになってから、武藤少将が口を開く。

「例の、露助《ロスケ》やらはどうなった。片桐の葬儀に釣られてくるという話だったが」

「我々には逮捕の権限がないので、葬儀に現れた男を憲兵隊に密告したのですが、あと一歩のところで露西亜人ともども、逃げられたようです」

「逃げ足が速いのお……」

淡々とした少佐の報告を聞き、田中公が盃を傾けて感嘆し、武藤少将が口ひげについた酒を拭って尋ねる。

「極秘に入国しているのは、二人か」

「我々が掴んでいるのは二人です。ドミトリー・セリョーギンと、タチアナ・ミハイロヴァ。憲兵には伝えておきました。近日中にも捕まえてくれればと……」

少佐の答えに、武藤少将が肩を竦め、言った。

「憲兵を買い被りすぎだ。露助どもが日本で何かしょうと思ったら、日本語のできる協力者が必要だ。そっちから押さえた方が早い」

清河少佐が頷く。

「二人を匿《かくま》っているのは、無政府主義者《アナキスト》の川本天元の結社、天啓社の奴らと思われます。川本天元は浦塩や上海にも複数回の渡航が確認され、上海では中国共産党の決起集会にも参加していた。おそらくは、そこで抗日運動家と接触している。……憲兵隊が目を付けて先月、逮捕されています」

「川本天元か……」

濃い顎髭を撫でながら、武藤少将が呟く。

「……川本天元は、つまり片桐の……」

「片桐は川本ら無政府主義者《アナキスト》から、日本に入国した抗日勢力の情報を得ていました。その縁で、片桐は赤軍パルチザンの幹部と接触し、その相談役に収まった」

少佐の答えに、田中公が豪快に笑った。

「そうして、極東パルチザンの参謀だったミハイロヴァを誑《たぶら》かした。さすが色男じゃの」

しかし清河少佐が不愉快そうに顔を歪め、かつての上官を窘める。

「閣下。……片桐は、ミハイロヴァに日本語を教え、作戦立案に助言を与えただけで、深い仲にはなっていません。ミハイロヴァはセリョーギンの恋人で、今回も行動を共にしています」

「じゃが、片桐の女房を呼び出して、接触しようとしたのじゃろう？　ミハイロヴァは相当、ヤツに入れ込んどるんじゃろう。そうでなきゃ、そもそも日本に逃げてはこんじゃろうが」

「それはそうかもしれませんが……」

言い淀《よど》む清河少佐に、武藤少将が尋ねた。

「奴らは、片桐の死を信じておらんというが、なぜだ。死亡広告も出し、葬式まで出したのに」

「……東京で見かけたと、言っています。それと、二人も川本天元の一派の者も、片桐は筋金入りの共産主義者《コミュニスト》だと、信じて疑っていなかった。片桐は軍部との二重スパイで、軍部からの追手を誤魔化すために、自ら死亡を装っているのだと、考えているようです」

「東京で……のう……」

田中公が首を傾げる。

「そもそも、奴らは何のために日本に逃げてきたんじゃ。単純に近いからってわけじゃあなかろう」

清河少佐が言いにくそうに自らの見解を述べる。

「一つには……尼港事件の首謀者である二人は、片桐が尼港では死んでいないのを知っている。その上で、ヤツが持っているあるものを取り返そうとしている」

それに対し、武藤少将が咎めるように言った。

「そもそも、尼港で死んでない片桐を、あそこで死んだことにする必要があったのか」

清河少佐は苦虫を噛みつぶしたような表情で弁解した。

「日本人の片桐良平という男が、赤軍パルチザンの作戦立案に関わり、ミハイロヴァからの個人的な諮問に応える形で、パルチザンの極東での拠点として尼港の占拠を進言した。その結果、尼港で邦人七百人以上が殺された。これが外に漏れれば、大変なことになります」

「……なぜ、尼港の占拠を進言した？」

「片桐はあくまでパルチザン側の協力者のフリをしていましたから……。地政学的に、黒竜江（アムール川）の河口にあるあの街は、沿海州北部の重要拠点です。それに……」

清河少佐は白手套を嵌めた手を額にかざす。

「尼港には三百名を超える日本の守備隊もおり、赤軍に十分対抗可能だと考えておりました。冬季は港が凍結して対岸の樺太《からふと》からの支援は困難ですが、浦塩司令部からの陸路での救援は可能です。春まで持ちこたえさえすれば、上流の哈府《ハバロフスク》や北海道の小樽《おたる》から援軍を送れる。ですから、自分は尼港侵攻前にかの地を離れたんです。……ところが、その後、大虐殺が起きてしまった」

尼港の守備隊との通信は遮断され、港が凍結して陸の孤島となり、取り残された尼港の守備隊は全滅した。街を占拠した赤軍パルチザンは現地在住の七百人以上の日本人老若男女を虐殺したばかりでなく、計六千人とも言われる無辜《むこ》の市民も殺害し、街に火を放って破壊した。パルチザンの幹部の周囲に、日本軍の間諜がいた事実は、万が一にも知られてはならないのだ。

「……それで、片桐は尼港で虐殺被害に遭ったことにした」

武藤少将が唸《うな》り、田中公が酒を呷りつつ頷いた。

「民間人の片桐を、尼港の虐殺の被害者として始末するのは、悪くはない案じゃった。が、首謀者のミハイロヴァがよもや日本にやって来るとは、想定外じゃったの。……策士策に溺れるとは、このことじゃわい」

片桐の旅券を使い、尼港事件の犠牲者の一人に紛れ込ませてしまえば、間諜の片桐を上手く消せるはずだった。だが、虐殺の首謀者であるミハイロヴァらが日本に来たことで、トリックが崩れてしまったのだ。

「尼港の街は完全に廃墟《はいきょ》になっていました。被害者のほとんどが罪のない女子供で……甘いとお叱りを覚悟で申し上げますが、仮にも女であるミハイロヴァが、そこまで残酷な命令を下すとは信じられなかった。奴らはレーニンの思想の狂信者で、革命のためなら人の命などなんとも思わない輩《やから》だと、冷水を浴びせられるような気分でした」

しばらく、無言で酒を呷っていた三人だが、武藤少将が思い出したように尋ねた。

「尼港の事件は昨年の春、もう一年以上も前のことだ。なぜ、今頃になって片桐の死を偽装することにしたのだ」

清河少佐が眉を顰め、手にした酒を呷ってから、言った。

「もともと、四年前に片桐はいずれ放棄することになっていましたが、哈爾浜の特務機関が貴重な人脈を惜しんだので、死亡通知が遅れていました。しかし、ミハイロヴァらがソヴィエト政府の逮捕を逃れて日本に入国したと聞き……」

少佐は白手套を嵌めた手で額を押さえた。

「ミハイロヴァとセリョーギンは、革命の美名のもとに、どんな残虐なことでもやりかねない。しかも彼らは片桐を殺しておらず、生きているのを知っている。だから、敢《あ》えて片桐の死を公表したのですが——」

「おかげで、片桐の女房は四年も待たされた挙句、パルチザンに狙われ、さらに憲兵隊にも逮捕される羽目になったではないか」

武藤少将に咎められ、清河少佐がぐっと言葉に詰まると、田中公がとりなすように言った。

「まあまあ……清河とて、よもやミハイロヴァらが日本に逃げてくるなどと予想はしておらん」

そうして部下たちを宥めてから、田中公が改めて言った。

「それで、パルチザンの二人がそこまでして取り戻そうとするのは、いったいなんなんじゃ」

質問が変わったことで、清河少佐がホッとした表情になり、内ポケットから折り畳んだ書類を取り出した。

「二人が取り返そうとしているのは、この、レーニンの極秘命令書と思われます。原本は二年も前に参謀本部に送って……これはその写しです」

書類を広げ、武藤少将に手渡す。

「……レーニンの命令書？」

「東京での赤色テロルを実行し、日本に共産革命の蜂起を促すもの。——原本には、レーニン自筆の署名があります」

写しを受け取り、覗き込んだ武藤少将が、タイプで打ち出された露西亜語に顔を顰める。

書類の右下に記された手書きの署名は、ウラジーミル・イリイチ・レーニン。露西亜革命の指導者にして、革命過激派であるボリシェヴィキの党首、ソヴィエト政権の首班。赤色テロルを推奨し、世界規模の共産革命を歴史の必然と考えている。

少佐の説明に、田中公が眉を顰める。

「そういえば、そんな、荒唐無稽にもほどがある命令書を見たなあ……」

「セリョーギンとミハイロヴァは、署名付きの原本を取り戻そうとしている」

「署名？」

田中公もかつてはモスクワ駐在武官を歴任し、露西亜通で知られる。田中公が先を促すように少佐を見つめ、少佐が続けた。

「尼港の虐殺を実行した、赤軍の極東司令部の幹部トリャピーチンらは、中央の許可なく露西亜人を虐殺したかどで、人民裁判の上で処刑されました。ミハイロヴァとセリョーギンも、ソヴィエト政府に捕まれば命はありません。だが、レーニンの自筆署名付きの命令書があれば、極東における武力行使にレーニンのお墨付きがあると反論できる」

少佐の言に、田中公は語気を荒らげた。

「こんな紙切れが、尼港で数千人の、無辜の民間人を虐殺した免罪符になるとでも？」

「レーニンの命令通り、東京で赤色テロルを実行し、日本で共産革命を引き起こせば、彼らは革命政府中枢に返り咲ける。……いえ、それぐらいしなければ、彼らは生涯ソヴィエト政府から追われることになる。共産革命こそ正義だと思っている彼らが、反革命の烙印《らくいん》を押されたおたずね者として生きるなんて、耐えがたいことだ」

男たちは無言になり、じっと互いの顔を見合わせる。それから、田中公が言った。

「この帝都東京でテロルなど、断じて許すわけにいかん。やつら、本気でそんな無茶なことを考えておるんか？」

武藤少将も頷く。

「まともな人間の考えることとも思えん。だいたい、奴ら、東京の土地勘もなく、日本語すらおぼつかないと言うではないか」

そう、口にしてから、武藤少将がアッと気づいた。

「そうか！　それで片桐を探しているのか！　露語に堪能で、日本の無政府主義者《アナキスト》とも繋がりが深く、さらに東京の地理に明るい！」

少佐が大きく頷いた。

「そうです。彼らの描く計画に、日本人の共産主義者《コミュニスト》である片桐の存在は不可欠です。片桐がいるからこそ、川本天元も彼らに協力してきた。しかし、先月、川本天元は当局に身柄を拘束されてしまいました。そうなると、天元の弟子たちの協力を得るのも難しくなるでしょう。セリョーギンとミハイロヴァは追い詰められている」

「窮余の策に出る恐れあり……か」

武藤少将がハーッとため息をつくと、手酌で酒をついでぐいっと呷った。田中公が羽織の腕を組み、考え込む。

「やつらが赤色テロルを実行するとしたら、何処《どこ》を狙う？」

「まずは要人の暗殺ですが、陛下はご病身で表には出ず、皇太子殿下にも厳重な警備がついています。皇居周辺を不審な外国人がうろつけば、すぐに捕らえられるでしょう。……彼らが動けるとしたら、浅草などの繁華街か、あるいは東京駅か――」

「赤色テロルなど、断じて許せんわ。憲兵隊とも協力の上で、なんとしても防げ」

「はい、必ず……！」

田中公の命令に、少佐は深く頭を下げた。

〔五〕

一度抱かれてしまえば、史乃はもう、少佐を拒むことができなくなった。

夫以外の男に穢され、歓《よろこ》びを感じてしまった。少佐に注がれた快楽はあまりに深く、昔の自分には戻れないと思うほど、史乃を蝕んでいく。

史乃の部屋も客室から上階に移され、波瑠には子供部屋が与えられた。使用人たちも史乃と少佐の関係を認知し、「奥様」などと呼ばれて、ますます逃げ場がなくなる。

少佐が屋敷内で良平のことを黙っていてくれたのは、今にして思えば幸いだった。未亡人だと屋敷内に知れ渡っていたら、恥ずかしくて到底、生きていけない。少佐は最初から史乃と波瑠を籍に入れるつもりで、根回ししていた。

つまり、史乃は少佐の張った罠《わな》に囚われたのだ。

しかし身体の関係ができてなお、史乃にとって少佐は不気味でならなかった。少佐――清河誠吾という人はいったい、何者なのだ。

いったいどうして、そこまでして史乃を手に入れようとするのか。軍の命令なのか。ならばそれはなぜ？　何のために？　愛を囁かれ、肌を求められても、そこに愛があると信じる気になれない。

史乃の身体目当てというには、少佐は起きている波瑠は精一杯甘やかすし、眠る波瑠を眺めるまなざしは慈愛に満ちていて、本当の父親と勘違いしそうだ。それらすべてが、何を考えているかわからず不気味でしかない。なのに――

夜、部屋を訪れた少佐に手を取られ、欲を孕《はら》んだ視線で見つめられれば、史乃はその視線に魅入られるように彼の求めに応じてしまうのだ。

大きく脚を開かされて、捻じ込まれる熱い楔。見せつけるように史乃の隘路を貫き、淫らな水音を立てて史乃を蹂躙する逞しい身体。抗うことのできない愛欲の檻に絡めとられ、悦楽を感じまいと戒める心と裏腹に、史乃の身体は男の責めにあっけなく陥落してしまう。

「あっ……」

堪えきれない喘ぎ声を漏らせば、男は、乱れて額に落ちかかる前髪を振り払い、ギラギラした目で史乃を見下ろした。

「すごいな……こんなに感じて……」

「くっ……ちがっ……」

史乃が首を振るが、その抵抗を振り切るように、男がことさらに奥を突き上げた。その衝撃で史乃が白い喉をさらす。

「ああっ……あっ……いやっ……」

「史乃……もう、諦めろ」

グリグリと中を抉られて、史乃の目の奥に火花が走る。快感で息もできず、ただ首を振った。黒髪が乱れ、顔に貼りつく。

「俺を見ろ、史乃。今、貴方を抱いているのは、俺だ。気持ちいいんだろう？　素直に、感じろ」

「あっ……ああっ……ちがっ、ちがう……」

「何が違う。さっきから、貴女の襞《ひだ》が俺にまとわりついて、締め付けている。俺の全部が欲しいと言っている」

嘲笑うような男の言葉に、史乃は羞恥と悔しさで唇を噛むが、全身を炙《あぶ》られるような快楽からは逃れられない。

——違う。わたしはまだ、あの人を愛している。あの人が死んだというこの男の嘘を信じていない。なのに——

一度として史乃に素顔を見せず、肌も晒さず、口づけすら交わさなかった、夫。すべてがまやかしで、嘘ばかりだった男。

史乃を愛している、史乃以外は抱かないとの約束も、すべて嘘だったのだろうか。

もしかしたら——あの、露西亜の女を夫もこんな風に——

史乃の思考が他に逸れたことに気づいた男は、さらに激しく腰を動かした。

「あっ！　あああっ……」

「もう、死んだ男のことなど、忘れてしまえ。ただ、俺に溺れればいい……」

男の端麗な顔が史乃の上に降りて、唇を塞がれる。鍛えられた腕の檻に囚われ、史乃は繰り返し絶頂の波にさらわれる。途切れる意識の直前に見たのは、あの庭を埋め尽くす曼殊沙華——

—＊—

十一月の朔日《さくじつ》、敦賀《つるが》から本郷畠中家に電報が届いた。三日に東京駅に着く汽車で帰宅すると、兄の健介が知らせてきたのだ。

幸吉からの電話に、史乃が久しぶりに晴れやかな表情になる。東京駅まで出迎えに行きたかったが、しかし、山本軍曹が眉を顰め、少佐も首を縦に振らなかった。ならば当日、せめて朝から本郷の家に戻り、兄の好物を作ろうと考えている史乃に、少佐が少しばかり嫉妬するような表情を見せる。

「兄貴が戻るのに、そこまでソワソワするものなのか？」

「だって……うちは両親が早くに亡くなりましたので、身内は兄だけでございますし……」

史乃が言い訳めかして言う。本音を言えば、籍を入れる前から少佐のものになっている現在の状況に兄が怒り狂って、自分をここから逃がしてくれないかと、そんな期待さえ抱いていた。——情けない話だが、史乃はもう、自分の意志で逃げられないくらい、ずぶずぶに嵌まってしまっている。良平とのすべての事情を知る兄ならばきっと——

十一月三日。山本軍曹の車で波瑠と二人、本郷の家に戻る。

「絶対に、一人で外出しないでください。自分は一度、参謀本部に戻りますが、何かありましたら電話をください。いいですね、絶対ですよ」

軍曹に念を押され、史乃は頷く。お仙と一緒に家中を掃除し、兄の好物のちらし寿司《ずし》を作って帰宅を待っていた時。

物音がして兄が戻ってきたかと玄関に駆け付けたが、そこにいたのは憲兵隊の高橋中尉であった。

「畠中健介中尉ば、戻っとると？」

「……いえ、兄はまだでございます」

「聞きたいこつばあるけん、待たせてもらうたい」

今日は通訳の人はいないらしい。史乃の背後にピッタリとくっついた波瑠が、覗き込む。

「おじちゃま？」

「健介おじさまはこの人ではないわ」

無邪気な視線を向けられて、高橋中尉は不快そうに眉を顰める。

「……ばたついておりますけれど、どうぞ、お上がりくださいませ」

史乃が言えば、中尉はフンッと鼻を鳴らして革靴を脱ぐ。

「お帽子とマントをお預かりしましょう」

「いや、よか。馴れ合いはせんと！」

中尉は史乃の申し出を拒絶し、ずかずかと上がり込んだ。

仏壇のある居間は、ご馳走《ちそう》の支度が並んでいたが、中尉はそれを一瞥すると仏壇の白い骨箱を見る。

「あんが片桐か？」

「はい。ずっと正福寺様に預かっていただいていましたが、葬儀が終わりましたのでこちらに。兄と相談の上で墓地を決める予定ですが――言っておきますが、中身は石ころですよ」

「何ッ？」

高橋中尉が大きくもない目を剥く。

「軍艦が沈んだ時なども、遺体の代わりに石が戻ってくることがあるそうです。何しろ、尼港では日本人だけで七百人以上が犠牲になりましたので、どれが主人の遺体かはっきり特定できなかったようなのです。旅券と眼鏡は戻ってまいりましたが……」

史乃はそう言って、仏壇に供えてある小箱を持って中尉の前に置く。お仙がお茶を淹れてきたので、史乃は盆ごと受け取り、茶托《ちゃたく》に載せて中尉に差し出す。そっと添えた左手のダイアモンドを見て、中尉がゴクリと喉を鳴らした。

「それは……清河少佐殿からの？」

「はい。葬儀の時は外しておりましたが、後で、常につけているようにと叱られまして……」

高橋中尉は将校マントを脱いで脇に丸め、帽子を取ってその上に載せた。チクチクしそうな坊主頭と、意外と純朴そうな素顔が現れる。

「清河少佐殿ば陸大を出て参謀本部付になり、四年前からは哈爾浜の特務機関におったと」

「そう、聞いております」

「……ちょうど、片桐が大陸に渡ったんと同じ頃合いたい」

高橋中尉の意図がわからず、史乃は首を傾げる。

「そうなのですか。主人は軍属でもありませんので、気にしたこともなく」

中尉は軍服の上着の内ポケットを探り、史乃と良平の結婚写真を取り出し、史乃の前に置いた。常に持ち歩いているのか、端がよれて皺もよっている。

「最近、川本天元ばいう無政府主義者《アナキスト》の大物ば逮捕したと。現在、尋問中たい。ばってん、奴が言うには、片桐良平ば日本潜伏中の支那や朝鮮の抗日勢力ば集めて、日本で共産革命ば起こすを企んどうと」

「……主人が、でございますか？」

史乃が目を瞠る。

「自分は大正の五年頃より、無政府主義者《アナキスト》や支那の留学生の動向から、片桐ばいう男の存在に気づいたと。ばってん、突如片桐は日本から姿を消したばい。自分は片桐の女房が、陸軍の畠中中尉ん妹と知って、なぜ陸軍軍人の妹が売国奴の嫁にと、不審ば思うて調査を始めたと。ところが、今度は畠中までが西伯利亜に出征したっちゃ」

高橋中尉の黒い、小さな目がキラリと光り、史乃をじっと見た。

「自分は帝国軍人たい。天皇陛下の赤子やけんくさ、日本を守る役割があると！　売国奴やら許せんたい！」

高橋中尉のギラギラした瞳は狂信的ではあったが、軍人としての矜持と責任感に溢れていた。

「そうでございますか。兄は生粋の軍人で、お国を裏切るような人ではございません」

はっきり言い切った史乃に、高橋中尉は少しだけ眉を寄せた。

「夫ば庇わんと？」

史乃は俯いて、膝の上の手をモジモジさせた。

「……主人は、正直、何を考えていたのか、わかりませんし……もしかしたらあちらの、露西亜の方と……」

「やはりそげなことが！」

ガバッと身を乗り出す高橋中尉に、史乃はぎょっとして身を引く。

「……いえ、清河少佐殿が仰るには、あの露西亜の女性が言っているだけで、確証はないと。……ただその、少佐殿が主人を庇う理由がわかりませんし、日本まで主人を追いかけて来るのは、やはり特別な間柄だったせいではと……」

高橋中尉がチッと舌打ちして言った。

「片桐の野郎、妻と子供がありながら、なんて奴たい！　日本男児の風上にも置けんたい！　絶対に捕まえてギッタギタにしてくれるっちゃ！」

「いえ、主人はもう死にましたから……」

どうやら、高橋中尉は異常に正義感が強いだけなのだと史乃は気づき、微笑んで言った。

「あの……よろしければ先に召しあがりますか？　小鍋仕立ての湯豆腐は兄が着いてからと思っているのですが、煮物などはもう、揃っておりますし……」

卓上に並べられた手料理の数々を見て、高橋中尉がゴクリと唾を飲み込む。

「いや、そげな……」

ぐーっと腹の虫が鳴って、中尉が真っ赤になって怒り出す。

「いや、これは！　自分は別にッ……」

「兄が戻って来ると聞いて嬉しくて、余計に作ってしまったんです。少しでも手伝ってくださいな」

史乃がなおも勧めれば、高橋中尉がギロリと卓上の料理を見て、言った。

「な、ならば少しだけ……」

ちょうど、波瑠が奥から出て来て史乃にまとわりつくので、史乃は立ち上がって波瑠を抱き上げ、中尉に向かってにこやかに言った。

「そちらにお座りくださいませ。今、お膳をご用意させていただきます」

中尉が耳まで赤くなって、それでも肩をいからせてブンブンと首を振った。

五目ちらしに里芋の煮っころがし、鯛《たい》のアラ炊き、胡瓜《きゅうり》と茄子《なす》の糠《ぬか》漬け、秋刀魚《さんま》の塩焼き……膳に並ぶ料理を、中尉は目を輝かせてガツガツと平らげていく。

「美味か！　奥さん、あんたぁ、料理の天才たい！」

「いやですわ、中尉殿。なんてことはない料理ばかりです。それに、糠漬けはわたしではなくて、お仙のです。まだ糠漬けはお仙に敵わなくて」

「故郷《くに》のおふくろも糠漬けば得意だっちゃ！　おなごの価値ば漬物の味で決まるばってん、いつも冷たい糠味噌《みそ》ば掻き回しとっとが……」

ふと、箸を止めて、中尉が遠くを見るような目をした。

「……自分も、おふくろが生きているうちにもっと、褒めてやればよかったたい……」

煎茶を淹れた急須を注ごうとして、史乃が手を止めた。

「ずっと身体を悪くして、まだ若いうちに。……親父が外で遊んで悪い病気伝染《うつ》されて……俺《おい》は今でも親父が許せんと……」

グスッと鼻を啜《すす》りあげる中尉に、史乃はそっと湯呑を差し出す。

「そんなことが……」

「じゃけん、わしは浮気する男も、芸者遊びも好かんと！　なんが男の甲斐性か！　女房泣かすんは男のクズたい！　片桐の野郎、売国奴の上に、こんな別嬪《べっぴん》で料理の上手い女房をほったらかして、露助の女と――」

お国言葉丸出しで力説する高橋中尉を史乃が持て余していた時、襖がガラッと開いて、振り返れば兄の畠中健介が棒立ちになっていた。

「史乃……？　これは、いったい……？」


襖を開けて立ち尽くす陸軍歩兵中尉・畠中健介は、自宅で見知らぬ陸軍将校が飲み食いをしているのを見て、目を瞠った。

「……憲兵隊？　なぜ俺の家で……？」

「お兄様！　お帰りなさいませ！　お出迎えもいたしませんで！」

史乃が慌てて向きを変え、丁寧に三つ指をつく。

「いや、それはいい。……だが……」

健介は長い行軍に草臥《くたび》れた軍帽と、東京では暑いのではと思われる、分厚い将校用の外套を着こんでいた。兄の背後から、山本軍曹が将校行李を持ってきて襖の脇に置く。

「畠中中尉殿、自分はここで失礼します」

遠慮がちに言う山本軍曹に、史乃が慌てて声をかける。

「山本軍曹殿、お兄様を送って来てくださったのですか！　でしたら是非、せめて少しなりと……」

「いえ、自分は……」

山本軍曹も、憲兵隊の中尉が畠中家で飯を食っている理由が理解できずに首を傾げている。膠《こう》着《ちゃく》してしまった状況に、健介がまず帽子と外套を脱ぐ。以前より少し痩せて日に焼けた、細面の顔が現れた。史乃によく似たやや垂れ気味の目元は相変わらずだが、髪も若干伸びて、無精ひげが生えている。

「山本も少しでも食べていってくれ。どうせ、妹《これ》を少佐殿のところに送っていくのだろう。何度も往復するのは時間と、燃料の無駄だ」

「はあ……」

そう言われて、山本軍曹も渋々、部屋の中に足を踏み入れる。廊下を追いかけてきた幸吉が、部屋の隅に積んである座布団を配り、お仙が顔を出した。

「お嬢さん、湯豆腐あったためてよろしい？　あと、お酒はどうされます？」

「酒は二本！　燗《かん》を付けてくれ！」

健介がお仙に指示を下し、それから史乃に抱きついて親指をしゃぶっている波瑠に声をかけた。

「波瑠か！　大きくなったなあ！　サルの子みたいな赤ん坊だったのに、無事に人間になったではないか！」

「お兄様！」

俺のことなどは憶《おぼ》えておるまい、と健介が言いながら姪《めい》っ子に腕を広げれば、波瑠も恐る恐る近づき、健介に抱き着いた。

「おお、元気そうだ！　いい子にしていたか！」

「うん！　かあたまも、パパもいい子って言うよ！」

「パパぁ？」

膝の上に抱きあげてから、健介は怪訝《けげん》な顔で波瑠の顔をまじまじと見てから、史乃を見る。

「パパというのは、清河少佐殿のことか？　そんな風に呼ばせているのか」

「え、ええ……簡単な方がいいだろうと仰って……」

健介は何とも複雑そうな表情で史乃と波瑠、それからちらりと山本軍曹を見た。

「まあ、少佐殿が責任を取ってくださるなら、俺は何も言うことはないが」

憲兵の高橋中尉はずっと居心地悪そうにしていたが、思わずといった風に対面から口を挟んだ。

「そん子供は片桐の子やろが？　清河少佐殿は、それを知っとるんか……？」

健介は首を振り、高橋中尉を咎めた。

「清河少佐殿が言っていた、高橋中尉とは貴殿のことだな。実は、明日にも貴殿のもとに向かうつもりだったから、手間が省けたということか。……後で、話す。子供の前ではできない話だ」

その会話から、兄の健介がここに来る前に清河少佐と会って来たことに史乃は気づいた。健介は波瑠をひとしきり抱いてから、史乃の膝に戻して妹を労った。

「苦労をかけたな。ようやく俺も戻ったし、後は心配いらない。……そうだ、清河少佐殿からこれを預かってきた。お前もこれに署名して、少佐殿に渡してくれ」

それはいつかの、署名し損ねた婚姻届であった。すでに、保証人の欄に兄・健介の署名と捺印《なついん》がある。

「お兄様、わたし……」

史乃が言いかけたが、健介は腕時計を素早く確認すると、史乃に言った。

「あまり遅くなるとよくない。山本軍曹が食べたら、お前と波瑠もあちらに戻れ。俺はその後に、そちらの憲兵中尉殿と話がある」

ちょうど、お仙が燗を付けた徳利《とっくり》を運んできて、食事が始まった。


あらかた料理が男たちの腹に入る頃、健介が史乃を促した。

「そろそろ、お前もあちらに戻れ」

「でも、お兄様……わたしは、お兄様にお聞きしたいことが……」

兄に食い下がる史乃に、健介が首を振る。

「片桐のことなら、俺の口からは話すなと言われている。少佐殿に聞きなさい」

「でも……」

「一つだけ。片桐は死んだ。露西亜人や無政府主義者が何を言おうが、片桐は戻らない。それは以前から決まっていた」

史乃だけでなく、高橋中尉も息を呑んだ。

「それはどういう……」

尋ねる高橋中尉に健介は首を振り、史乃をまっすぐに見つめる。

「これ以上は軍機に関わる。女子供に話すことはできない」

唇を噛んだ史乃を、山本軍曹が宥めるように言った。

「そろそろ戻りましょう。少佐殿がきっと、首を長くして待っておられます。波瑠ちゃんも、限界のようですし」

波瑠は山本軍曹がお気に入りで、その膝の上でコックリコックリ船を漕《こ》いでいた。史乃は慌てて波瑠を抱きとり、兄と高橋中尉に挨拶してその場を後にした。

「……でも、納得いきません。なぜ、あの憲兵中尉殿には話すのに、わたしには内緒なんです？」

車に向かう途中で珍しく不満を述べた史乃に、山本軍曹が言った。

「一つは、軍の内部の問題であること、もう一つは、少佐殿が嫉妬深いからです」

「は？」

予想外の答えに、眠る波瑠を落っことしそうになりながら史乃が聞き返せば、山本軍曹が苦笑した。

「史乃殿の周囲に他の男がうろつくのが我慢ならないから、真実を話して追い払ってしまいたいのですよ」

「……なんですの、それ」

「今日だって、あんな風に気さくに食事を振る舞って。職務ですから少佐殿には報告しなければなりませんが、おそらくはご機嫌を損ねるでしょうね。覚悟なさってください」

「ええ……？」

高橋中尉に食事を振る舞ったのが、どうして少佐の怒りを買うのか、さっぱり理解できない史乃であった。

〔六〕

「さて、お人よしの妹をすっかり取り込んで、我が家で飯まで食った気分はいかがですかな、憲兵中尉殿」

妹と姪を見送ってから、畠中健介中尉は残った酒を徳利から猪口に注いで、台所のお仙に向かい声をかける。

「すまん、酒を二本追加で！」

そうしてから、健介は胡坐をかいて高橋中尉に向き直った。

「飲み直しながら話しましょう、中尉殿」

「高橋雄作であります」

居住まいをただし、あらためて名乗った中尉に、健介が首を振った。

「幸い、階級は同じ中尉。ざくばらにいきましょうや」

熱燗を二本、運んで来たお仙を追い払うと、健介は高橋中尉の猪口に注いでやる。

「貴殿は、片桐良平を追っていた」

熱燗をぐいっと呷ってから、高橋中尉が頷く。

「そうであります。東京に潜伏する抗日勢力や無政府主義者と頻繁に連絡を取り、時には自ら上海や大連、哈爾浜、果ては浦塩にまで足を延ばしとっと。売国奴ならば野放しにはできんたい」

高橋中尉の言葉に、健介が頷いて、言った。

「結論を先に言えば、片桐良平という男は実在しない」

高橋中尉は小さな黒い目を瞠り、しばし無言で瞬《まばた》きした。

「はっ？　おまんは俺《おい》をバカにしとんか？」

激昂《げきこう》する中尉に、健介はまあまあ、という風に片手を上げる。

「バカにはしていない。片桐という男は、満蒙から露西亜の反政府主義者を諜報するために軍が作った男だ。東北の片田舎の、二十年以上前の火事で一家全滅した家の、三男坊に偽装した、偽戸籍だ」

「に……偽戸籍？」

愕然とする高橋中尉に、健介が声を潜める。

「これは、清河少佐殿が貴殿を見込んで仕方なく明かす最高の軍機だ。けして他言するなよ？」

「……それは、承知の上だ。だが、なぜそこまで……」

「社会主義、共産主義。軍部が最も恐れるのは、それがこの日本に根付き、革命を起こすことだ。特に、軍の内部に広がると危険だ」

「帝国軍人は天皇陛下の赤子《せきし》たい。あげな思想にかぶれたりせん！」

高橋中尉が唾を飛ばして力説するが、健介は首を振った。

「そうでもない。軍には農村出身の兵も多い。天皇を礼賛する思想と、社会主義の思想は意外と結び付きやすい。貴様、北一輝《きたいっき》という男を知っているか？」

健介に聞かれて、高橋中尉が頷く。

「中国革命同盟会ば入って、支那の革命を支援しとる、社会主義者たい」

「そうだ。そいつが最近、『日本改造法案大綱』という本を書いた。これが、社会主義を実現するために、天皇大権による戒厳令を施行し、憲法を停止し、議会を解散し、さらには私有財産を制限して華族制を廃止するなど、天皇制崇拝を謳《うた》いつつ、社会主義的な政策を主張している。……しかも、こいつは親支那派だ。天皇を崇拝しながら背後では外国の革命勢力と繋がる、そういう思想がありえるという恰好の例だ。……露西亜の革命過激派《ボリシェヴィキ》だって、油断はできん。何しろ奴らは、世界に共産主義を輸出しようとしているからな」

そこまで一息に言ってから、健介は胸ポケットを漁って煙草を取り出すが、「保万礼《ほまれ》」と書かれた軍用煙草は空であった。

チッ、と舌打ちして空き袋を握り潰す健介に、高橋中尉が慌てて自分の煙草「リリー」を出して勧め、健介が感謝の手刀を切ってから一本取り出し、口に咥え、マッチで火を点ける。

「……はー、やっぱり内地の煙草は美味い」

煙を吐き出しながらしみじみと呟いてから、自分も煙草を吸い出した高橋中尉に言った。

「俺はもともと、軍内部の危険思想を探る諜報員で、本当の所属は参謀本部、要するに清河少佐殿の指示で動いていた。まだその頃、少佐は陸大に在学中だったが、さらに上の、要するに参謀本部のお偉方の指示を受けてのことだ」

　高橋中尉は目を丸くする。

「……つまり、同業？」

「俺たちに逮捕権限はないから、まあ、監視？　あまりに危険な場合は憲兵に密告したりもしたが」

　高橋中尉は複雑な表情をする。同業ならもっと早く言ってくれればいいではないか、そんな顔だ。

「片桐良平は、日本に潜伏する抗日活動家や無政府主義者から、諜報の人脈を得ていた。海外からの連絡先として、最初はうちの下宿人の体でいたが、海外から自分に手紙を出すのは奇妙だろう？　だから、妹と婚約させたんだ」

　もちろん電信なども利用はするが、さほど緊急の諜報ではないから傍受される危険を冒すより、暗号を用いた郵便でのやり取りが主な手段であった。

「許嫁のもとに手紙を送るのは当たり前だから。でもお偉方は、片桐の戸籍が不安だから、妹と結婚させろと言ってきた」

「結婚……」

　健介が煙草の煙を吐き出し、眉を顰める。

「妹も女学校の最終年度で、ちょうど、清河少佐殿が陸大を卒業した時に結婚させた。……言っておくが、俺だって一応、反対はした。この世に存在しない男に、大事な妹を嫁に出すなんて、とんでもないと思った。だがなあ……実は、俺の親父は旅順でしくじりをやらかして、部隊に甚大な被害を与えているんだ。それをもみ消してもらっている弱みがあるから、俺からは強く出られない。清河少佐殿が反対してくれないかとも思ったが、反対はしづらいだろうなあ。……もちろん、妹の将来は保証するとの言質《げんち》は取ったが、正直なところ、半信半疑だった」

いずれ片桐が用済みになった暁には、もっと有望な男との縁を用意し、戸籍の方も綺麗にしてやると約束してもらったと、煙を吐き出しながら言う。

「妹本人は何も知らず、普通に片桐と夫婦になった」

健介は煙草盆に灰を落とし、酒を呷る。

「それでどないしたと」

高橋中尉が健介の猪口に酌をして先を促せば、それを一口飲んでから、続ける。

「大正五年の師走に結婚して、その年はよかった。片桐は年中、取材と称して留守にして、家には寄り付かないし、妹もそんなもんだと思っていたようだ。だが翌年、露西亜で革命が起こると状況が一変した。露西亜からは反革命の、いわゆる白系の露西亜人《アカ》が日本にも逃げてきたし、支那や朝鮮の抗日勢力も騒がしくなる。何より、日本の共産主義者たちは活気づいてきて、片桐は積極的に奴らの間を動き回り――」

健介が高橋中尉の短く刈り込まれた頭の四角い額をコツンとつっついた。

「有能な憲兵中尉殿に目を付けられてしまった」

「それは!!」

両手で額を押さえて慌てる中尉に、健介が肩を竦めてみせる。

「万一、憲兵隊に逮捕されでもして片桐の正体が暴露されたら大事だ。だから、上層部は片桐を国外に出し、折を見て死んだことにする予定だった」

しばらく沈黙していた高橋中尉が尋ねる。

「なら、片桐良平は、間違いなく大陸で死んだのか」

健介が二本目の煙草を無言で要求し、高橋中尉が出してやると、健介は咥えて火を点け、美味そうに煙を吐く。

「そう。そのはずだった。片桐はしばらく哈爾浜から西伯利亜や沿海州あたりのパルチザンの諜報活動を行い、革命派パルチザンからかなりの信頼を得て、ソヴィエト政府の機密を確保できるまでになった。――哈爾浜の機関は要するに、片桐が惜しくなったわけだ」

煙草盆に灰を落とし、健介が続ける。

「片桐の死亡通知がいっこうに届かないし、信じられない話だが、妹の妊娠が発覚した。さすがに俺も頭に血が上ったよ。まあ、一応夫婦なんだから、やることやらないわけにもいかんのかもしれんが、せめて子供ができないように気を付けろよ、と。しかも片桐の方は大連からの手紙を最後に、とっとと俺との通路《ルート》を絶ちやがって、こっちからは子供のことも知らせられない。俺は表向き、清河少佐とは知り合いでもなんでもないことになっているから、いきなり手紙を出すわけにいかない。もうお手上げだ」

両手を挙げてみせる健介に、高橋中尉がおそるおそる尋ねる。

「それは……清河少佐殿も出征したから？」

「そう。哈爾浜の機関にいる清河少佐殿に、妹が妊娠しましたって報告するのはおかしいだろう？」

このあたりで、高橋中尉は酒の酔いもあって、話が理解できなくなっていた。健介の上官は実は清河少佐で、片桐は実在しない間諜。軍の命令で片桐と妹の史乃を結婚させる。清河少佐も出征して、史乃は妊娠――いやいや、なんでここに清河少佐？

状況が理解できず、高橋中尉はずっと眉を顰めて煙草を吸い続けていた。それを無視して、健介の話は続く。

「できちまった子供はしょうがないから、妹の出産を見守るしかないし、肝心の片桐の死亡通知はいっこうに来ない。さらに俺まで西伯利亜に送られることになって、俺は表向き水戸に転属になった」

憲兵隊が片桐に目をつけて、そこから健介と陸軍に繋がるのはまずいと、上層部が判断したのだ。

しばらく無言で酒を呷ってから、高橋中尉が尋ねる。

「……その、片桐は西伯利亜で死んだなら、なぜパルチザンに追われとるっちゃ」

「それだよ。片桐は、昨年の尼港の事件で死んだことにした。領事館が焼け、被害に遭った日本人の正確な数はわからないから、死体のない片桐の死をでっちあげるにはちょうどいい。事件の首謀者はソヴィエト革命政府に逮捕されて、人民裁判で処刑されたはずだった。……まさか、ミハイロヴァとセリョーギンが追っ手をかいくぐって日本にやって来るとは、切れ者と名高い清河少佐殿でさえ、想像もできなかった」

高橋中尉が身を乗り出す。

「いったい、目的は何たい？」

「清河少佐殿が言うには、片桐がミハイロヴァから入手した、レーニンの極秘命令書じゃないかと」

「レーニンの命令書……」

「そこに書かれた東京での赤色テロルを実行し、その功績をもって政府中枢への返り咲きを狙っているのでは……と」

健介の言葉に高橋中尉が慌てふためく。

「東京での赤色テロル！」

「大声出すな。……命令書の原本はこちらの手にある。だが、要人の暗殺や重要施設の爆破テロルを狙う可能性は皆無でない。それ故に、憲兵隊の貴殿に機密を明かし、協力を要請すると少佐殿が決めたのだ」

高橋中尉がゴクリと唾を飲み込み、声を潜める。

「要人とは……誰じゃ。まさか陛下……」

「陛下は現在、病気療養中で表に出ないし、皇太子殿下にも厳重な警護がついている。その二人以外となると、後は首相くらいだが……」

首相は平民宰相と名高く、革命派が狙うのは不自然だと健介は言う。

「ただでさえ目立つ外国人が、皇居や東宮御所を狙うのは難しいだろうが、油断はできない。……あくまで内密にな。新聞社などに漏れれば民衆が恐慌をきたすかもしれん」

「わかっとる！　外国人が出入りしても不自然でない場所となると、東京駅か浅草、銀座あたりの歓楽街やらを中心に警戒に当たるばい」

「頼んだ。憲兵隊の上層部にも外国人への警戒を伝えてはいるが、詳しい事情を説明できないから、あてにならんのだ」

二人が打ち合わせを済ませてから、ふと、高橋中尉が思いついて尋ねる。

「ばってん、奴らは片桐を日本で見たと言うちょる。それはどげんこつたい？」

健介が何を今さら……という表情で言った。

「死んだことにしたが、片桐を名乗っていた人物は普通に日本にいるからな。……貴様も会ったんだろう？」

「……ああ？」

「今は妹の機嫌を取ろうと必死だよ。銀座に妹と子供を連れ出して、指輪やら化粧品を買ったのを、ミハイロヴァに目撃されたらしい」

健介の言葉に高橋中尉がハッとして、上着の内ポケットからヨレヨレの写真を取り出す。

「まさか！　この写真と似ても似つかんじゃなか！　どげんしてそんなことに！」

畠中家に高橋中尉の絶叫が響き渡った。

第四章　赤色テロル

〔一〕

山本軍曹の車で清河邸に送られて来た時には、すっかり夜になっていた。

母の膝の上で気持ちよく車に揺られて、ぐっすりと眠り込んでしまった波瑠を寝台に寝かせてから、湯を浴びて寝間着に着替え、解いた黒髪を梳く。ノックの音がして続き部屋のドアが開き、紺絣の着流しに黒い帯を締めた少佐が、顔を覗かせた。

「波瑠は寝たか？　……話がある」

史乃はごくりと唾を飲み込み、柘植《つげ》の櫛を置いて立ち上がった。


「山本から聞いた。例の、憲兵中尉が家に来たとか」

パタリと扉が閉まるやいなや、手首を掴まれてぐいっと抱き寄せられる。着物越しに鍛えた胸に顔を押し付けられるように囚われ、耳元で低い声が響く。

「……奴にまで食事を振る舞うとか、貴女という人は……」

大きな手が顎を掴み、くいっと顔を上げられて、少佐の唇が降りて来て塞がれる。逃れようにもがっちりと肩を抱かれ、身動きもできなかった。熱い舌が史乃の咥内を這いまわり、舌を絡めとられ、唾液を吸い上げられる。

「ン……」

必死に身を捩って振り払い、勝気な目で睨みつければ、昏《くら》い怒りを孕んだ瞳と目が合う。怒られる理由に思い至らない史乃は内心、カチンときた。

「兄には、口止めなさったのですね。……卑怯《ひきょう》な人」

卑怯、と言われて、少佐が切れ長の目を一瞬、見開くが、すぐにそれは眇められ、大きな親指で口づけで腫れた史乃の唇を辿る。

「軍機に関わることは、親兄弟といえども口にするなと、釘《くぎ》を刺しただけだ。当たり前のことだろう？　それより……」

少佐は史乃の結わないままの長い黒髪の一房を指にかけ、しゅるっと巻き取るようにして言った。

「婚姻届は署名したか？」

史乃が首を振ると、少佐が眉間の皺を深くする。

「結婚は、したくありません」

はっきりと拒絶の意を告げた史乃に、少佐はさらに顔を近づけ、額と額を合わせるようにして言った。

「史乃。無茶を言うな。あれだけ、毎晩抱かれておきながら」

少佐が大きな手を史乃の下腹に当て、そっと撫でた。

「もう、ここに俺の子がいるかもしれない。……何度も、注いだからな」

身体の関係と妊娠の可能性を盾に結婚を迫られ、史乃は唇を噛む。その表情を見て、少佐の声が不機嫌そうにさらに低くなる。

「何が不満なんだ。片桐は死んだ。結婚のことは、貴女の兄も承知している。貴女だって満更ではなかったはず――」

少佐が史乃の腕を辿り、左手を掴んで薬指に嵌まる指輪に触れる。

「物で釣りたいわけじゃないが、誠意は示している。これ以上、どうしたらいいか教えてくれ、史乃。俺の何が気に入らない」

ついっと、握られた左手を振り払い、史乃は少佐の胸を押して距離を取ろうとしたが、腰に回された腕はびくともしなかった。

「やっぱり、貴方が信用できません。……もう、結婚はたくさん。振り回されるのはお断りです!」

顔を背ける史乃の白い頸に少佐が顔を寄せてきて、熱い息がかかり、史乃が慌てて身を捩る。じっとりと唇を這わされて、史乃がくすぐったさに吐息を漏らした。

「あ……」

「わからないな。……あの、堅いばかりで融通の利かない憲兵中尉の方が、俺より信用できると言わんばかりだ。ああいう男が好きなのか？」

「……はあ？　何を仰って……」

高橋中尉に食事を振る舞ったことをそんな風に言われて、史乃は仰天する。

「あんな奴にまで媚《こ》びを売って、山本にも饅頭《まんじゅう》を食わせて、貴女はいつも、食い物で男を釣ろうとする」

「そんなつもりは……たまたま食事時にいらしたから、お誘いしただけです！　下種《げす》の勘繰りはやめてください！」

「そうやって誰にでもいい顔をして、料理を褒められればすぐに気を許す。――要するに片桐にもそうだった」

至近距離からギラギラした瞳で見下ろされ、あまりの言われように史乃は言葉もない。

「貴女は従順で単純な女だ。得体の知れないルンペン文士でも、兄貴がいい奴だと言えばあっさり信じて兄貴の言うままに結婚し、消息不明の夫を四年間もけなげに待ち続ける。……要するに兄貴に絶対服従だった！　夫の死亡が確認されれば、あの兄貴はすぐにでも、別の男のもとに貴女を嫁がせるだろう。そのだいじな兄貴が俺との結婚を認めている！　なにが不満で俺を拒む？」

「そんな、ひどい言い方……！」

尻軽だとでも言いたげな言葉に、史乃がカッとして闇雲に両手を振り回して抵抗する。

「わたしのこと、好き勝手にできると思っているのは、貴方じゃない！　兄に命じてわたしとあの人を結婚させておいて、責任取るからって今度は自分と結婚しろだなんて！　わたしの人生をなんだと思っているんです？　身勝手すぎるわ！　もう、貴方の言いなりにはならない！　貴方なんて大っ嫌い！」

そう叫んだ史乃は次の瞬間、少佐の逞しい腕に軽々と抱き上げられ、寝台の上に放り投げられる。

「きゃああ！」

寝台の上にうつ伏せになった史乃の上に、少佐が圧し掛かってくる。大きな逞しい身体に包み込まれ、背後から抱きすくめられて、史乃はあっと思う。結わない黒髪をかき分けるように、うなじに歯を当てられ、熱い息が首筋にかかる。

——良平さん！

いつかも感じた良平と同じ感覚。そういえば関係ができてからも、この男は史乃を背後から抱くことはなかった。

「君は後ろからされるのが好きだったはずだ！」

いつもとは違う高い声で囁かれて、史乃の全身が硬直する。

その声は、紛れもなく良平のもの——

驚愕のまま、のろのろと振り向けば、肩越しにギラギラした視線とぶつかる。短く刈り込み、撫でつけた髪。頬骨の高い、ややこけた細面の顔。薄い唇。

わからない。そんなバカな。至近距離で見つめ合っても、史乃には確証はない。なぜなら、良平の顔をこんな近くで見つめたことがないから——

「……貴方は、誰なの？」

震える声で問いかける史乃に、男の薄い唇が皮肉に歪んだ。

「なぜ、わからない」

その声はいつもの低い少佐の声で、史乃はますます混乱に陥る。

「どうして……そんな……」

「俺の正体が誰であっても、貴女は俺のものだ」

そうして大きな片手が顎を捕らえ、ねじるようにして唇を奪われる。もう片方の手が寝間着の裾を捲り上げ、太ももを撫で上げ、秘所に触れる。咥内を舌で蹂躙されながら、指は秘裂を割り、まったく濡れていない花弁の奥の、蜜口に侵入する。

痛みに身を捩る史乃の中を指が乱暴にかき回し、親指が陰核を押さえる。半ば無理矢理潤い始めたその場所に硬いものが押し付けられる。

「待って……！」

顎が解放されて史乃が顔を背け、男の腕から遁《のが》れようとするが、それよりも男の動作の方が早かった。気づけば着流しの裾をからげて下帯から昂った雄を取り出し、それを強引に史乃の中に突き立てる。

「ああっ……」

「くっ……」

無理な挿入に史乃が悲鳴を上げる。ぎちぎちと隘路を開かれて、引きつるような痛みに史乃が寝台の敷布をぐっと握った。

「史乃……」

熱い息とともに耳元で囁く、低音の甘い声が史乃の脳髄を蕩かす。背中を覆う男の体温も、煙草の匂いも、そして史乃の中を貫く熱杭の形さえも、すべてがあの夜と同じだった。痛みと快楽の狭《はざ》間《ま》で、史乃はますます混乱に襲われる。

どうして。そんなバカなことが。良平は生きていると、史乃も信じていた。きっと名前も身分も変え、別の人間として生きていると思っていた。もしかしたら自分とは別の妻《めと》を娶り、何食わぬ顔でいるのかもしれない。そんな風に思わないでもなかった。でも——

「ああっ……！　あっ、あっ、あっ……」

ずん、と最も深い場所にねじ込まれて、史乃の脳に白い閃光が走る。荒々しい抽挿が続き、揺すぶられ、奥を突かれるたびに、史乃の内臓が押し上げられるように悩ましい声が漏れてしまう。背後から穿たれる感覚は、忘れることのできなかった夫との情交の記憶を呼び覚まし、毎夜のように少佐に抱かれたせいで、史乃の身体はやすやすと快感を拾い上げていく。

「史乃……相変わらず、キツい……ッ」

耳元で囁く低い声に、史乃の中が蠢いて、男を締め付ける。じゅぶじゅぶといういやらしい水音と、自分の意志によらない淫らな喘ぎ声が史乃の耳を侵し、羞恥心がさらに快楽を煽って、史乃の身体が中から燃え上がり、身も心も溶けていきそうになる。

今、自分を抱いている男が誰なのか、もっと考えなければならないのに、脳が快楽に染め上げられて働かない。

嫌だ、感じたくない。この人はいったい誰？

どうしてわたしの身体はこんなにも浅ましいの……！

「ああっ……史乃、すごい……ナカ、熱くてグズグズッ……」

背後から貫く男が史乃の耳朶を食み、囁く。熱い息と耳からの刺激でさらに脳が沸騰する。男が寝間着の襟をぐっと寛げ、零れ落ちた汗ばんだ乳房を大きな手が握り込み、強く揉みしだく。すでにしこった頂点の尖《とが》りを指で摘み、ぐりぐりと弄ばれて、快感に史乃の中がぎゅっと男を締めあげた。

「あっ……ああ――っ、それっ、だめぇッ」

「くっ……すごい締まりッ……ああっ……悦い……貴女はこうされるのが、好きなんだ」

男は史乃の寝間着をずり下げ、露出させた肩と背中に唇を這わせながら、さらに激しく腰をぶつけてくる。尻を高く掲げられた動物のような淫らな体勢で、史乃はただ、両手で寝台の敷布に縋りつき、蹲《うずくま》って衝撃と快感に耐える。男の両手が史乃の乳房を掴み、ぐいっと上半身を持ち上げるようにして、史乃は自重でさらに深く男を受け入れさせられ、白い身体をのけ反らせて喘いだ。

「ああぁっ……」

黒髪がバサリと乱れて飛び散る。密着した男の、煙草の匂いも、着物越しに感じる体温も、何もかもが最後の夜に抱かれた良平と同じだった。戸惑いと疑惑と、そして混乱。夜毎、少佐に快楽を教え込まれた身体は、あの夜よりも深い快感を拾い、史乃を底も知れない深い淵に引きずり込もうとする。

嫌、怖い。これ以上は——

一際奥をグリッと穿たれて、史乃の脳裏に白い光が走り、限界まで膨れ上がった快楽が弾ける。

「あっ……ああ———ッ」

白い喉をさらしてビクビクと身体を震わせる史乃の中に、男もあるだけの精を注ぎ込む。

「ううっ……史乃ッ……」

「りょ、良平、さんッ……？」

身体の奥に感じる熱い飛沫。快楽で朦朧《もうろう》となった史乃の目尻から、熱い涙が零れ落ちる。背後から抱きすくめられたまま、がくりと寝台の上に二人崩れ落ち、背中に男の体重と熱い体温、荒い息遣いを感じてしばし目を閉じていると、ふいに荒々しく男が抜け出して、史乃は乱暴にひっくり返さえ、真上から覗き込む男の顔を見上げた。

短く切り揃えた髪はわずかに額に散らばり、彫りの深い顔立ちの、鼻の脇を汗が流れていく。深い眼窩《がんか》も高い頬骨も、そしてややこけた頬も、史乃の知る良平とはまったく重ならない。男はギラギラした黒い目でじっと史乃を見下ろしながら、乱暴な手つきで史乃のしごきを解き、半ば脱げかかった寝間着を剥ぎ取り、自身も紺絣の着物を脱ぎ捨てる。筋骨隆々とした軍人の肉体を見つめ、史乃は首を振った。

——あの人は、もっと太って……それに、身体には幼い時の火傷の痕があるからと……

今、目の前の男の身体は鍛えられて、目立つ傷もない。

——この人は、良平さんなの？　それとも——

呆然と見つめる史乃の、両足の膝裏を掴んで脚を広げると、男はまだ力を失っていない陰茎を史乃の濡れそぼった中心に宛がう。今さっき男が注いだ精が溢れ、それが史乃の白い腹を流れていく。

史乃はふいに恥ずかしさに駆られて思わず顔を背けた。

「もう、やめてッ……これ以上は……」

「だめだ。貴女はもう俺のものだとわからせなければ。目を背けずに見ろ。俺に、犯される姿を。……史乃」

強い口調で言われ、史乃が逆らえずに視線を向ければ、淫らに濡れた花弁に、男の雄芯が突きつけられていた。

「挿れるぞ……見るんだ！」

「ああっ……」

ずぶずぶと自分の体内を犯していく姿を目の当たりにして、史乃は悲鳴を上げる。赤黒い熱杭が史乃の白い身体を出入りするたびに、史乃の身体をどうしようもない快感が突き抜け、史乃は敷布を握り締め、首を振ってそれをやり過ごそうとした。男もまた端麗な美貌を快感に歪め、荒い息を吐きながら、凶暴な獣のように腰を動かした。時に奥歯を噛みしめ、喉ぼとけがゴクリと動く。顎の下に蟠《わだかま》った汗の雫《しずく》が、史乃の白い腹に滴り、その冷たささえも新たな刺激となって史乃を苛んだ。

「あっ、あぁっ……あっ……んあっ……や、あぁっ……だめぇっ……あぁっ……」

「……はあっ……くっ……ううっ……史乃ッ……中が、締まって……」

じゅぼじゅぼと水音を響かせながら、男は激しく史乃の中を穿ち、時に回すような動きを交えて史乃を翻弄した。

「なんて淫らな身体だ……貞淑そうな顔をしながら、こんな風に男を締め付けて、俺から全部搾り取ろうとする……ううっ……史乃ッ」

「やっ……ちがっ……違うのっ、……あぁっ、あっ……」

突き上げられるたびに揺れる白い胸に男の両手がかかり、ぐっと揉みしだく。頂点の尖りを指先で摘まれて、史乃の中が快感にさらに男を締め上げれば、男はぐっと奥歯を噛みしめて快楽に耐え、それから上半身を倒して史乃の胸の尖りを口に含んで吸い上げた。

「あぁあっ……あ――っ、だめっ、もう、イっちゃ……」

「何度でもイけッ……いくらでも、くれてやるッ」

史乃の反応を楽しむように、男はさらに腰を動かしながら史乃の乳首を舌で転がし、歯で甘噛みして散々に嬲《なぶ》る。史乃は男の黒髪に両手で縋り、白い身体をくねらせる。男のもう一つの手が結合部のすぐ上で赤く膨れた敏感な秘芽を弾き、感じる場所すべてから同時に快感を与えられて、史乃の内部で膨れ上がった快感がとうとう決壊し、絹を引き裂くような悲鳴とともに絶頂した。

ガクガクと全身を震わせ、四肢を硬直させる史乃を見下ろして、だが男はなおも責める手を緩めない。

「ああっ、いま、イって、イってるからッ、ああっ、それ、されると、ああああ――――ッ」

過ぎた快楽は毒だというのに、男はそれを史乃に流し込み、自身の色に染め上げようとする。息もできないほどの快楽の底の底に沈められて、意識が焼き切れる直前まで責め立てられて、真っ白な世界で史乃は男の声を聴く。

「史乃ッ……俺のものだッ……俺にとっては貴女だけだ。貴女を抱いたのは、この俺だけだッ、これまでも、これから先も、未来永劫《みらいえいごう》……貴女ひとり……」

男の楔が史乃の中で弾け、滾るような熱い飛沫を浴びて、あまりの快楽に史乃の意識が途切れる。

だが、次の瞬間、ピリッと痺れるような痛みに史乃は覚醒する。男が、史乃の首筋を噛んだのだ。

「史乃……まだ、終わってない。……わからず屋の貴女が理解するまで、まだまだ、夜は長い……」

耳元で囁かれた非情な宣告に、史乃は絶望した。

〔三〕

明け方近くまで蹂躙され、ようやく解放されたのは夜明け前。ボロボロになった身体を引きずるようにして、史乃は隣室に逃げ帰る。

窓蔽《カーテン》い越しに朝日が満ち始める寝台の上で、小さな波瑠が何も知らずに健やかな寝息を立てている。はだけた布団をかけてやり、史乃はその隣に滑り込む。

一晩中、嬲り尽くされた疲労感と屈辱感で、全身が泥のように重い。

あの男は——清河誠吾という男は——いったい誰なの？

あの感覚も声も、良平のもの——癖も、好きな食べ物も、たしかに似ている。でも——

信じていたものが根底から崩れていく——


朝食の食卓で、史乃はいつもより青い顔で、食欲もなかった。蜂蜜を塗ったパンケーキを食べる波瑠の世話を焼きながら、史乃は無言で、少佐と目すら合わさない。食卓には気まずい空気が流れ、波瑠が一人で「あれたべる」「にゅーにゅー（牛乳）もっと」などと喋る声と、カトラリーの音だけが響く。おたかも村木も、二人の異様な雰囲気に気づいてはいるが、敢えて何も言わなかった。

やがて、新聞を読み終えた少佐が煙草をもみ消して新聞を置き、残った珈琲を飲み干して、カップをソーサーに置いた。

「村木」

声をかけ、立ち上がって軍服の上着を羽織ると、村木が剣帯を差し出す。白手套を嵌め、村木が将校マントを羽織らせ、少佐が襟元のホックを嵌め、最後に軍帽を被る。

「波瑠、行ってくる」

波瑠を椅子から抱き上げて頭上に掲げれば、波瑠が無邪気に答える。

「いってらったい、パパ！」

ずっと無言でそっぽを向いてた史乃が仕方なく立ち上がり、無言のまま少佐から波瑠を受け取る。その耳元で少佐が囁いた。

「例の届、今日中に署名をして、山本に渡すように」

史乃はハッとして顔を上げ、それから顔を強張らせ、微かに首を振った。少佐は長身を折り曲げるようにして、史乃の額を掠めるように口づけ、念を押した。

「すねるのも、大概にしておけ」

それからついと身体を離し、ゆっくり踵を返して屋敷を出て行った。

使用人たちが頭を下げる。少佐の、周囲に見せつけるような接吻に、史乃は昨夜の屈辱に上塗りされたように感じて、ぎゅっと唇を噛んで少佐の背中を見送った。

午前中、波瑠を子守りのお勝に預けて、史乃は波瑠の晴れ着を縫うと言って、部屋に閉じこもった。縫物をする気力など、あるはずはない。でも昨夜の衝撃を心の中で整理するには、独りの時間が必要だった。

清河少佐が、史乃の夫・片桐良平その人なのか。そんなバカな。身長と年齢は同じくらいとは思うが、言ってみればそれくらいしか共通点がない。

史乃は書き物机の抽斗に仕舞ってある、良平からの手紙を取り出す。

結婚したのは大正五年の十二月。その翌年の正月明け早々から、良平は上海に出張し、二月ほど滞在して、旧正月の喧騒《けんそう》について手紙で知らせてくれた。その後、三月末に帰国。数日後には今度は浦塩に向かう。

——そうだ、露西亜で革命が起きたのだ。

その後も良平は革命後の不安定な満蒙情勢を取材して、哈爾浜や大連をめぐって、そのたびにこまめに手紙を寄越《よこ》した。

だが、史乃は思い出す。手紙の宛先は史乃宛てであったけれど、必ず、兄・健介が開封して、それから史乃に届けられた。良平は日本軍の間諜で、健介との連絡に史乃の名を利用していたのだ。

ただそれだけのための結婚——

そう思うと、多忙な夫からの愛の証だと思っていたものが、途端に色褪《あ》せ、むなしいものに見えてくる。……大連からの手紙は、きっとこれで最後になるとわかっていたのだ。

「だったら、もう少し何か言えばいいじゃないの、バカにして」

無意識に声に出して呟いて、でも手紙にぽつりと涙の雫が落ちる。

愛されていると思っていた夫は軍の手先で、史乃のことが好きで結婚したわけじゃなかった。ずっと四年も消息不明で、一年以上前に死んでいたと知らされた。でも実は生きていて、正体を隠して史乃に近づき、娘の波瑠を手懐け、甘い言葉を囁いて結婚を迫ってくる。

もう、何も信じられなかった。兄も、少佐も、史乃が女だから、軍の機密だからとすべてに口を噤《つぐ》み、史乃を騙してその人生を踏みにじってきた。

良平が清河少佐なら――

片桐良平という架空の男は、軍の諜報活動のために、史乃と結婚した。四年前に大陸に渡り、その後、史乃のもとには戻らないことで、兄とは話がついていた。だから、良平が大陸に向かった後で史乃の妊娠が発覚して、兄の健介は良平に対して怒り狂ったのだ。

――最初から戻らないつもりなら、せめて子供はできないように気を付けるべきだったと。

そうして四年も放置した挙句、突然、帰国して、史乃と波瑠を清河邸に連れ込んで――

「……何が責任を取る、よ。全部あの人が悪いんじゃないの……！」

本人の前で、夫を愛しているから、と少佐を拒み続けた史乃は、どれほど滑稽だったろうか。

そう思ったら、頭の芯が痺れるほどの怒りに襲われて、史乃は目の前に積み上げられた良平からんだ。


の手紙をビリビリに破き始める。

――人をバカにするにもほどがある。女をなんだと思っているの！

手紙を全部粉々にすると、それを紙吹雪のようにぶちまけ、史乃は絨毯《じゅうたん》の上にがっくりと座り込んだ。

「……バカみたい……」

ひらひらと舞い落ちてくる紙片を呆然と眺めていると、パタパタと軽い足音がして、ドアが開いた。顔をのぞかせたのは波瑠で、紙吹雪にまみれて座り込む史乃を見て、驚きの声を上げる。

「かあたま⁉」

「キレイ……」

駆け込んできた波瑠が、散らばった紙片を掴みヒラヒラとまき散らす。

波瑠は史乃の頬が涙に濡れているのに気づいて、顔を覗き込んだ。

「かあたま、おなかいたいの？」

「……波瑠……」

心配そうに母に尋ねる我が子の表情を見て、史乃は思わず波瑠を抱きしめていた。

「かあたま、かなしいの？」

「ごめんね、そうじゃないの……ごめんね」

波瑠の小さな身体をギュッと抱きしめて、史乃は改めて思う。

——この子はわたしが守らないと。

波瑠の将来を盾に、あの男の言いなりになったのはやっぱり間違いだった。責任を取るとかなんとか、耳さわりのいいことを言うけれど、もし、少佐が良平なら、つまりは波瑠の本当の父親のはずだ。

——何が責任を取るなのよ！　当たり前じゃないの！　偉そうに！　正体を隠して近づいて、恩に着せるつもり!?

どんどん腹が立ってきた史乃は波瑠をギューッと抱きしめると、波瑠に言った。

「波瑠、おじさまも帰ってきたことだし、本郷のおうちに帰りましょ！」

「ほんごうの、おうち？　前の、おうちのこと？」

「そうよ、お仙や幸吉もいるおうちで……あっちの方がいいでしょ？」

波瑠は少し考え込んでいたが、「うん！」とおかっぱの頭をこくりと振る。

そうとなったら一刻も早くこんな家は出て行ってやる、と史乃は財布だけを袂に入れ、波瑠を抱き上げて部屋を出たところで、ばったりお久と鉢合わせてしまう。

「きゃ！」

「奥様、ちょうどいいところに！」

お久が上から下まで史乃を見て尋ねる。

「どこかお出かけですか？」

「え……その……」

「実はね、オペラにお誘いしようと思って！」

「オペラ？」

史乃が聞き返せば、お久が笑った。

「浅草のオペラですよ！　最近の演目が大当たりだから、是非来ないかって、切符もらったんです！」

お久が帯の間から薄桃色の紙を二枚取り出して史乃に示す。

「……誰から？」

「昔の知り合いですよ！　あたしね、田舎から出てきた時はオペラの女優になろうとしたんですよ。壊滅的に音痴だったせいで、劇団をクビになっちゃったんですけどね！　まあ、その時の化粧やら髪結いの技術が今の仕事に活きてるんですけど、最近、その頃、同じ劇団にいた人とバッタリ会ってね。女中の仕事してるって言ったら、そこの奥様も一緒に来ないかって！　ただこれ切符が今日のなんです」

お久の過去にも驚くが、実は史乃は浅草オペラには行ったことがない。

「オペラって、西洋の劇でしょ？　外国語はちょっと……」

「浅草のオペラは全部日本語ですよ！」

尻込みする史乃の耳元で、お久が囁く。

「旦那様と、何かあったんでしょ？」

ギクッと唇を噛む史乃に、お久が言う。

「あ、図星？　クサクサした時は、パーッと遊ぶのが一番です！　あの軍曹さんに車出してもらって、一日浅草で楽しめば、嫌な気分なんて吹っ飛んじまいますよ！」

素っ頓狂なことを言い出すお久に、史乃は呆然とする。

「浅草……？」

「浅草寺《せんそうじ》の仲見世《なかみせ》回って、花屋敷もいいですね！　十二階は階段上がるのがちょっとあれですけど。浅草のオペラは安くていつも満員ですよ！　前お仕えしていた奥様は毎日のように遊び回っていらっしゃった！　史乃さまは真面目すぎますよ！」

本当は実家に帰ろうと思っていたが、兄が史乃を少佐に嫁がせるつもりな以上、実家はすでに史乃の逃げ場所ではないと気づく。

「でも、浅草は……」

ためらう史乃を他所に、お久が波瑠に問いかける。

「波瑠さま、浅草行きません？　お芝居見たり、大道芸見たり。楽しいですよ！」

「うん！　いく！」

波瑠は史乃に抱かれたまま、コクンと頷いてしまった。

「じゃあ決まりですね！　瓢箪池《ひょうたんいけ》の端の江川一座の玉乗りを見て、うどんを食べましょう！」

結局お久に乗せられる形で、史乃は浅草行きを了承する。身支度のために一度部屋に戻った時、一面に散らばる紙吹雪にお久が噴き出した。

「あはは！　傑作ですね！　これはこのままにしていきましょうよ！　おたかさんには、奥様、怒って家出しますすって言っときますから！」

「お久！」

それはまずいと史乃が止めるが、お久が片目をつぶってみせる。

「さっきも言った通り、史乃さまは真面目すぎます。人間なんですから、たまには怒るんだって、表明しておかないと！」


―＊―


だが、参謀本部に電話をかけたところ、少佐も山本軍曹も外出して捕まらなかった。

「仕方ないですねぇ、天気もいいし、俥で行きましょう」

その日はよく晴れた金曜日で、暖かく毛織りのショールもいらないくらいだった。

玄関先まで人力車を呼び、波瑠を抱いた史乃と、お久で乗り込む。おたかが言う。

「こちら、旦那様からお預かりしているお金です。浅草はいろいろ物入りでしょうから」

そのお金はお久が預かり、史乃は清河邸の門を出た。

浅草は当時の帝都でもっとも繁華な歓楽街である。浅草寺の門前町でもあり、浅草十二階と呼ばれる凌雲閣《りょううんかく》が聳《そび》え、瓢箪池の端から続く浅草六区の興行街には、活動写真館や劇場が軒を連ねて、一日中賑《にぎ》わっていた。天を突く凌雲閣の威容を見上げ、波瑠が指をさす。

「かあたま、すごい、たかい！」

「……そうね！　本当に高いわ」

開業当時はエレベーターが評判だったが、すぐに故障してしまい、十二階を階段で上るのは厳しい上に、凌雲閣のふもとは銘酒屋と名乗る私娼窟が集まっていて、あまり治安がよろしくない。お久が言った。

「仲見世を冷やかしたあと観音様にお参りして、お昼ご飯を食べてから、六区に移動してオペラを見ましょう！　あたし、浅草には詳しいですから！　任せてくださいよ！」

参詣客でごった返す仲見世を通り抜け、仁王門を抜けて浅草寺の参詣を済ませる。それから三人は瓢箪池の畔《ほとり》にやってきた。池の畔には大道芸も出て、特に江川一座の玉乗りというのが評判らしい。ひとしきり大道芸と凌雲閣を眺め、お昼はうどん屋に入った。

「お久は浅草によく来るの？」

うどんを啜りながら尋ねれば、お久が肩を竦めてみせた。

「前の奥様がそりゃあもう、今日は帝劇、明日は光越《みつこし》を地で行くような方で、ペラゴロまでは行かないけど、浅草オペラも常連だったんですよ」

「ペラゴロ……」

ペラゴロとは熱狂的なオペラファンのことだと、お久が説明する。

「お高く留まった帝劇や歌舞伎の役者に比べて、浅草のオペラは敷居が低いし、役者も駆け出しが多いから。外国の劇を日本語に翻訳したやつなんかは、お話も素敵で、音楽も洒落てるんです！」

お久の以前の主人であった虚栄夫人《レーベ・ダーム》は、浅草オペラで知り合ったペラゴロと恋愛騒ぎを起こし、離婚寸前のところで成金の夫が破産すると、書生と駆け落ちしてしまったらしい。

「いっときは新聞沙汰にもなって、大変でしたよ！　やっぱりいくらお金があっても愛のない結婚はダメだと、あたしは思いました」

丼を豪快に持ち上げてずずーっと汁を啜り、お久が訳知り顔で言う。

「その点、なにしろ史乃さまにはたんと愛があるから」

そんな風に言われて、史乃は咽そうになる。

「愛だなんて……」

お久は史乃の沈んだ表情を見て、言った。

「まあ、男なんて身勝手なものですよ。史乃さまは真面目すぎるんです。前の奥様みたいなのはどうかと思いますが、もっとこう、利用する気で強気に出た方がいいですよ」

「強気……」

「たまにこうやって、家出するくらいがちょうどいいんですよ。さ、これを食べたらオペラですよ！　あたしも久しぶりだから楽しみです！」

どう考えても自分がオペラを見たいだけのお久に押し切られて、史乃は浅草六区の興行街へと足を向けた。


浅草六区には二十軒以上の活動写真館や劇場が軒を連ね、すべての封切り映画館が集まっていた。たくさんの幟《のぼり》がはためき、呼び込みの声もかまびすしい。

史乃は女学校時代、友人と一度だけ、活動写真を見に来たことがある。だが、浅草の雑踏の中で友人とはぐれてしまい、知らない男たちに暗がりに引きずり込まれそうになったのだ。繁華街にも、男にも慣れない史乃は咄嗟に声を上げることすらできない。その時、たまたま通りかかった男が異常に気づいて助けてくれた。――それが、片桐良平との出会いだった。

その後、兄が下宿人だと連れて来たのが良平で――今にして思えば、いろいろと不自然極まりないが、史乃はごく普通に良平と親しくなったのだ。

女学校の最高学年に上がる頃に婚約の話が出て、史乃は兄が言うならと了承した。下宿人と言いつつ、良平は仕事で飛びまわって部屋に居つかない男だったが、大正五年四月に新劇の『復活』が再演になるからと、浅草の常磐座《トキワ》に誘ってきた。兄の認めた許婚とはいえ、初めて男性に誘われて、史乃は舞い上がってしまったことを思い出す。

『カチューシャの唄』は、その劇中で歌われ、一世を風靡した流行歌だった。

露西亜貴族の男が貧しい女中を弄び、女は子を身ごもった挙句、娼婦に零落してしまう。男はその贖罪《しょくざい》のために地位も財産もすべてを擲《なげう》つが、結局、二人は結ばれないまま別の道を選ぶという、身分差の悲恋物語。

華族でもある清河少佐が身分も名前も偽って史乃と結婚し、子供の存在に気づいて慌てて責任を取ると言い出した姿に重なって、史乃は思わず眉を顰める。

――まるでネフリュードフじゃないの！

『復活』に出てくる放蕩《ほうとう》貴族の名前を思い出し、史乃はブンブンと首を振る。よそ事を考えていると、雑踏の中でお久の背中を見失いそうになり、必死に足を速め、ついていく。

「ここですよ！　史乃さま！　ここの歌手が大人気なんです！」

お久が連れて行ったのは、西洋風の外観の、瀟洒な劇場――といっても、当時「劇場」を名乗るには厳しい規定を充たさなければならず、浅草のオペラ劇場のほとんどは見世物小屋の扱いであった。小屋は狭く一階は土間、舞台装置は書き割りのみ、一幕二場以内で演劇としての所作は禁止、他の舞踊劇などとの同時上演が義務付けられていた。欧州のセリフ入り歌劇《オペレッタ》をダイジェスト的に翻訳するしかなかったのだ。その分、聞かせどころを切り取って、手軽で親しみやすく、かつ手ごろな価格で楽しめる庶民の娯楽として、熱狂的な人気を集めていた。お久にせっつかれて劇場の中に入れば、二階席には常連らしい若い男たちが陣取り、上演前から盛り上がって何やら歌っていた。

——彼らがペラゴロなのだ。

席に着いて、やがて劇場は観客で埋まり、舞台の下からは楽団の音合わせの音色が聞こえてきた。

「これから劇が始まるから、波瑠はいい子で見ていられるわね?」

「うん!」

史乃の膝の上で、波瑠は珍しそうに周囲を見回し、盛んに指をしゃぶっている。開演を知らせる鐘が鳴り、煎餅やキャラメルの売り子もはけて、照明が落とされる。一瞬の静寂の後に幕が上がり、煌々《こうこう》と照らされた舞台上には書き割りの、異国の街の風景が現れる。割れんばかりの拍手が沸き起こり、史乃もまた瞬く間に浅草オペラの世界に引き込まれた。

恋はやさし　野辺の花よ
夏の日のもとに　朽ちぬ花よ

男声《テノール》が歌う恋の歌。異国風の衣装を身にまとい、美貌に濃い化粧を施した彼は、浅草一番の人気歌手らしく、女客はもちろん、男客も陶然とその美声に聞き惚れて、小さな劇場の興奮と熱気が最高潮に達する。

史乃はふと、あの夜、あの庭を真っ赤に染めていた、曼殊沙華の花の群生を思い出す。庭を埋め尽くす、焔のような紅い花。

熱い思いを　胸にこめて
疑いの霜を　冬にもおかせぬ
わが心の　ただひとりよ

艶のある美声が史乃の心を揺さぶる。昨夜の、少佐の声が耳によみがえる。

――貴女だけ――未来永劫――貴女ひとり――

不信と疑惑に凍り付いた史乃の心に、一滴の雫が落ちる。

信じてもいいの？　でも、でも、でも――

間奏の間には、何人もの観客が舞台上の役者に花束を投げ、彼はそれをいちいち拾い上げては優雅に腰を屈め、観客の声援に応える。その仕草一つ一つが夢の国の王子のようでもあった。哀愁を帯びたオーケストラの音色に乗せ、歌手は一際声を張り上げ、最後の歌詞《フレーズ》を朗々と響かせた。

わが心の
ただ　ひとりよ

【三】

浅草オペラは日に三回の公演が普通で、史乃たちが見たのは午後一時からの昼の部だ。時刻は五時を過ぎ、もう、陽は傾いていた。

劇場を出てもお久は興奮さめやらぬようすで、両手を胸の前で組んでうっとりと虚空を見上げている。

「はあ……素敵だったわぁ……あんな声が出せるなんて」

「お久も昔は女優を目指してたなんて、すごいわ」

劇場内で買ったキャラメルをしゃぶっている波瑠を抱いて歩きながら史乃が言えば、お久は照れたように袂を振った。

「いやーたまたま、瓢箪池の畔で声をかけられたんですよ！　あたしは田舎から出てきたばかりで、歌の先生の家に下宿すればいいからって言われて。ただ、踊りはともかく歌が下手でね……向いてないって言われて。楽団員の紹介で、女中になったんですよ」

浅草は夜になってもいっこうに人出が衰えない。とりわけ、午後の部と夜の部の狭間のこの時間は、観劇を終えて帰る客と、これから向かう客とで通りはごった返していた。そこへさらに、池の端から客寄せに出張ってきた大道芸人が懸命に声を張り上げている。

「さー、本日最後の玉乗り興行だよ！」

「曲芸だよ、陽が沈むまで後少し！」

赤と黄色の縞の、派手な服を着た道化師が小さな子供に何か配りながらやってきた。波瑠が興味を示すと、道化師がさらに近づく。真っ白に塗った顔の、目の回りが黒々と隈取《くまど》られ、鼻の先と唇をはみ出すように赤く塗って、目の下には涙が描かれている。

「お嬢ちゃん、飴玉食べるかい？」

しわがれた声で道化師が話しかけ、「うん」と波瑠が頷くやいなや、すっと手を伸ばして史乃の腕から波瑠を抱き上げる。

「いい子だね、お嬢ちゃん。ちょっとだけおいで」

「あの……」

——こんなに馴れ馴れしいものだろうか？　史乃が不安に感じた時、突如、道化師は波瑠を小脇に抱えて駆け出す。

「うわあああん！　かあたま！」

一瞬、何が起きたかわからず立ち尽くしてしまった史乃は、波瑠の泣き声に慌てて我に返る。隣で見ていたお久も呆然と突っ立っていたが、ハッとして大声で叫んだ。

「人さらい！　誰か！」

だがその頃には道化師は人混みをすり抜けて池の端へと走って行ってしまう。その後ろ姿を指さし、お久が金切り声を上げる。

「待って、何処に連れていくの！　波瑠！」

史乃は後を追おうとするが、人混みに遮られてなかなか進めない。その間に道化師の背中はどんどん遠ざかっていく。

「なんだ、どうしたんだ？」

「子供？　誘拐？　おいおい！」

「誰かー！　誘拐です！　お廻りさーん！」

呼び込みの声に交じり、お久が声を張り上げるが、通行人たちも何が起きたのか理解できず戸惑っている。史乃は人をかき分け、懸命に道化師の派手な縞の服を追った。

「波瑠！　どこ！　波瑠！」

ようやく人混みが途切れて視界が開けたのは池の畔で、大道芸人が芸をするのを人々が取り囲んだり、あるいはそれぞれ散策したりしている。史乃は視界を廻らして赤と黄色の縞を探すが見当たらない。

「波瑠！　どこなの！　波瑠！」

大声で呼びかける史乃の背後から、絣の着物に袴を穿いた若い男が声をかける。

「どうしました、奥さん」

「子供が――道化師に……」

史乃は男の顔を見て、ハッとした。

「あなたは、あの時の——」

が、直後に男の大きな手に口を覆われ、手巾に含まれた薬に史乃の意識が奪われ、闇に溶けた。


「いったい、どうしたんだ、女、落ち着け！」

騒ぎを聞きつけ、浅草の交番から警官が駆けつけてきた。お久が必死に訴える。

「人さらいが出たんです！　道化師の！　お嬢様を攫っていて、あっちの、池の方に逃げてしまって、今、奥様が追いかけて——」

「なんだと、こんな人混みで？」

「俺も見たぞ！　赤と黄色の派手な縞の服を着た道化師だ。池の端からこんな場所まで客寄せに来たのかと思っていたら、いきなり赤い着物の子供を抱いて逃げて行ってしまったぞ。母親が半狂乱になって追いかけて行ったが、何しろこの人混みでは俺も身動きが取れなかった」

証言してくれた男は自身も五、六歳の幼児を肩車していて、追いかけるどころではなかったのだと言う。とにかく道化師と母親を探そうと、警官とお久は池の端に向かう。

「史乃さまー！　……おかしいなあ、史乃さまもいない……」

お久がキョロキョロしていると、警官があっ、と声を上げた。

「あそこ！　あそこにいるの、道化師じゃないか？」

「本当だ！　でも――」

見れば、赤と黄色の縞の服を着た道化師が、カーキ色の軍服の三人組に詰め寄られていた。

「あの道化師です！　あ、波瑠さま！」

軍服の一人が赤い着物に白い前掛けの子供を抱いているのを見つけ、お久が駆け寄って行くので、警官二人も慌てて後を追う。

「波瑠さまー！」

「おひちゃ！　おひちゃ！」

波瑠もまた、お久に気づいて手を伸ばしてきた。おかっぱ頭は乱れ、顔は涙と鼻水でぐしゃぐしゃだった。

「ご無事でよかった！　もう、大丈夫ですよ！」

お久は軍人から波瑠を受け取り、白い前掛けで顔を拭ってやる。

「史乃さまも追いかけて行ったけど、すれ違いになってしまったのかしら……」

「いったい何事だ、白昼堂々、子供を誘拐など……！」

警官が道化師を咎めていた軍人たちの、襟の記章が黒いことに気づき、ハッと敬礼した。

「これは憲兵殿でありましたか！　ありがとうございます！」

「道化師に抱かれて泣いている子供が、知り人の子に似ていると中尉殿が仰るので、まさかとは思ったが声をかけたであります。……中尉殿が言うには、陸軍参謀本部の清河少佐殿の子に似ていると――」

「そうです！　旦那様をご存じですか？」

お久が憲兵を見上げる。お久自身は会ったことはないが、それは憲兵隊の高橋中尉とその部下たちであった。高橋中尉がお久に尋ねる。

「母親の……史乃殿ばどげんしたと？」

「史乃殿はどうしたか、聞いておられる」

すかさず通訳が入り、お久が説明した。

「史乃さまは道化師を追いかけて池に向かわれたのですけど……」

高橋中尉がげじげじした眉を顰めた。瓢箪池周辺を警戒を兼ねて回ってきたが、見かけてはいない。何とも不吉な気がして、中尉が周囲を見回し、首を傾げる。――いったい、どういうことだ？

「そもそも、道化師、お前、何を考えて人さらいなど……」

警官が当然の疑問をぶつければ、道化師は帽子を取り、赤毛のかつらを脱ぐ。頭には汗止めの手拭いを巻いていた。

「へえ、頼まれたんでさ。この子を池の端に連れて来てくれれば、三円払うって」

「……頼まれた？」

道化師が頭を掻く。

「なんでも、離縁した女房に子供を取られて会わせてもらえねぇ。普通に家に行っても門前払い食らっちまう。せめて池の端で屋台の飴でも買ってやりてぇって。……いや、あっしも無茶だとは思いましたけどね。でも父親がちょっと娘の顔を見たいって気持ちもわからねぇでもなくて。すぐに母親が追い付いて来るだろうから、それまでの時間でいいなんて、殊勝なこと言いやがるもんだからつい……」

「そんなバカな……」

お久があっけにとられ、警官や憲兵隊も顔を見合わせる。

「……ところが、池の端までやって来ても、頼んできた男がいやしねえ。子供は泣くし、どうしたもんかと思って。そのうちに母親が来るかと思って待っても来ない。そうこうするうちにこちらの……憲兵の旦那が『おはる』じゃないかって声をかけて来たんでさあ」

道化師の答えに、じっと顎に手を当てて考えていた高橋中尉が顔を上げた。

「その男、どげん風体ばしとっと？」

「その男はどんな風体だったかと、聞いておられる」

通訳を受けて、道化師が説明する。

「ごく普通でさ。くたびれた鳥打ち帽《ハンチング》に、絣の着物に木綿の袴、黒足袋に雪駄履きでした。背はあまり高くなくて……今日はオペラを見に来ているはずで、母親はよろけ縞のお召で女中がその、棒縞の着物、子供は赤い振袖に白い前掛けをしてるって。ピッタリの服装の女が見えたから、それで——」

「そして母親も消えた――つまり、最初っから目的は母親ばい！」

「ええ？　史乃さまを？　そんな！」

仰天するお久を高橋中尉が指さして言った。

「おい女中、貴様、名前は――」

「栗本《くりもと》久です」

「これは厄介なことに関わっとるけんくさ、いったん、交番でそん道化師の話ばもういっぺん聞いて、そいから、俺《おい》は清河少佐殿に連絡せんといけん！」

高橋中尉の剣幕《けんまく》に警官たちも気圧されて頷く。そうして、一行はひとまず浅草六区の交番に戻ることにしたのだ。


「そもそも、将校夫人ともあろうものが、こげな場末のオペラを見に出て来るか？」

交番に向かう途中の高橋中尉の言葉に、お久が反論した。

「場末、ってそんなことはないでしょう。そりゃあ帝劇よりはうんと安いですけど。でも帝劇はどっちかって言うと歌舞伎や古臭いお芝居が多いし、西洋の流行りのオペラはやっぱり浅草が本場ですもの。別に浅草に来たって悪くはありませんよ。……たまたま、切符をもらったので、あたしがお誘いしたんですけどね」

その言葉に中尉が足を止めた。

「……切符ばもらったと？　誰に？」

中尉の早足に、波瑠を抱いて必死について歩いていたお久が、その背中にぶつかりそうになる。

「うわ、急に止まらないでくださいよ。……岩田さん、って人です。たまたま会ったんですよ。どこでだったかな？」

「岩田……男か？」

お久が頷く。もともと、お久が浅草の劇団で研修生をしていた時、劇団の脚本を書いていた男だと言う。浅草オペラの劇団も離合集散が激しく、その劇団も解散してしまった。お久は劇団をやめた後、常連客の一人に雇われて女中になり、その後成金の富豪夫人に雇われ、夫人の伴をしてオペラに通っていた。だから、お久が今、華族の屋敷に勤めていると知って、そこの奥方を連れて来て欲しいと切符を渡してきた。

「常連になってあわよくばパトロンになって欲しかったんでしょう。今の一座のスタアは浅草でも評判ですもの。前、お仕えしていた奥様だったら一目でのぼせ上がって、大金貢いだに違いありません。残念ながら史乃さまはそんな人ではないですけど」

中尉がお久に念を押す。

「……その岩田という男は、おまんが今、清河少佐殿の家で働いちょるのを知っとったんか？」

中尉の小さな目がカッと見開かれて、お久が思わず後ずさる。

「そ、そうです。……どこで知ったんでしょうね？　でも切符くれて、ちょうど今日の分だったから、史乃さまをお誘いしたんですよ。史乃さま、どうも昨夜、旦那様と喧嘩《けんか》したみたいで、パーッと気晴らしにはいいかなって……」

中尉がお久に尋ねる。

「その岩田っちゅう男のこと、もっとよく思い出せ。名前やら、今、どこにいるかとか……」

お久が目を丸くする。

「ええ……？　岩田さんってずっと苗字《みょうじ》で呼んでたから、名前までは……あたしは、てっきり金龍《きんりゅう》館《かん》で働いているとばっかり……」

そこへ、オペラ劇団に聞き込みに行っていた憲兵が戻ってきて、高橋中尉に報告する。

「その岩田という男、以前にこの劇団の脚本を書いていた岩田行雄《ゆきお》だと思いますが、今は劇団をやめ、作家になったとかなんとか……」

「作家……岩田行雄……」

高橋中尉がアッと叫ぶ。

「そいつは共産主義者《アカ》だ！　プロレタリア文学だかなんだか、共産主義にかぶれた小説を書いてて、川本天元の結社にも参加しちょった！」

点と線が繋がり、高橋中尉が小さな目を精一杯見開いた。

【四】


参謀本部第二部の露西亜科では、入国した二人の赤軍パルチザンの行方を追っていた。

「まだ、行方はわからんか？　外国人二人だぞ？　ただでさえ目立つのに」

参謀次長の武藤少将に聞かれ、少佐が凛々しい眉を寄せる。

「いくつか、候補地はありますが……築地《つきじ》か、あるいは横浜《よこはま》あたりに潜伏しているのかと……」

旧居留地は外国人が多い。露西亜の革命から逃げてきた白系露西亜人や、外国からの旅游《りょゆう》客も増えている。

「外国人用の高級ホテルに泊まられると、踏み込みにくい……」

どこからか、潤沢な資金が提供されているようであった。

「あと、川本天元の結社は、労働運動と繋がっています。そちらの協力を得た場合、かなりの人数が動くことになる」

「厄介だな……要人の警備は万全か？」

武藤少将が尋ね、少佐が神妙に頷いた。

「陛下はご病身で、皇太子殿下も十分な警護を受けておられますし、他の皇族方も同様です。不要不急の外出も控えていただくよう、内々の申し入れも行い、あらかたは受け入れていただいております。首相が政友会の党大会に向かうという話でしたが、秘書官に申し入れて止めてもらうように頼みました。ただ、一つだけ――」

「なんだ？」

「現在、江田島《えたじま》におられる宮様が、おしのびで東京に向かっておられて、その列車が今夜、東京駅に到着予定なのです」

「宮様が？」

皇太子殿下の弟宮で、今年から広島《ひろしま》にある海軍兵学校に入学して官舎に入っていた。

「左様です。昨日、宮内省に申し入れた段階で、すでに列車は発車してしまっておりました。途中で降りていただくわけにもまいりませんので……。実は、川本天元の結社にはかなりの数の鉄道員がおります。今回はおしのびなのですが、実際に運行する鉄道関係には周知せざるを得ません。東京駅は皇族専用の駅舎と待合室がありますので、宮様の予定を知らされている者も多い可能性があります」

少佐の言葉に、武藤少将がぐぬぬと唸る。

「東京駅に何時に到着予定だ？」

「……東京駅は今夜七時過ぎの予定です」

「念のためだ。憲兵隊にも連絡の上、今夜、東京駅の皇室専用乗降口の警備を手厚くしろ」

「了解であります」

少佐が右手を額に当てて敬礼した時、電話が鳴り、受話器を取った下士官が少佐を呼んだ。

「清河少佐殿、お電話です。憲兵隊の、高橋雄作中尉殿だと」

「高橋中尉が？」

少佐が電話に近づき、受話器を受け取る。

「もしもし、清河だ」

『高橋中尉です。……史乃殿が、浅草で誘拐された可能性があるとです』

「なんだと？」

めったに動揺しない清河少佐が大声を出したため、室内にいた者が一斉に注目する。

「浅草？　なぜ浅草などに……」

そういえば、昼前に自宅から電話があったというが、少佐は山本軍曹の車で皇族の警備のことで宮内省に出かけて留守にしていた。その後、すぐに浅草に出かけたとすれば――

史乃には一人で出かけるなと言っていたが、外出自体は禁じていなかった。山本軍曹の車が使えないならばと、人力車を雇って出かけた可能性はある。

「わかった、一度自宅に戻る。高橋も家に来てくれ」

少佐は受話器を置くと、部内の将校に東京駅の警備について指示を出し、山本軍曹の車で自宅に戻った。

少佐の姿を見て、出迎えたおたかが微妙な表情をした。

「史乃さまと波瑠さまは、お久と一緒に、浅草にオペラを見に行かれました」

「オペラ……」

「はい。参謀本部にお電話したところ、山本軍曹殿が捕まらなかったので、お俥を雇って。……いけませんでしたか？」

心配そうに尋ねるおたかに、少佐が首を振る。

「いや、どのみち、あの繁華街では車を降りざるを得ない。だが、なぜ突然、オペラになど——」

およそ、その手の娯楽に走る女ではないはずで、その点、少佐にも油断があった。

「その……お久が申しますには、気にいらないことがあって家出したいと仰るので、それを止めるために浅草に連れて行くのだ、と」

「……家出……」

「まあちょっとばかり、腹に据えかねる思いがあったようですわ……」

おたかが言い、少佐を史乃の部屋に導く。ドアを開けて、少佐が絶句した。絨毯の上に一面、紙吹雪が散っていたからだ。

少佐が屈んで一枚を拾いあげれば、見覚えのあるあまり上手くない文字。——片桐良平から史乃に宛てた手紙——

大事に取っておいたらしいそれをビリビリにしていることに、少佐がゴクリと唾を飲み込んだ。

「何があったか存じませんけれど、相当に怒っていらっしゃいますよ？　それに――」

おたかが心配そうに少佐を見た。

「以前から思っておりましたが、わたくしが聞いておりました話と、史乃さまの認識は大きくズレているようですが……」

少佐が、軍帽を脱いで白手套を嵌めた手で顔を撫でる。

「戦地に参る以前から史乃さまとは夫婦であったけれど、先代様と大奥様に遠慮して籍は入れず、公にもしていない。だが波瑠さまは間違いなく旦那様のお子で、清河の家を継ぐ条件として、史乃さまと波瑠さまを清河家に迎える確約を取った、そう仰っていましたね？　それは間違いはなく？」

おたかに詰め寄られ、少佐は頷く。

「間違いはない。波瑠は俺に似ているだろう？　……史乃はそう、思っていないようだが。親父殿の許可も得ている。史乃との結婚が認められないならば、家は継がないと言い張った」

「では、なぜ史乃さまはあんなに旦那様に怯えていらっしゃるのです？　最初はまるで他人のように縮こまっていらっしゃって……本当に旦那様と以前から御夫婦でいらっしゃったのか、疑ったくらいです」

「それは、俺が以前、軍の機密の関係で別の名前を名乗っていたから、史乃が俺を疑っていたんだ。――たぶん、史乃が今怒っているのも、その件だ。信用できないと言われても仕方がない」

少佐はおたかに、部屋の紙吹雪を片付けるように言う。

「捨てないで、箱に入れておいてくれないか」

「……承知いたしました」

少佐が書斎に降りると、玄関に山本軍曹がいて、ちょうど高橋中尉がお久と波瑠を連れて来たところだと言う。お久が波瑠を抱いていて、おたかが慌てて波瑠を抱きとる。

「お久にはあとで事情を聞く。……高橋中尉は書斎に」

山本軍曹と三人で書斎に入り、少佐がソファを勧めるが、高橋中尉は首を振り、唾を飛ばさんばかりの勢いで言った。

「お、奥方が誘拐されたっちゅうに、少佐殿はどげんしてそんな落ち着いていられると！」

「慌てても事情が好転するわけではない。説明を」

山本軍曹が水差しからグラスに水を注ぎ、それを高橋中尉に差し出せば、一気に喉を鳴らして飲み干して、ふーっとため息をつく。少佐が尋ねる。

「史乃は今日、女中のお久に誘われ、波瑠を連れて浅草にオペラを見に出かけたと聞いた」

高橋中尉が頷く。

「お久ちゅう女中によると、以前からの知り合いの男にオペラの切符をもらったと。それで奥方を誘い、オペラを見て、劇場を出たら道化師が寄ってきて、子供を攫って行くから、奥方が追いかけよったと。……たまたま、自分は浅草を警戒中に、道化師が泣いちょる子供ば抱えとっとを見て、えらい奇妙なこつ思ったけん、声ばかけたとです。そん子供ば史乃殿の子によう似とる思って、道化師を問い詰めたばい。ばってん、男に頼まれたと言うけんくさ……」

「道化師……」

「人相風体から、道化師に頼んだ男と、お久に切符を渡した男は同一人物で間違いなか。——おそらく、史乃殿を瓢箪池の周囲におびき寄せて、拐《かどわか》すために仕組まれた罠たい！」

「つまり最初から史乃を攫うつもりで、お久に切符を用意した……」

少佐が呟けば、山本軍曹が眉を顰める。

「赤軍パルチザンでしょうか？」

「それ以外に考えられん。だが——」

少佐が顎に手を当て、それから高橋中尉を見た。

「お久に切符を渡し、道化師に波瑠の誘拐を頼んだ男は何者だ？」

「岩田行雄っちゅう、共産主義者《アカ》の作家ですたい。川本天元の結社にも参加しとる、筋金入りの無政府主義者《アナキスト》じゃ。『種まく人』だかいう、プロレタリア文学の雑誌に労働者の団結を訴える小説を乗せちょります」

中尉の話に、山本軍曹が尋ねる。

「まさか、お久も仲間……？」

しかし高橋中尉は眉を寄せ、首を傾げる。

「あんお女中は何も知らんように見えたですばい。ああいうチャラチャラした女は、むしろ資本家に擦り寄る方で、共産主義《アカ》に染まる性質《タチ》とは違うばってん」

「だが、何かの折に、お久が我が家に仕えていることが知れて、利用された……」

その時、玄関で電話のベルがけたたましく鳴った。誰か——おそらく執事の村木が受けたらしく、呼び出しベルは止まるが、様子がおかしい。少佐はハッとして立ち上がり、書斎を出る。山本軍曹と高橋中尉も顔を見合わせ、立ち上がって後をついていく。

電話の受話器を手に困惑した村木が少佐を見て言った。

「お電話です。岩田さまと名乗られました。ですが、なにやら様子が……」

少佐が受話器をひったくり、声をかける。

「もしもし？」

『もしもし、清河少佐ですね。……いえ、片桐先生？　僕のことは憶えていらっしゃいますか。以前、レーニンの本を貸していただいた岩田と申します』

「……貴様……」

『川本先生を釈放していただきたい。そうすれば、奥様をお返しします』

少佐が顔色を変え、呟く。

「川本天元を？　釈放？　やつは国家反逆罪で逮捕されている。釈放なんてありえない」

『なら、奥様の命は保証できない。……奥様を見殺しにするのですか？』

少佐が、ゴクリと唾を飲み込む。

「……テロリストと、取引はしない」

『……交渉決裂ですね。お気の毒な奥様は、あの露西亜女に引き渡します」

「ミハイロヴァが、そこにいるのか？　ミハイロヴァを出せ」

電話のやり取りを耳にした、高橋中尉と山本軍曹が互いに顔を見合わせる。

受話器の向こうで少し沈黙があり、女の露西亜語に変わった。

『やっぱり貴方、生きていたのね。……リョーヘイ。卑怯者』

「タチアナ・セルゲイエヴナ……」

『奥さんの命は、七時半までね。遅れたら木端みじんになるわ』

少佐が露西亜語で必死に尋ねる。

「待て、レーニンの命令書ならあれは――」

『そんなのはもう、要らないの。わたしはただ、奥さんの命が欲しい。それが、日本での革命の第一歩よ』

「やめろ！　史乃は関係ない！　七時半だと？　俺の命ならくれてやるが、場所がわからんでは行きようがない！」

『さあ、どこかしら。本当は皇太子《チェサレーヴィチ》を狙いたかったけど、しかたないからその弟で我慢するわ。じゃあね』

「待て、タチアナ・セルゲイエヴナ！　おい！」

少佐の呼びかけを無視して、一方的に電話は切れた。ガチャン、と怒りに任せて受話器を叩きつける少佐に、山本軍曹が尋ねる。

「なんと？」

「史乃の命は七時半までだと。……だが、場所が……」

「七時半……他には何か？」

山本軍曹の問いかけに、少佐が少しだけ虚空を見つめ、アッと思いつく。

「七時半、皇太子の弟で我慢する——宮様だ！　江田島から来る宮様を狙う気だ！」

「み、宮様？　な、な、なんちゅう大それたことを！」

高橋中尉が喚《わめ》くのを無視して、少佐がポケットから懐中時計を出して時刻を確かめる。

「今、午後六時半。——宮様のご到着が七時から七時半。その情報も掴んでいるということは、鉄道関係に内通者がいる！」

少佐が白手套を嵌めた手で口元を覆う。それが困った時の少佐の癖だと心得ている山本軍曹は、問いかける。

「テロルの手段はなんでありましょうか。時間が指定されたということは、時限爆弾の可能性は？」

「じ、時限爆弾！」

震えあがる高橋中尉に、少佐が言った。

「おそらく、そうだ。……木端みじんだと言っていた。だが、落ち着け。まだ、時間はある」

それから山本軍曹に指示を出す。

「東京駅で宮様を襲撃するなら、場所は特定しやすい。到着ホームか、皇族専用駅舎の周辺を重点的に捜索すれば……」

少佐は武藤少将の直通電話にダイヤルし、さきほどの電話について告げる。

『川本天元の釈放？　そんなもの、わしらの管轄外だし、憲兵隊が認めるわけなかろう？』

「その交渉は決裂しました。……だが、ミハイロヴァの狙いはわかりました。七時過ぎに東京駅到着予定の、宮様です。おそらく時限爆弾。制限時刻が七時半」

『……なんだと！』

「自分は、東京駅に向かいます。妻もそこにいる可能性が高い」

『……わかった。参謀本部の上層部にはわしから連絡しておく』

「鉄道省の末端公務員に、労働運動に関わっている者がいないか調査してください。今回の情報が洩《も》れている！」

少佐が受話器を置いて振り返ると、玄関ホールに波瑠を抱いたお久が立っていた。顔色は蒼白《そうはく》で、涙ぐんでいる。

「あの……申し訳ありません！　あたしが――」

少佐はお久の腕から波瑠を抱きとると、言った。

「済んだことは仕方がない。……お前は、奴らの仲間ではないのだな？」

お久はブンブンと首を振る。

「あたし、難しいことはわからないです！　まさかこんなことになるなんて……」

「……わかった。波瑠、パパはかあさまを迎えに行く。家で、お久やおたかといい子で待っていられるな？」

「かあたま戻ってくる？」

「ああ、大丈夫だ」

少佐は波瑠をお久に返し、帽子を被り直す。

「行ってくる。波瑠を頼んだ」

〔五〕

「ねえ、起きて」

若い女の声に揺り起こされ、史乃がハッと目を覚ます。

「う……」

嗅がされた薬の影響か、視界が歪み、頭がズキズキする。声を出そうとしたが、口の中に何かが押し込まれていて、喋ることができない。両手両足を縛られた上、狭い場所に身体を折り曲げるように押し込められている。窮屈で、身動きも取れない。

――ここは……波瑠は？

時折、ガタン、ガタンと揺れる動きから、車か何かに乗せられているのだと見当をつけた。

――どこかに、運ばれている。

真上から誰かが覗き込む。ふわりと、異国風の香水の匂いがした。

「ごきげんよう、嘘つきのリョーヘイの奥さん」

ランプの光に、女の金髪が煌めいた。

「んんんー！」

目の前にいるのがタチアナだと気づき、史乃は波瑠の無事を確かめたい一心で身を捩る。戒められた史乃の両手を、薄い革の手袋を嵌めたタチアナが取り、左手の薬指の指輪をそっと撫でる。

「……リョーヘイにもらったのね」

タチアナはしばらくその指輪を見つめ、そして言った。

「あの人は、あなたにはあげた。……わたしには、くれなかった愛を」

史乃はただ、じっと下からタチアナの白い顔を眺める。床に置かれたランプに照らされた彫りの深い顔。通った鼻筋に影が落ちる。

「わたしも貴族の娘だった。でも革命に身を投じたわ。……レーニンの教えこそが真実で最良のものと信じた。シベリアの大地で男たちと一緒に戦って。いろいろ嫌な目にも遭って、そんな時に、リョーヘイに会ったの」

タチアナはふと視線を逸らし、完璧に整った美しい横顔を史乃に見せて、遠くを見た。

「日本人だと知って驚いたわ。身なりがよくて、紳士で、美しくて、頭がよかった。革命の理想をとても理解していた。この人と一緒なら、レーニンの革命を実現できると思った」

タチアナの語る良平の像《イメージ》は、史乃の知る良平というより、清河少佐に似ている気がした。良平が――そして少佐が、西伯利亜でどんなふうに過ごしていたのか、それもまた、史乃はまるで知らない。タチアナが、憐《あわ》れむような視線を史乃に向ける。

「あの人はわたしに言った。君とは革命の同志で、よこしまな想いなどないって。わたし、バカだった。それでも、あの人はわたしを愛していると思い込んでいた。だから、日本の革命から始めようと思って日本に来た。……まさか、妻がいたなんて」

史乃はタチアナの独白を聞いて、良平と彼女が男女の仲ではなかったことに驚いた。

——あの人は、わたしとの約束を守ってくれた？

タチアナに何か声をかけようにも、史乃の口には猿轡《さるぐつわ》がかまされて封じられていた。なんとか自由になれないかと無駄な抵抗を試みる史乃を見下ろし、タチアナが口の端を僅かに上げる。

「むだよ。あなた、大事なシゴトある。……これを……」

タチアナが、数本の筒を束ね、時計のついた妙なものを史乃の前にかざす。たくさんの管がついて、いかにも不吉で禍々しかった。タチアナはそれを折り曲げられた史乃の腹と脚の間にぐい、と押し込み、たくさんの管を史乃の指に絡める。そうしてがんじがらめに史乃と奇妙な装置を結びつけてから、時計の針を七時半に合わせ、ピンを引き抜いた。

チクタクチクタク……時計の針が、不吉な時を刻み始める。

「大事に抱えていてね。……時間がくるまで。あなたに罪はないけど、あなたのことは許せない。あなたも、リョーヘイも」

タチアナは史乃の身体をぐっと押し込むようにすると、上から何かが降りて来て史乃の上に覆いかぶさってくる。

「！！！　んん——！　ん！」

真っ暗闇に閉ざされて史乃が騒ぐが、タチアナはそれを無視し、カチャリと鍵をかける音が響く。

「これでお別れ。さようなら《プロシシャーイ》！」

―＊―


十一月四日、午後六時半すぎ。

丸の内に聳えたつ赤煉瓦の東京駅。二階、三階部分は外国人向けの瀟洒なホテルになっていた。フロントに一組の男女の外国人客が降りて来る。背後には給仕《ボーイ》が、巨大なトランクを山積みにしたキャリーを押していた。

「ご出立でございますか、モンテーニュ伯爵」

英語で話かけたフロント係に、伯爵が横柄に言う。

「仏蘭西語のできる奴はおらんのか」

「失礼いたしました、少々お待ちを」

慌てて、フロント係が交代する。

「お伺いいたします」

仏蘭西語で話しかけられ、伯爵と呼ばれた男はフンッと鼻を鳴らす。その態度を、まだ若い金髪の美しい妻がそっと窘めた。

「あなた、外国でそんな態度はよくないわ」

「……そうだな、所詮、極東の島国だ」

「申し訳ございません。……ご出立でよろしゅうございますか？」

頭を下げるフロント係に対し、ベールのついた小さな帽子を被った妻が微笑む。

「ええ、これから七時半の列車で関西に向かって、神戸から亜米利加《アメリカ》行きの船に乗るのよ。その前に少しだけ京都を観光するつもり」

フロント係が出したチェックアウトの書類に夫がサインをし、旅券と小切手帳を取り出す。

リシャール・モンテーニュ。妻、エレナ・モンテーニュ。白耳義《ベルギー》の貴族だと旅券を確認する。

「お荷物はすべて、駅に送りまして積み込むよう手配いたします」

「お願いするわ」

いくつもの革のトランクが荷物用のエレベーターでホームへと降ろされる。その中には人一人が入れそうな大きさのものもあった。給仕はそれを顔見知りの駅員に託す。

「今夜七時半発の大阪行き、一等だよ。間違えないでくれよ？」

「ああ、わかってる。あの列車だ」

駅員が奥のホームに停まっている、黒々とした蒸気機関車を指さす。

「じゃ、頼んだ」

給仕が去ると、駅員は素早くトランクの数を数え、赤いスカーフが結んである、とりわけ巨大なトランクを見つける。耳を近づけ、チクタクチクタクという時計の音を確かめて、駅員はトランクを下ろす。

「物騒なものは先に運んじまおう……」

もう一人の駅員が、台車を押してきて手伝う。

「間違いないだろうな？」

「ああ、目印の赤い布と、時計の音もする。これを皇室専用待合室に運ぶんだ」

二人は台車を押して、普段は開かない皇室専用の豪華な通路を通る。途中、周囲を警戒中のカーキ色の軍服に声をかけられた。

「それは何だ？」

「あ、ああ……ええと、荷物です」

「これから宮様がご到着になるのに、見苦しいものを置いておくなよ？」

「ええ、ちょっと、通り抜けるだけです。この先に、持ってかなきゃいけないんで」

二人は誤魔化して通り抜け、軍服が去ったのを見届けると、二人でこそこそと相談する。

「どうする？」

「目立たなくて人が通るところに置いておく」

「あそこなんてどうだ？」

待合室の柱と観葉植物の隙間に巨大トランクを隠すように置くと、二人は急いで台車を押して戻って行った。

同じ頃、ホテルのフロントを陸軍将校が訪れ、身分証である軍隊手帳を示し、尋ねる。

「参謀本部のものだ。国防上の重大な理由により、宿泊客の名簿を見せてもらいたい」

将校の右肩にはいわゆる参謀飾緒が輝いており、フロントは否やもなく宿泊名簿を開く。横文字のサインが並ぶのをざっと一瞥しながら、少佐が尋ねた。

「外国人の、若い女は宿泊しているか?」

「若い女――さきほどチェックアウトなさった白耳義貴族のご夫婦の、奥様がまだ若い方でした。先月からご滞在で、この後関西に向かい、神戸から船で亜米利加に渡ると仰っていました」

「白耳義貴族……旅券等に不自然なところは? あるいは、露語をしゃべっているとか――」

「さあ、特には。旦那様の方は英語がお得意ではないようで、仏語しか受け付けてくださいませんでしたが……」

「今はどこにいる?」

清河少佐の問いに、フロント係が答える。

「今夜七時半の大阪行きにお乗りになる予定で、もう荷物もホームに下ろしております」

「七時半!」

少佐は背後に控える山本軍曹に顎をしゃくる。

「ありがとう」

二人は急ぎ足でホームへと向かった。


七時前、東京駅のあちこちにカーキ色の軍服が行き来する。ラッシュの時刻は過ぎたが、駅構内にはたくさんの旅客が足早に通りすぎ、荷物を運ぶ赤帽《ポーター》や弁当などの物売りの声もかしましい。

「見つかりませんね……まだ、ホームに降りていないのでしょうか。それにその貴族がミハイロヴァとセリョーギンとは限らないのでは……」

山本軍曹が心配そうに言うが、少佐は断言した。

「たぶん、間違いない。ミハイロヴァとセリョーギンだ。二人とも貴族の出で仏語が話せるし、署名の癖が似ていた」

「……灯台下暗しですね。こんな高級ホテルに潜伏していたとは……」

「宿泊はこの一月ほど。その前はどこにいたか知らんが、かなり金払いのいいパトロンを見つけたんだろう。──日本人の男は、金髪の美女に弱い」

少佐はまっすぐ前を見て足早に歩いていたが、ふと、ホーム中央の柱時計を見上げ、それから自分の懐中時計も確認する。

「あと三十分……」

少佐は胃の腑が灼《や》けるような焦燥感に眉根を寄せる。憲兵隊は川本天元の釈放を拒否した。──

ミハイロヴァが噛んでいる時点で、川本の釈放如何《いかん》にかかわらず、計画の変更はないだろう。この広い東京駅の、いったいどこに史乃と爆弾が隠されているのか。

もし見つからなかったら……最悪の想像が胸を掠める。その時、南口の改札をくぐってきた将校が声をかける。

「清河少佐殿！」

顔を向ければ、それは畠中健介中尉だった。

「……まだ、見つかりませんか？　義弟殿」

「生憎、まだだ」

「本当に誘拐されたのですか？　そして本当に東京駅に？」

健介が声を潜める。――彼は水戸から陸軍軍務局の古巣に異動になり、辞令を受け取りに行って今回の件を知り、東京駅に駆け付けたのだった。

「わからない。だが、他に当てが……」

言葉を濁す少佐に、健介が胡乱《うろん》な目を向ける。

「少佐殿らしくもない。……そもそも、なぜ、あいつが……」

健介の視線には、明確な非難が込められていた。

「ミハイロヴァと別れるのに失敗したのだとしたら、妹はとんだとばっちりだ。……やはり、貴様に嫁がせたのは間違いだった」

もはや、健介の口調からは上官への礼儀も抜け落ちているが、義兄弟でもあるために少佐は咎めず、ただ、ミハイロヴァとの疑いだけは晴らそうと声を荒らげる。

「ミハイロヴァと俺は何でもない！　本当に！　神仏に誓って！」

「だが、あの女は片桐の女房を誘拐する程度には、貴様に惚れていたんだろう。その気にさせたのは事実だ。無責任にもほどがある！」

「……そんなつもりはなかった。だいたい、あの女が日本に来るなんて……」

「お二人とも、今はそんなことを言っている場合ではないでしょう」

山本軍曹が間に入り、二人は気まずそうに互いから目を逸らす。

「七時過ぎの列車で江田島の宮様が東京駅に到着する。奴らの狙いはそれだと考えている」

少佐が言い、健介がホームを見回す。

「……ならば俺はそのホーム周辺を張る。だがそこに、史乃がどう、関わる？」

「俺に言われても！　……可能性の高いのは時限式の爆弾だ。七時半までに迎えに来なければ死ぬと……」

「後、三十分もないじゃないか！」

「わかっている！」

健介が少佐をギッと睨みつけた。

「上官でなければぶん殴ってるところだ！　万一、史乃が助からなかったら、ただじゃすまんぞ！」

声を低めてすごむ健介に、少佐が頷く。

「……史乃に万一のことがあれば、俺も生きてはいない」

しかし、その少佐の言葉に、健介はさらに顔を歪めた。

「だから貴様は無責任だと言うんだ！　貴様まで死んだら、波瑠はどうなる？　伯父貴の俺に押し付ける気か？　そもそも爆弾なら俺だって命の保証はないんだぞ？」

「……わかっている！　もう行け！　時間の無駄だ！」

健介が肩をいからせて奥のホームに向かう後ろ姿を見送り、少佐がため息をついた時。改札口の方から一人の兵士が駆け寄った。

「清河少佐殿……実は……」

告げられた言葉に、少佐はぎょっとする。

「なんだと？　どういうことだ？　なぜ、二の宮様がいらっしゃる！」

「はッ……弟宮様の出迎えということで……」

少佐は軍帽を脱いで叩きつけたいのをギリギリで堪える。

「宮内省には申し入れたのに！」

少佐が急ぎ足で皇室専用待合室に向かうと、ドアの外で侍従武官に止められた。

「待て、勝手に入ることはまかりならぬ」

少佐は相手が昨日、宮の外出を取りやめると約束した士官だと気づき、睨みつける。

「貴様、話が違うではないか！　三の宮様はすでに列車に乗っておられたゆえ致し方ない。だが、二の宮様まで迎えに来るなど！　きちんとご説明申し上げたのか？」

侍従武官も昨日のことは憶えているのだろう。気まずそうに眉を寄せる。

「余計に心配だと仰せになって、是が非でも参ると、お聞き入れいただけなかった」

「危険だから近寄るなと言うところに敢えて来るとは、諫言《かんげん》も聞きいれぬ阿呆《あほう》なのか？」

「不敬だぞ、清河！」

待合室の扉が開き、別の侍従官が出てきて声をかける。

「宮様が事情をお聞きになりたいと仰っている」

「そんな時間は――」

だが、説得の上、引き返してもらえるならばと思い直し、少佐は廊下に山本軍曹を待たせ、侍従官の先導で室内に足を踏み入れる。

分厚い絨毯が敷き詰められた豪華な洋間の、肘掛椅子に腰かけるのは陸軍士官学校の制服を着た、二十歳前の青年士官。今上の第二皇子であった。

「参謀本部第二部、露西亜班の清河誠吾少佐であります」

白手套を嵌めた手で敬礼すると、宮も一瞬、帽子を脱いで敬意を表する。

「すまない。どうしてもいたたまれなくて……弟は繊細な性質《タチ》で、江田島の寄宿舎に慣れず極秘で戻って来たんだ。こんなことになるとわかっていたら――」

「宮様の警護に、我々は命を懸ける覚悟でおります。しかし、宮様がお一人ならばまだしも、お二人をも、責任は負いきれません」

「士官学校の学生とはいえ、私も軍人の端くれだ。自分だけが安全な場所に下がっているなんて、軍人としても、また皇族としても本分に悖《もと》る」

正義感の強い、真摯でまっすぐな目で見つめられ、少佐は困惑する。

――気持ちはわかるが、現場にいたところで何かの役にたつわけでもあるまいし！

「事は一刻を争います。後日、必ず事情を説明に上がらせていただきますから、今は御所にお戻りください！　宮様をお守りするために、人質を救出すべき人員の手が割かれることになる」

「人質!?　誰かが人質に取られているというのか？　どこに？」

思わず身を乗り出す宮様に、少佐が言った。

「それを今、探していて、テロル犯の言った刻限が迫っているのです！　一刻も早く退避を！」

二の宮はさすがに怯《ひる》んで、お付きの者たちと顔を見合わせる。と、誰かがドアを激しくノックした。

「何事だ！」

山本軍曹がドアの外から言った。

「清河少佐殿！　南口より連絡がありました。首相が関西に向かう列車に乗るために、今、南口に到着したと」

予想外の事態に少佐が一瞬、ポカンと口を開ける。

「首相が？　どういうことなんだ！　それは取りやめたのではないのか？」

「わかりません。まずは理由を付けて駅長室に押し込めてあります！」

「どいつもこいつも！　バカなのか！　駅舎ごと吹っ飛んだらおしまいなんだぞ？」

　そのやり取りを聞いた宮が立ち上がる。

「……爆弾？」

　二の宮が呆然とした表情で少佐を見上げた。

「爆弾を、仕掛けたおそれがあるというのか？」

「確証がなく、また乗客の混乱を避けるため、周知することができません。過激派による赤色テロルの可能性を排除できない。爆発物の使用を仄《ほの》めかしていて、できる限り秘密裡《ひみつり》に処理したい。ですから宮様方には早々に駅舎から退避していただき——」

　宮が信じられないという表情で首を振った。

「三の宮が！　……まだ列車は着かないのか？　弟を置いていくなんて、できない！」

「三の宮様は全力で我々がお守りします。せめて二の宮様は退避を」

「そちは今、人質が取られていると言った。それは誰なんだ！」

「説明をしている時間が惜しいと申し上げている！　なぜ理解していただけないのです！」

　少佐が不敬覚悟で声を荒らげた時、重いものが倒れるような、ガタンと大きな音がして、皆がギクリとする。

「なんの音だ？」

侍従武官が数人、胸ポケットから拳銃を出しながら音のした方に駆け寄り、柱と観葉植物の陰の、不審な巨大なトランクを見つけた。

「なんだこれは？」

乱暴にどけようとする一人を、別の一人が止める。

「奇妙な音がしないか？　時計のような……」

チクタクチクタク……と時を刻む音を聞いて、その場の全員が凍り付く。

「ば……爆弾!?」

「宮様、今すぐ外に――」

「落ち着け！」

さすがに宮が一喝し、その隙に少佐がトランクに歩み寄り、片膝をついて耳を寄せ、時計の音を確認する。ただの爆弾なら、こんなに大きい必要性がない。直感的に人間が入れる大きさだと思い、ハッとする。

「誰か、中にいるのか？　……まさか、史乃？」

ガタリとトランクが揺れるが、大きな動きはない。トランクには鍵がかかっていて、蓋が開かない。少佐は唾を飲み込んだ。――この狭さの場所では、空気が足りない！

「廊下にいる山本軍曹を呼べ！　すぐに！」

退避することも忘れて呆然と見守っていた宮と侍従武官が我に返り、武官が弾かれるようにドアに向かい、山本軍曹を室内に呼び入れる。軍曹も事情を悟ったのか、無言でトランクに駆け寄り、脇に膝をついて耳を当てる。

「自分は、もともと工兵ですから、任せてください。それより、宮様がたの退避を」

山本軍曹は腰につけた革製の道具嚢《ぶくろ》から尖った針状のものを取り出し、鍵穴を探る。カチリと鍵が開いて、隙間を覗き込むようにして、蓋の周辺に導線がないか確認しながら慎重に開けた。

チクタクチクタクチクタクチクタク……

時を刻む音が大きく響く中で、トランクには猿轡を噛まされ、両手両足を拘束された女が横たわっていた。時限式の爆弾とおぼしきものを膝に抱えるように押し込められ、時計の針はあと数分まで迫っている。

「史乃！」

思わず抱き起こそうとする少佐を、軍曹が制する。

「待ってください。配管が絡まっている。うかつに動かすと、爆発の恐れがあります！」

軍曹が振り返り、立ち尽くす二の宮や侍従武官に宣言する。

「自分が処理をします！　危険ですので、部屋から退避してください！　今、すぐに！」

それを受け侍従武官が、宮を促す。

「そろそろ三の宮様の列車もご到着になります。ここは退避しましょう、宮」

だが、二の宮は、両足を床に縫い留められたかのように動けないでいる。少佐が史乃の猿轡を外し、導管に注意しながら頭の下に手を入れて少しだけ起こすと、空気が薄くて朦朧としていた史乃の、瞼《まぶた》がわずかに開く。

「史乃……しっかりしろ」

「……せ……せい……は……はる……」

「無理に喋るな……波瑠は無事だ。……誰か、水を！」

護衛の一人が卓上の水をグラスに注ぎ、少佐に手渡す。少佐が口移しで水を飲ませる光景に、宮が声にならない悲鳴を上げた。

「そ、そ、そ……その女性は……」

史乃の喉が動いて飲み込んだのを確認し、少佐が振り返る。

「これは自分の妻《さい》であります。……これから山本が爆発物を処理いたします。危険ですので早く退避を！」

「妻!?」

山本軍曹が少佐に小声で言う。

「少佐殿、宮様を退避させてください！　あとは、自分がやります」

「だが……」

ぐったりした史乃が目で頷き、少佐は史乃をもう一度トランクの中に寝かせ、その額に軽く口づける。

「わかった……頼んだぞ、山本」

「もともと、これが専門ですので」

山本軍曹が請け合い、少佐は立ち上がる。

「宮様、とにかくこの部屋から退避してください。宮様が移動するのを見越し、見張っている可能性もある。宮様を守りながら慎重に動くぞ！」

侍従武官たちに少佐が指示を出し、二の宮を促せば、しかし宮が少佐とトランクを交互に見て言う。

「奥方の側についていなくていいのか？」

少佐が振り返って宮をじっと見た。

「自分は軍人であります。軍人であります以上、家族を棄《す》てても宮様がたをお守りせねばならぬのです。……そのこと、宮様におかれましては、深くお心にお留め置きいただきますよう」

二の宮がハッとして、帽子を深く被り直す。

「すまなかった。……私が、浅慮であった」

少佐は頷き、宮を守るように警戒しながら待合室を出る。ちょうど、上りの特急が到着し、ホームから続く長い皇室専用通路を待合室に向かって来る集団に行き会う。ものものしいカーキ色の軍服に囲まれて、黒いインバネスコートを着た小柄な人物と、侍従らしき海軍士官が二人、困惑の表情を浮かべていた。三の宮を警護しているのは、高橋中尉率いる憲兵隊の部隊だった。

「三の宮！」

「兄上？」

通路の真ん中で思わず駆け寄る兄弟の再会に、周囲の緊張が一瞬緩む。宮を囲んでいた憲兵隊の隊列が崩れ、兄弟が近づいたその瞬間、プシュッと空気を切り裂く音がして、ほぼ同時に清河少佐が二人の宮を突き飛ばした。

「何事か⁉」

侍従武官がハッとするが、プシュッともう一度音がして、何かが宮二人の至近距離を掠めて、赤い絨毯に銃弾が食い込む。

「銃弾？　銃撃だ！」

少佐が叫んだ。

「消音器を使っている！　防げ！」

少佐が拳銃嚢《ホルスター》から愛用のブローニングを取り出し、侍従たちも銃を構える。ホームを跨《また》ぐための階段の踊り場に大柄な人物が潜んでいた。

「階段だ！」

少佐が狙う。ズガーン！　だが弾はわずかに外れる。——参謀ゆえに、射撃はそれほど得意ではない。階段の踊り場から、ツイードの上下を着た男が三発目を放つ。プシュッ。

憲兵隊を指揮し、三の宮を警護していた高橋中尉が軍刀を抜いて叫んだ。

「宮様に発砲するとは何たる不敬！　取り押さえろ！」

「はっ！　中尉殿に続け！」

　カーキ色の軍服の一団が階段に突進するが、男が、今度は憲兵隊に向けて銃を放つ。プシュッ！

先頭切って突っ込んでいった高橋中尉の帽子が飛んで、坊主頭が現れる。

「中尉殿！」

　慌てる部下に対し、高橋中尉が叫ぶ。

「首でなく帽子たい！　俺《おい》に構うことなか！　露助のテロリストば捕らえるっちゃ！」

　悪鬼のような表情で特攻を仕掛ける憲兵たちに恐れをなしたか、男の構えが緩んだのを、遠目に見澄ました少佐が愛用の拳銃を放った。ズガーン！

　だが、わずかに外れて男の中折れ帽を打ち抜き、男の赤い髪が露わになる。

『セリョーギン！　無駄だ！　降伏しろ！』

　少佐が露西亜語で叫べば、セリョーギンと呼ばれた男は赤い髪の間から緑色の目で少佐を睨みつけ、もう一発拳銃を撃った。プシュッ。

「こげな至近距離で外すとは、露助は射撃がへたっくそたい！　突っ込めぇ！」

　高橋中尉の挑発に、言葉はわからないがセリョーギンがムッとしたらしく、もう一発放つ。プシュッ！

『チッ！　地獄《クチョールト》に落ちろ！』

「露助め！　何ば言ーよかわからんたい！」

「中尉の仰ることもわからないであります！」

「こげん時にしゃっちが言わんでよか！　ばってん、今ので六発目たい！　奴の弾倉ば空になったと！　いけーー！　取り押さえるっちゃ！」

忠誠心が強く、命知らずの憲兵隊は中尉の命令を受け、捨て身で男——ドミトリー・セリョーギンに挑みかかる。

その時、別方向から皇子たちを狙い、消音器を付けない銃声が響いた。ズキューン！

「伏せろ！　宮様！」

二の宮の帽子を掠め、兄宮が弟宮を庇って覆いかぶさる。

「もう一人いるぞ！」

「女？」

柱の陰から二人の宮を狙ったのは、金色の髪に黒い帽子を被った女。ツイードの上着と脹脛までのスカートに、黒いハイヒール。拳銃を構えて引き金を引いた。ズキューン！　二発目は、三の宮の顔の側を掠め、護衛の侍従武官が悲鳴を上げた。

「宮様！」

少佐がすかさず狙うが、柱の陰に身を隠してグレーのスカートだけが翻る。銃声が立て続けに響き、侍従武官らは女を狙うが、銃弾はむなしく大理石の壁に穴を開けるだけだった。女は銃撃を柱の陰でやり過ごし、途絶えた一瞬でまた宮たちを狙う。

『革命の名において！　革命の敵をわたしは倒す！　偉大なるレーニンのために！』

露西亜語の叫びに、二の宮がハッと顔を上げ、その顔の脇を銃弾が掠め飛ぶ。ズキューン！

「兄上！」

「頭を低くして！」

「宮様を守れ！」

その時、銃声を耳にした他の一団がホームの方から駆けつけてくる。先頭にいるのは畠中健介中尉だった。

「女？　ミハイロヴァか？」

健介もコルトを抜き、構える。

『貴様、よくも俺の妹を！』

健介の流暢な露西亜語に、タチアナが思わず怯む。

『……あの女ならまだ――』

その隙を狙い、少佐が発砲して、タチアナの肩を撃ち抜いた。タチアナの拳銃が床に落ち、女は右肩を押さえて蹲る。即座に走り寄った健介がタチアナの拳銃を蹴り飛ばし、両手を後ろ手に拘束する。右肩が見る間に鮮血に染まっていく。

健介が露西亜語で尋ねる。

『貴様、妹はどこだ！』

その時、ホームの発車ベルが鳴り響く。——七時半発の列車が出るのだ。

途端にタチアナが甲高い声で笑い始めた。

『爆発するわ！　あの女もろとも！』

両膝をついて押さえつけられたタチアナを、駆け付けた少佐が見下ろした。

『爆発はしない』

少佐の返答に、タチアナが青い目で、まっすぐに少佐を見返す。

『……奥さんは見つけたの？』

『……ああ』

少佐がタチアナに向けて銃を構えると、タチアナは微笑んだ。

『あなたにわたしを殺させたりしないわ。リョーヘイ、愛しい人、さようなら』

ぐっと、奥歯を噛みしめ、タチアナの口の端から赤い血が溢れる。

「しまった！　奥歯に毒薬を——」

畠中中尉が焦るが、少佐はこれを予想していたのだろう。構えた拳銃を下ろして言った。

「どのみち、殺すつもりだった。手間が省けた」

と、階段の上から高橋中尉が叫んだ。

「捕まえたと！　露助の親玉たい！　逮捕したったい！」

「殺せ！」

少佐がにべもなく叫ぶ。

「外国人のテロリストに親王殿下が二人も狙われたなど、みっともないことが公表できると思うか？　こいつらはテロリストじゃなくて、ただの不逞外人だ。余計なことを証言する前に始末しろ」

それを背後で聞いていた、二人の宮が息を呑む。

少佐がタチアナの遺体の始末を命じ、踵を返して宮らのもとに向かい、言った。

「たまたま、皇室専用通路に忍び込み、銃を放った不逞外人を掃討いたしました。そういうことで、よろしいですね、宮も、武官どのも」

二の宮がゴクリと唾を飲み込み、言った。

「だが……それではそちらの働きが無になる。私たち兄弟を救ったのだからもっと……」

「宮様がたを命の危険にさらした。これ以上の失態はございません。この帝都で、皇族を狙った赤色テロルなど、断じて起きてはならないのです」

少佐のまっすぐな視線に、二の宮が気圧されたように頷く。

「……わかった。だが、このこと、東宮や今上にもご報告申し上げねばならぬ。近いうちに、私にも詳しい説明を頼む」

「承知いたしました」

少佐が深く頭を下げ、宮たちの退出を見送った。

皇室専用通路で銃撃戦が行われていた頃、山本軍曹は一人、時限爆弾の処理に没頭していた。

仕組みは単純だ。――ミハイロヴァもセリョーギンも、爆発物には詳しくない。おそらく、川本天元の配下の誰かが関わっているのだろう、日本製の部品が多かった。

チクタクチクタクチクタクチクタク……

間断なく刻み続ける時計の音を聞きながら、山本軍曹は慎重に管の行く末を辿る。

「この管は囮《ダミー》ですから切ります」

説明しながら管を排除し、ようやく、時計に繋がる管を外し、ホッと額の汗を拭う。

「――これで、ひとまず時限装置は外れました。後は爆弾を史乃殿から離して、その後に処理すればいい。もう、大丈夫です」

山本軍曹に言われ、史乃が不安そうに問いかける。

「……爆発は……」

「もうしません。安心してください」

軍曹は請け合うが、実のところ間違った管を切ると爆発する罠《トラップ》が仕掛けられている可能性もゼロではなかった。

「この爆弾を仕掛けたのは、誰ですか？」

「あの……露西亜の女の人です。……タチアナさん？」

「ならば、複雑な罠《トラップ》はついてないでしょう。彼女は爆弾に詳しくない。妙な罠を潜ませると、間違って爆発させてしまいかねない」

軍曹が安心させるように笑った。

「自分は、もともと工兵で、爆発物の処理を学んだんです。でも哈爾浜で少々騒ぎを起こして……」

「騒ぎ？」

「哈爾浜の料理屋の女に入れあげて、同じ部隊の者と喧嘩騒ぎを起こして怪我をして入院した時、たまたま、少佐殿が同室になったのです」

史乃の指や腕に複雑に絡みつけられた管を丁寧に外しながら、軍曹が言う。哈爾浜で料理屋と言えば、娼婦を置いている店のことだ。——生真面目が軍服を着たような軍曹にそんな過去がと、史乃は思わず目を剥いた。

「誠吾さまも、病院に？」

軍曹が頷く。本来なら、将校と上等兵の山本が同室になることはなかったが、たまたま病室が埋まっていたのと、刃傷《にんじょう》沙汰を起こした山本を隔離する必要性もあった。

「少佐殿はその……ひどい食あたりを起こしたそうです。食事が合わなかったらしく、げっそり痩せてしまって……その後体重が戻らないそうです」

史乃はパチパチと瞬きする。たしかに、史乃の知る片桐良平はもっと太っていて、頬もあんなにこけていなかった。

「女に騙されて捨て鉢になって、工兵の部隊にも居づらくなっていた自分を、当番兵（将校について雑用する兵）として拾ってくださった。それ以来ずっと、ついています。その自分が、断言します。少佐殿と、あの露西亜女は何でもありません」

まっすぐな目で言われて、史乃がゴクリと唾を飲み込む。

「……タチアナさんも、そんなことを言っていました」

「少佐殿は、料理屋にも一切、足を踏み入れなかったのです。他に娯楽もないし、付き合いもありますのに、すべて断っていた。……恥ずかしながら、自分は理解できなくて、理由をお尋ねしたんです。そうしたら――」

史乃の手首に絡んでいた導線を解き、爆弾を史乃の身体と膝の間から取り出しながら言った。

「少佐殿がおっしゃったんです。妻との約束を違《たが》えたくないと」

爆弾を床に置いて、山本軍曹が史乃を助け起こす。

「自分も、色恋に目が眩んだ経験があるから言えますが、少佐殿は心から史乃殿を大切にしていらっしゃいます。お節介かもしれませんが、どうしてもそれだけはお伝えしたくて」

山本軍曹にまっすぐな目で言われて、史乃はなんと答えていいかわからず、その目を見つめ返した。

その時、バタンと扉が開いて、少佐と健介が飛び込んできた。

「史乃！　……爆弾は……」

なんとなく見つめ合っている史乃と山本軍曹を見て、少佐が足を止める。

「……山本？」

山本軍曹がハッと我に返り、爆弾を示す。

「少佐殿！　時限装置は解除して導火線も切ってあります。とりあえず爆発は阻止しました。最終的な処理はここでは危険なので……」

「あ、ああ……ご苦労だった」

少佐が微妙な雰囲気に困惑する隙に、健介が妹に突進する。

「史乃！　無事だったか！　万一のことがあったら少佐殿と刺し違える覚悟だったが……」

「お兄様……！」

「立てるか、史乃、俺が支えて」

「義兄殿。妹だからといって、人の女房に軽々しく触れないでもらいたい」

少佐がぐいっと背後から健介の肩を押しのけると、健介が振り向いて睨みつける。

「まだ婚姻届も出していないうちから夫気取りか！　俺が反対したら結婚できないんだからな！今度という今度は貴様の嫁に出すのを考え直す！」

「お兄様！」

妹に咎められて健介が怯んだ隙に少佐が史乃の脇に腕を回し、立ち上がらせる。ずっと同じ体勢を取らされたせいで、ふらつく史乃を抱きかかえるようにしてトランクから出し、ホッとしたように史乃を抱きしめた。

「恐ろしい思いをさせてすまなかった」

「いえ……わたしこそ、足手まといになってご迷惑をおかけしました」

「そんなことは……」

俯く史乃を慰めるように、健介も言う。

「まあ、今回は宮様がたがご無事でよかった。……露人のパルチザンも確保できたしな」

史乃が気づいて顔を上げる。

「あの人は……」

だがその時、皇室専用待合室のドアを、誰かがけたたましく叩く。

「参謀本部の清河少佐はこちらにいらっしゃいますか？　南口の坂井《さかい》少尉から、至急の伝令であります！」

「ここだ！　そのまま話せ！」

「ハッ！　申し上げます！　さきほど、首相が何者かに刺され、重傷であります！」

「なんだと？」

室内にいた四人が顔を見合わせる。健介が呟いた。

「首相が、何者かに、刺された？　なんで首相が？　どういうことだ？」

少佐はしばし絶句していたが、ゴクリと唾を飲み込む。首相は平民宰相と言われる庶民派。プロレタリア革命を志向するミハイロヴァらが狙うはずはないと思っていた。

「首相はまだ、生きているのだな？」

「はい！　今、病院に運ばれ、犯人も確保いたしました。鉄道省職員だと名乗っております」

「鉄道省……」

少佐は腕に抱いていた史乃を無言で健介に託し、ドアの外の伝令に伝える。

「わかった。今、そちらに向かう」

少佐が史乃と健介に詫びた。

「畠中は史乃をうちに送って、ついでに史乃から事情を聞いておいてくれ。山本と俺はここに残る」

健介が頷き、軍人らしい敬礼をした。

「わかった……ではなく、了解いたしました。少佐殿！」

第五章　間諜の妻

【一】

翌朝の帝都、新聞は首相暗殺の報道一色だった。

ナイフで心臓を一突きされ、ほぼ即死だったという。犯人は国鉄大塚《おおつか》駅の転轍手《てんてつしゅ》。そのおかげか、露西亜の赤軍パルチザンによる宮様襲撃も、東京駅爆破計画も、すべて闇に葬られていた。

ただ、無政府主義者《アナキスト》・川本天元主宰の結社・天啓社が強制捜査を受け、大量の検挙者が出たという記事が新聞の片隅に載っていた。

「岩田行雄……オペラの切符くれたのは、この人ですよ！」

お久が記事を指さす。浅草のオペラをやめた岩田は、プロレタリア文学を志向しつつ、川本天元の結社に参加して世直しを志していた。

「……この人たちと、首相暗殺は関係ないの？」

「さあ……どうなんでしょうねえ……」

兄・畠中健介中尉が言うには、親王殿下が露西亜人のテロリストに襲撃されるなど国辱ものでもあり、西伯利亜からの撤退議論にも影響を与えかねないので、公にはされないだろうと。

『だから、お前もこのことは口外するな』

そう、念を押して帰っていった兄に、史乃は沈黙するしかない。

おそらく、少佐はその後始末に忙殺されているのだろう。

結局、少佐が清河邸に戻って来たのは、翌日の夕刻であった。丸二日眠っていない、という少佐は自室で仮眠を取り、史乃は波瑠に夕食を食べさせて寝かしつける。

「パパはもう、おねんね？」

「……誠吾さまはお仕事がお忙しくて、お疲れなの。明日、朝ごはんを一緒に食べましょう。だから波瑠も早くねんねね」

「ん。あすの、朝ごはん、パンケーキがいい！」

「おたかさんに頼んでおくわ。おやすみなさい」

いつもの子守り唄を歌って、波瑠がようやく眠りに落ちたのを確かめ、史乃がはばかりのために階下に降りると、おたかが土鍋を載せた盆を持って来るのに行き会う。

「ちょうど、よろしゅうございました。旦那様がお目覚めで、小腹が空いたと仰るので、鍋焼きうどんを。……史乃さま、よろしければ旦那様のお部屋にお持ちいただけませんか」

「ええ……わかりました。あ……あの」

盆を受け取りながら史乃がおたかに頼む。

「波瑠が……明日の朝食はパンケーキがいいと……」

おたかがにこやかに頷いた。

「承知いたしました。厨房に伝えておきます」

盆を捧げて廊下を進んで、史乃はノックをしてから少佐の部屋のドアを開けた。

部屋の肘掛椅子で煙草を吸っていた少佐が、史乃に気づいて慌てて灰皿でもみ消す。

「貴女が持って来てくれたのか。……波瑠はもう、寝たか」

「はい。そこでおたかさんに行き会いましたので」

史乃は丸テーブルに盆を置き、土鍋の蓋を開ける。湯気の立つ土鍋の中では、ネギと海老、椎茸、それからなるとがまだぐつぐつと煮えていた。

「ああ、美味そうだ。よく考えたら、昨日の昼飯以降、ロクなものを食っていなかった」

少佐が箸を取り、熱いうどんを美味そうに啜る。豪快に食べきってしまってから、ホッとしたように箸を置いた。

「……美味かった。……貴女は、その後、何か不調などはなかったか？」

「ええ……大丈夫です」

狭いトランク内に閉じ込められていたのだ。もし発見が遅れたら、爆発しなくても命に関わったかもしれない。

「頭を下にされることがなくてよかった。暗くて、恐ろしかっただろう……」

少佐の手が伸びて、史乃の左手を取り、薬指のダイアモンドに触れる。史乃が少しだけ微笑んだ。

「波瑠がどうしているか、そればかり考えていて、おかげで、自分のことは考えずに済みました」

「そうか……」

史乃がまっすぐに少佐を見た。

「あの人は――？」

「タチアナは、死んだ。自殺だ」

「……自殺……」

史乃は少しためらってから、少佐に尋ねる。

「あの人は、良平さんが好きだったと。――だから、わたしが許せないと言っていました」

「逆恨みだ。片桐とあの女は、男女の仲ではなかった。……片桐は、断ったんだ」

「ええ……そう言っていました」

俯く史乃に、少佐が問いかける。

「疑いは……晴れたか？」

「……約束は、守ってくれたんですね」

少佐は、俯く史乃を背後から抱きしめて耳元で囁いた。

「片桐には、それしか、守れるものがなかった……」

史乃はしばらく、抱きしめる手を上から握って考えていたが、不意に帯の間から折り畳んだ紙を取り出す。

「これ……」

署名済みの婚姻届だった。

「史乃……ありがとう」

「これから、よろしくお願いします。伯爵夫人なんて柄ではないのですけど」

俯く史乃から紙を受け取り、少佐はそれをテーブルの上に置いた。

「華族制度なんて、そう長くは続かんさ。もう、世界はそんな時代じゃない」

少佐は史乃の体の向きを変えて正面を向かせると、口づけを落とす。史乃は抵抗せずに、身を任せた。

「んん……」

熱い舌が捻じ込まれ、史乃の咥内を探る。舌を絡めとられ、唾液を吸い上げられて、史乃の頭がぼうっとなる。少佐が髪をまとめている笄を引き抜けば、黒髪がつるりと滑って背中に流れ落ちる。

このまま抱くつもりだという意図を理解した史乃が、慌てて少佐の胸を両手で押した。

「はっ……まっ……鍋を、片付けないと……」

「そんなものは明日でいい」

少佐の手が、寝間着にしている浴衣のしごきを解き、緩んだ合わせ目から侵入して素肌を這う。ずるりと肩から浴衣を滑り落として、素裸の史乃を抱き上げた。

「ものには食べ時ってものがある。違うか？」

耳元で熱い息とともに囁かれ、史乃は首元まで赤くなる。そうして寝台の上に運ばれて、仰向けに横たわると、少佐が真上から圧し掛かってくる。彼の端麗な顔を至近距離で見上げれば、少佐の喉元で喉ぼとけがゴクリと動くのが見えた。

「史乃、愛してる……」

「誠吾さま、明かりを……」

少佐が少し身体を起こして、史乃の姿を検分するようにじっと見下ろすので、史乃が恥ずかしさで身を捩る。白い豊かな胸の先端は緊張と期待ですでに赤く色づいて、尖っていた。胸のあちこちに、男がつけた痕が微かに残っている。子供を産んだと思えないほどほっそりとくびれ、なだらかな曲線を描く艶めかしい腰つきを長い指で辿り、少佐が欲を孕んだ瞳で言う。

「……綺麗だ。明るいところで見せてくれ」

「誠吾さま、恥ずかしい……」

少佐が史乃の胸に顔を寄せ、柔らかなあわいに頬を擦り付けて、深いため息を零す。

「俺のものだ。愛してる」

もう一度呟き、それから正面から見据えて言った。

「史乃、俺は軍人だ。家庭よりも、国や皇族や——任務を優先しなければならないことがある。昨日も、肝心の時に側にいられなかった」

史乃は少佐をまっすぐに見上げて言った。

「わかっています。……父も、そうでした。軍人の妻になるのなら、覚悟はしています」

「だから、改めて約束する。他の女には触れない。娼館や料理屋で、商売女を抱くこともない。遠い戦地にあっても、俺には貴女ひとりだ」

「誠吾さま……」

史乃が両腕で少佐の首筋に縋りつく。少佐は首筋に唇を這わせ、浮き出た鎖骨を辿り、双丘の柔肉を食む。大きな手で片方の乳房を揉み込みながら、先端の尖りを舌で転がすように愛撫されて、史乃は甘い疼《うず》きに思わず声を上げた。真っ白な胸には、真新しい赤い鬱血痕が花びらのようにいくつも散っていく。

「んっ……あっ……」

執拗に続く愛撫に、史乃が細い身体をよじり、首を振って快感に耐える。先端を口に含んで強く吸い上げられて、痛みと快感で思わず背中を反らす。少佐は胸を弄んでいた手を腹から臍《へそ》へと撫でおろして、脚の間に触れる。薄い恥毛をかき分け、すでに湿り気を帯びた秘裂を丁寧に撫でる。

「はっ……んんっ……」

ぐちゅ……微かに響く水音に史乃が恥ずかしさで目をつむる。少佐は舌で胸の尖りを舐め回しながら、指で花弁を割り、蜜口を探りあて、ゆっくりと指を挿入する。

「あっ……ああっん……」

「もう、濡れてる……」

すぐに指を二本に増やし、内部を探る。それだけでくぷりと蜜が溢れる。長い指が敏感な場所を引っかくように刺激する。溢れる蜜をまぶすように花芯に塗り込め、親指で強く押せば、史乃の背筋に電流のような快感が流れて、大きく身を捩った。

「ああっ……それ、だめっ……」

史乃の反応を受け止めて、少佐は史乃の脚を大きく開かせる。指で内部を掻きまわしながら、赤く膨れてきた秘芽に顔を寄せ、唇で吸った。

「ひ、ひあああっ、あっ、ああっああ……」

強烈な快感に史乃が悲鳴に近い嬌声を上げる。恥ずかしさに両手で口を塞ぐのを、下から見上げて少佐が笑った。

「無駄だ。……もっと声を聞かせてくれ。史乃……」

ぴちゃぴちゃ……甚振《いたぶ》るように舌が這いまわって、史乃は耐え切れず男の頭に両手で縋りつく。整髪料を付けない髪は短く、握りしめるには頼りない。

「はっ……ああっ、だめっ……ああっ……んんっ、んっ……あ――――っ、あああっ」

快感に耐えるために顔を左右に振るたびに、長い黒髪がバサバサと乱れ散る。執拗な舌技についに陥落し、史乃は白い身体を仰け反らせて絶頂した。全身を震わせ、荒い息を吐いている史乃の脚をさらに開かせ、少佐が自身の腰を近づけ、下帯から猛った屹立を取り出す。

「挿れていいか?」

「は……はぁっ……はいっ……でもっ……」

史乃が頷くや否や、ずぷりと熱いものが史乃の中に入ってくる。その熱量と質量に、史乃は思わず息を詰める。

「ふっ……んんっ……」

「きついな……史乃……ううっ……」

ずんと、一番奥まで一気に貫かれて、史乃の身体がずり上がりそうになり、とっさに男の紺絣の胸元を握りしめる。はだけた襟元から鍛えた胸が覗き、裾もめくれて筋肉の浮いた太ももも露わになっている。史乃が喘ぎながらねだった。

「誠吾さまも……脱いで……わたしだけ、こんなの……」

快感に潤んだ瞳で下から見上げれば、少佐が一瞬、目を見開き、形のよい唇の口角を僅かに上げる。

「ああ……脱ぐのを忘れた」

少佐が細帯を解き、すでにはだけていた紺絣を脱ぎ捨てた。無駄なく鍛え上げた肉体をさらして、少佐は史乃の上に覆いかぶさると、さらに腰を進める。硬い胸を史乃の柔らかな胸に密着させ、圧し潰す。その感覚を楽しむように少佐は腕をつき、体重がかからないように加減しながらゆるゆると腰を動かした。

「はっ……んっ……ああっ……誠吾、さま……」

史乃の細い腕が男の背中に回り、硬くゴツゴツした背中の感触を確かめるように撫でる。少佐は史乃の首筋に唇を這わせ、耳朶を口に含み、甘噛みする。耳穴に舌を捻じ込んでねっとりと舐めら

れて、脳が沸騰するような甘い刺激に耐えられず、史乃は軽く達してしまった。

「ああっ……それっ……だめっ……あああ……」

「もう達ったのか……ここ、相変わらず弱いな……く、中が、締まる……」

「あっ……ああっ……あっ、あっ……ああっ」

達しているのに責めは続き、史乃はもう、淫らな声を抑えることもできず、ただただ男に縋りついて快楽に耐える。男もまた、締め付けに耐えるように端麗な眉を歪め、奥歯を噛みしめて激情に耐えている。

打ち付ける腰の動きが次第に激しさを増し、寝台が軋《きし》む。大きな手が膝の裏を握り、胸につくほど体を折り曲げられ、真上から圧し掛かるように熱杭を打ち込まれて、いつ果てるともなく続く激しい情交に、史乃は木の葉のように翻弄される。

達するたびに、脳内で赤い、火花のような花が咲く。いつかの、あの庭を埋め尽くした曼殊沙華のような――。やがて、史乃の中で男の楔が弾け、熱い飛沫を迸《ほとばし》らせた。

「史乃……」

男の唇が史乃の唇を塞ぐ。流れ込む熱い奔流を受け入れながら思う。

――いつか死の国に旅立つその日まで、わたしにはこの人だけ――

【三】

命令の前では家族など塵芥《じんかい》に等しい——

清河誠吾は帝国軍人として、そして陸軍大学校出のエリート将校として、それを胸に刻みつけて生きて来た。

もともと庶子で、家族の縁は薄かった。上官の命令があれば、家族を棄てることもためらわないつもりだった。まして、偽りの妻など——

誠吾は語学力と明晰《めいせき》な頭脳を見込まれて、陸軍大学校に在学中から参謀次長田中少将の密命を受け、片桐良平の偽名と偽戸籍を用いて、諜報活動を行ってきた。

分厚い丸眼鏡と無精髭、軍人らしく短く刈り込んだ頭にはボサボサの鬘《かつら》を被った。着物の下に襦袢を重ね着して鍛えた体躯を隠し、甲高い早口で喋る自称新聞記者《ジャーナリスト》にしてルンペン文士。神田《かんだ》の古書店街を徘徊《はいかい》して留学生や無政府主義者《アナキスト》らに接触し、彼らの信頼を得て動向を探っていた。

浅草六区の興行街で、男に絡まれている女学生を助けたのは、大正三年の秋。

矢絣の着物に海老茶の袴、マガレイトという女学生に流行の髪型に、大きなリボン。袴のバンドに光る松葉の校章は名門女学校のもの。やや細面の顔は、最近流行の夢二の美人画を彷彿《ほうふつ》とさせる。垂れ気味の目じりに、よくよく見ないとわからないほどの、小さな泣きぼくろがあって、清純そうでありながら、ドキリとするほどの色香を感じた。

「まさか、一人で来たのか？」

「い、いえ……友人と、はぐれてしまって……」

涙目で半泣きになっている世慣れない女学生を放っておくこともできず、路面電車の停車場まで送ってやる。

「ここからは一人で帰れます。ありがとうございました」

丁寧に頭を下げて背を向けた彼女の、うなじの白さと折れそうな肩を見送って。――名前も知らないまま、それで終わりのはずだった。

田中少将から畠中健介中尉を紹介されたのは、それから間もなくのことだった。

士官学校卒業後、陸軍軍務局に配属された健介は、情報将校としては誠吾の直属の――そして秘密の――部下となる。なんとなく、その細面な顔と垂れ気味の目に既視感を覚えるものの、田中少将の指示の通り、片桐良平として本郷の畠中家の離れに下宿することになった。

健介の妹が、浅草で助けたあの女学生だった。あまりの偶然に誠吾は驚いたが、田中少将はさらなる無理難題を押し付けてくる。健介らの父は日露戦争の旅順で大きな損害を出し、田中少将はその尻拭いをした。その時の恩をたてに、健介に妹の戸籍を差し出すように要求したのだ。

片桐良平の戸籍は火事で死んだ大家族の末息子のものに偽造していたが、万一、大家族の誰かの知り合いに会うと足がついてしまう。史乃と結婚して戸主として新しい戸籍を開けば、その危険は減るし、陸軍軍人の妹が妻だというのは、身許照会の際に大きな安心感を与える。誰も実在しない男とは思うまい、と。

「今後、片桐には、国外に出て諜報活動をしてもらう。旅券からその正体を辿った時に、怪しまれんようにしたいんじゃ。いい考えじゃろ？」

誠吾は横目に健介を盗み見た。――さすがに、蒼白な表情で凍り付いている。そりゃあそうだ。実在しない男に妹を嫁がせるなんて――だが、健介はゴクリと唾を飲み込み、覚悟を決めたらしい。

「ご命令とあらば、妹の戸籍くらいはなんともありません。ただ――」

健介は、片桐が用済みになった暁には、史乃の将来のために相応の結婚相手を斡旋《あっせん》することを求め、田中少将も要求を呑んだ。

本郷の畠中家に、当主の健介が連れて来た下宿人は、いかにも怪しいルンペン文士だった。だが、妹の史乃は食事や掃除、繕い物などの世話も惜しまなかった。手拭いを姉《あね》さん被りにして、流行り歌を歌いながら廊下の雑巾がけをしたり、かいがいしく家事に勤《いそ》しんでいる。そして、彼女の作る飯はめっぽう、美味かった。

婚約の話が出た時も、史乃は一瞬、驚いたようだったが、「お兄様がおっしゃるなら」と拍子抜けするほどアッサリ頷いた。

人生の伴侶すら兄の言いなりに決めるのか？　君はそれでいいのか？　こんな得体の知れないルンペン文士に、本気で嫁ぐつもりなのか？

危うくそんな風に詰め寄ってしまうところだった。

だいたいが、片桐良平という男、誠吾自身で作り上げ、演じている人間だが、およそ女にモテそうもない。立襟シャツの上に絣の着物、木綿のよれよれの袴。清潔感のないボサボサ頭に丸眼鏡、無精ひげまで生やして、甲高い早口で喋る金もない怪しい男。

美しく嫋《たお》やかな史乃には、まったく釣り合わない男。

諜報活動のための、上官の命令によるかりそめの結婚に過ぎないのに、史乃は疑うことすら知らないようだった。

いかに軍の、そして国のためとはいえ、あまりに理不尽では――

誠吾の良心がシクシクと痛んだが、その時点で史乃に惹かれていた誠吾には、断ることができなかった。

婚約が決まったのは大正五年の三月だが、その四月、浅草の常磐座で『復活』の再演があると聞き、誠吾は切符を取った。劇中の『カチューシャの唄』が一世を風靡して、史乃も時々口ずさんでいたからだ。健介は微妙な表情だったが、この任務が終わるまでは、良好な関係を維持しなければ――そんな理由をこじつけ、初めて二人きりで浅草に出かけた。

トルストイ原作の『復活』は、露西亜貴族の男が女中を孕ませ、零落した女への償いのためにすべてを捨てたのに、結局、男は無様にも女に捨てられるという話だが、劇は身分差の恋に焦点を当てたメロドラマに改変されていた。

兄の言うままにルンペン文士と婚約するくらいだから、史乃は男女の色恋に興味などないのかと思っていたが、意外にもハンカチを握り締め、目に涙を溜めて真剣に見入っている。舞台上の真っ白に塗りたくった女優よりも、史乃の横顔の方が気になって、横目でそればかり見ていた誠吾の耳に、女優の細い、不安定な歌声が聞こえてくる。

カチューシャかわいや　わかれのつらさ
せめて淡雪　とけぬ間と
神に願いを　ララ　かけましょか

淡雪のように儚い二人の関係と、女優の細い歌声が相俟《あいま》って、その歌は誠吾の胸にやけに響いた。

何も知らない史乃の無邪気さ、従順さが、誠吾は哀《かな》しくて愛おしかった。

すべての嘘と欺瞞《ぎまん》を知った時、史乃はどう、思うのか――

大正五年の十二月、陸軍大学校卒業と同時に、参謀本部付き大尉に任官した誠吾は、片桐良平として史乃と祝言を挙げた。火事で家族を失い天涯孤独という設定の通り、招待客もない質素な式。健介は複雑な心境だろうが、今さら乗りかかった船であった。

史乃を愛していた誠吾には、妻になった史乃を抱かないという選択肢はない。かりそめの夫婦とわかっていても、誠吾は史乃が欲しかった。

名前も身分も嘘をつき、偽りの結婚生活で純潔を奪う罪悪感を免れたくて、その代わり誠吾は史乃に誓った。

――離れても、他の女には触れない。

意味のない誓いかもしれないが、恥じらうように微笑んだ史乃の表情を見て、誠吾はどんな理由であれ、史乃と結婚できる幸運に酔いしれた。

結婚生活と言っても、誠吾は片桐と陸軍大尉の二重生活であるし、任務は海外情勢の諜報だ。史乃への手紙の中に畠中中尉への暗号文を同封し、頻繁に便りを送るが、史乃のもとに戻るのは数か月に一度。戻れば史乃は変わらぬ笑顔で出迎え、料理の腕を振るってくれる。

片桐は幼少期の火事で身体に醜い火傷の痕がある、という設定をたてに、誠吾は史乃の前でも裸にならなかった。軍人の誠吾は、ルンペン文士にしては鍛えすぎているからだ。正面から抱き合うのも危険だった。何かの拍子に、鬘だと露見するかもしれない。同じ理由で接吻もできない。顔が近づきすぎる。そして、情事の最中まで甲高い作り声では喋れないから、必然的に、常に着物を着たままで、背後から無言で抱くことになる。男を知らない史乃は、そんな夫を怪しいとも思わないらしく、それはそれで不安になる。

誠吾は史乃を愛している。だが史乃は――？

史乃は、夫である片桐良平をどう思っているのか――？


大正六年三月、露西亜で革命が勃発し、ロマノフ王朝が倒れると、日本を含めた極東アジアの混迷はさらに加速した。この機に乗じて中国や朝鮮半島の抗日勢力が、共産勢力と結びつく可能性があった。無政府主義者《アナキスト》の川本天元に近づいて情報を収集していた誠吾だったが、検挙された天元の弟子たちから片桐良平の名前が出て、憲兵隊の高橋中尉に目をつけられてしまった。

「万一、逮捕でもされると厄介なことになる。国内での片桐の活動は終いじゃの」

陸軍大臣になっていた田中公の言葉に、誠吾は来るべき時が来たと覚悟する。

「つまりそれは――」

「大陸に行け。ちょうど、西伯利亜で諜報員が必要やけん、おまんは哈爾浜に行け。頃合いを見て、片桐は死んだことにするけん。よう、働いてくれた」

隣に控えていた、健介がたまらず口を挟む。

「しかし、それでは妹は――」

「妹のこつは、俺《おら》がなんとかするけん、安心せい。哈爾浜の機関は今すぐにも人手が欲しい言うとるけん、明日にでも発て」

「明日――」

このまま、何の説明もなく片桐良平は日本から消え、二度と史乃のもとには戻らない。田中公の部屋を出た直後の廊下で、健介が誠吾に言った。

「……妹を、まさか使い捨てするつもりですか？」

「そんなつもりはない」

健介は誠吾が史乃とは形ばかりの結婚を貫いて、純潔を守るのを期待していたのかもしれない。だが、結婚しているのに抱かない方がおかしいし、誠吾にそんな忍耐力はない。史乃によく似た目元をギラつかせて睨みつけてくる健介を見返し、誠吾は約束する。

「何とかする。けして悪いようにはしない」

「……片桐の死亡通知が来たら、あいつは他に嫁がせます。今度こそ、実在するまともな男に」

健介はそう言い切ると、誠吾に背を向けて廊下を歩き去った。

最後の夜、相変わらず片桐を信じ切ったようすの史乃を前にして、誠吾は激情を抑えることができなかった。

数か月か一年の後には史乃は夫の死亡通知を受け取り、未亡人になる。そして、従順な史乃のことだ。何一つ疑うことなく、兄の言うままに別の男に嫁ぐのだろう。

そう思うだけで、腸《はらわた》が灼けるように苦しかった。

〔三〕

大正六年の五月、大連から最後の手紙を送り、誠吾は健介との連絡を絶った。――例の憲兵中尉が、片桐良平と畠中健介中尉との関係に気づき始めていた。余計なことを探られないうちに、糸は断ち切らねばならない。

折しも、大連はアカシアの花盛りで、町中が真っ白に染まっていた。

日本を発ってからずっと、キリキリと痛む胃を抱えて、大連から南満州鉄道で哈爾浜に向かう。片桐良平ではなく、哈爾浜特務機関付きの清河誠吾大尉として任官するために。

赴任直後、哈爾浜で倒れる。史乃と別れざるを得なかった、精神的なものが大きく作用したらしいが、まさか口に出すわけにいかない。食事が摂れなくなり、ゲッソリ痩せ、頬もこけて別人のように面変わりした。事情を知らない軍医は外国の食事が合わなかったのだろうと、入院治療を余儀なくされる。この時、たまたま同室になったのが、工兵の山本上等兵だった。

将校と上等兵が同室になることは滅多《めった》にないのだが、山本は料理屋で同じ部隊の男と揉めて、刃物を振り回して暴れ、自殺を図ったのだという。周囲の者から引き離すためもあって、誠吾の部屋に入れられたのだ。

「何をしでかしたんだ」

寝台に寝転んだまま尋ねてみれば、山本は訥々《とつとつ》と語り始めた。料理屋の娼婦に入れあげ、給金のほとんどすべてを貢いでいたのに、同じ部隊の男と言い交わしていた。それを知ってカッとなって切りかかって、失恋の絶望で死のうと思ったが、しくじった――

「つまり、女に騙されたわけか」

「そうであります。面目次第もありません」

「……俺の失恋よりだいぶ、マシだぞ」

「大尉殿は、何をしでかしたんでありますか？」

「……任務のために女を騙して結婚して、任務が終わったので捨ててきたところだ。だが、本当はその女が好きだった。どうにもならなくて悩んでいたら、倒れた」

「自業自得じゃないですか」

「だから俺より、お前の方がマシだと言っている」

一途《いちず》すぎて刃傷沙汰を起こした山本という男、工兵だけあって手先が器用で機械に強く、爆弾の処理にも長《た》けている。元の部隊には戻りづらいというのもあり、上役に無理を言って当番兵とし、それ以後、誠吾の右腕となった。

特務機関は誠吾の語学力だけでなく、記者《ジャーナリスト》にして無政府主義者《アナキスト》の、片桐良平の人脈を必要としていた。すっかり痩せてしまった誠吾は、ルンペン文士の扮装《ふんそう》をやめる。西洋風の紳士然とした記者のなりで、革命後の政情不安が続く西伯利亜を飛び回り、極東地域の赤軍パルチザンの幹部であるタチアナ・セルゲイエヴナ・ミハイロヴァとの接触に成功した。

派遣軍の参謀を務めるタチアナは、貴族出のまだ若い女で、同じく幹部のドミトリー・セリョーギンに愛人扱いされていることに、内心、不満を抱いていた。誠吾は痩せて格段に見栄えのするようになった外貌を利用し、言葉巧みに近づいた。

――革命の成否は極東が握るだろう。西伯利亜の制圧なくしてはモスクワの革命も成らない。そして日本でも――

世界革命を説くレーニンの思想に共鳴したふりをして、彼女からレーニンの極秘命令書を手に入れる。

革命のために、極東地域での暴力的テロリズムを許容したもの。共産主義の理想実現のためなら、暴力も辞さないという彼らの考え方を、誠吾自身の心情としては認めることはできない。だが、遠からず西伯利亜地域も含め、革命派の赤軍が反革命派の白軍を駆逐していくだろう。彼らは革命の理想を言い立て、沿海州から対岸の樺太へ、そして北海道へとその腕を伸ばしてくるかもしれない。

誠吾は、日本での共産革命の蜂起を夢見る片桐良平という男を演じて、さらなる情報を引き出そうと、タチアナを煽った。

革命の理想に取り憑《つ》かれたタチアナは、レーニンの世界革命の成就という片桐の甘言に酔い、日本での革命蜂起に備えて日本語を学ぶ傾倒ぶりで、タチアナのそれは、いつしか同じ理想に燃える同志という立ち位置から、恋情へと育っていたらしい。タチアナは片桐に思いを告げたが、しかし、誠吾は任務のためであろうが、史乃との約束を破るつもりはなかった。

――そろそろ潮時だな。

タチアナの恋情が手に負えないと察知すると、大正九年（一九二〇年）三月、片桐はタチアナのもとを去る。ちょうど、パルチザンは黒竜江河口の港湾都市、尼港を包囲し、反革命軍とそれを支援する日本の守備隊と対峙《たいじ》していた。誠吾は尼港を離れて参謀本部付将校・清河誠吾に戻り、片桐良平の足跡はここで途絶える。

誠吾は片桐をどうやって始末するか考えあぐねていた。片桐の死を公表すれば、史乃は未亡人となり、兄の勧めるまま、他の男に嫁いでしまう。姑息《こそく》なのは重々承知の上で、自分が帰国するまで消息不明のまま引き延ばし、史乃の再婚を阻止したかった。

大正九年六月、雪解けを待ってようやく、日本軍の救援隊が尼港に入った。日本軍の動きを見たパルチザンは尼港から撤退する前に街に火を放ち、街は廃墟と化し、住民六千人が虐殺され、現地在住の邦人七百人以上が犠牲になった。日本の守備隊三百五十一名も全滅。日本軍が収監されていたとみられる牢獄《ろうごく》の壁には、「大正九年五月二十四日午后《ごご》十二時　忘ルナ」という遺書が刻まれていた。

誠吾もまた、哈爾浜特務機関の派遣した情報将校として、変わり果てた尼港の姿を目にして、愕然とする。虐殺の首謀者の中には、参謀のタチアナ・セルゲイエヴナ・ミハイロヴァの名があった。子供の遺体。酸鼻を極める死体の山。凍土の下から掘り起こされた、赤ん坊を抱いた日本人女性の遺体。——これが戦争だと理解していても、衝撃は大きかった。軍人でありながら、同胞を守れなかった。そしてタチアナらにとっては同胞のはずの、数千人に及ぶ露西亜人の惨殺死体。

彼らは共産革命の理想に燃えていたはずだ。その理想のもたらす残虐さに、震えが走る。

誠吾は、片桐の死に場所を尼港に定めた。死体の存在しないことを誤魔化せるということよりも、自分への戒めとして片桐の墓標は尼港に立てるべきだと考えたのだ。

——こんな悲劇を、絶対に日本で起こしてはならない。

俺は国を守る。国と、故郷と、そして家族——史乃を——


同じ頃に、日本から異母弟・桐吾の死が知らされる。隠居した父が、伯爵家の後継として誠吾を指名し、即時帰国と襲爵を願い出た。

だが尼港事件の後始末や、撤退に向けての調整などもあり、誠吾は西伯利亜を離れることなどできそうもない。もともと、家を継ぐ予定のなかった誠吾は、結婚相手を自由に選ばせるという条件を父に呑ませた上で、全面撤退に先駆けて大正十年六月に帰国した。

誠吾は何はさておいても畠中家の現状を確認し、そして愕然とする。

まず、大正八年の四月には、畠中健介中尉も水戸の第十四師団に配置換えになり、直後に西伯利亜に派遣されていた。

さらにまったく想像すらしていなかった、子供の存在。大正七年三月の生まれとすれば、ちょうど、片桐が東京を発った十か月後だ。

片桐としての連絡は、大陸に渡った直後に絶っていた。だから、健介は表向き知り合いではない清河誠吾に、史乃の妊娠を知らせるわけにもいかず、そのまま自身も西伯利亜に出征してしまう。

夫が行方不明で兄も出征したということは、史乃は一人で子供を抱え、育ててきたわけだ。

誠吾もうっかりしていたのだが、田中公は大雑把《おおざっぱ》で、その手の気配りに無頓着な人間だった。

——史乃の暮らしぶりを田中公に確認しなかった誠吾の失態である。

すぐにも飛んで行きたいが、本郷の家に顔を出すわけにいかない。誠吾が片桐だと知られたらまずい。

悶々《もんもん》として過ごす誠吾のもとに、さらに信じられない報せがもたらされる。

尼港の虐殺の首謀者の一人としてソヴィエト政府から指名手配されているタチアナとドミトリー・セリョーギンが、上海経由で日本に入国したというもの。

「いったいなんの目的で日本に……」

山本軍曹は首を傾げていたが、誠吾には覚えがある。——タチアナから手に入れた、レーニンの署名入りの極秘命令書。極東地域における、革命推進のための軍事作戦を、中央の許可なく行えるというお墨付きだ。それがあれば、タチアナらの尼港での凶行も正当化できる。

なにより、あの女は日本での赤色テロルを狙っていた。万一、片桐の妻の存在に気づけば、あの女が何をしでかすか——

矢も楯《たて》もたまらず、史乃を参謀本部に呼び出して片桐の死を告げ、赤軍パルチザンからの保護を理由に史乃を清河邸に連れ込むことにした。史乃が清河誠吾少佐と対面してどう思うのか、一種の賭けではあったが、哈爾浜で激痩せしたことが功を奏し、史乃は誠吾の正体にまったく気づかなかった。

四年と数か月ぶりに見る妻。目元の泣きぼくろも、思わず唇を寄せたくなるほど色っぽい白いうなじも、昔のままだった。棒縞の着物は結婚する前から持っていて、かなり着慣れて草臥れていた。暮らし向きの厳しさを思い、誠吾は眉を寄せてしまう。

覚悟していたのか、あるいは子を持つ母の勁《つよ》さなのか、史乃は夫の死を知らされても涙は零さなかった。儚いばかりだった以前とは違い、凛と姿勢を正してまっすぐに誠吾を見つめ、感情は読めない。母の袂を不安げに握り締める波瑠の顔立ちに、自身の容貌との共通点を見出し、何とも言い難い温かいものが胸にせりあがってくる。

——俺の、子供。俺の娘。そして、俺の、妻。
史乃が夫の不在を、どう過ごしたのか。片桐をどう思っているのか。
そして、目の前の自分を——

もしかしたら、史乃はもう、片桐のことなど愛していないのかもしれない。あるいは最初から、兄に言われて結婚しただけで、さしたる感情もなかったのかもしれない。
四年近く捨て置き、経済的にも厳しい暮らしを強いた誠吾に、愛を求める資格があるのか。史乃の真意を確かめたくて、彼女の部屋をノックしようとして、内側から聞こえる子守り歌に手を止める。

はるちゃん　かわいや　わかれのつらさ
せめて淡雪　とけぬ間と
神の願いを　ララ　かけましょか

その歌は、片桐と史乃が二人で観た、新劇『復活』の劇中歌。それを替え歌にして、史乃は波瑠に歌いかけ、帰らぬ夫を待ち続けていた。誠吾に向かい、「夫を愛している」と涙ながらに言い切った史乃。何の落ち度もなく、ただ、軍の思惑と誠吾の嘘に翻弄されただけの史乃を、わずかでも疑った自分を恥じた。

史乃は、片桐を愛している。目の前の誠吾ではなくて。でも、その片桐は要するに誠吾で——

頑《かたく》なに片桐への愛を貫こうと、誠吾を拒絶する史乃が、嬉しいと思うと同時にもどかしくてたまらない。こんなに近くにいて、なぜ気づかない？　仮にも夫婦だったのに——

〔四〕

淡い灯影の下、史乃の白い身体が浮かび上がる。

突き上げるたびに揺れる、豊かな胸。滑らかな腹と折れそうな腰つき。小さな臍。

脚を大きく開かされ、誠吾の欲を受け取める秘密の場所。

――誠吾しか知らない、誠吾だけの場所で、史乃の熱い襞が誠吾の肉楔に絡みつき、搾り取るように蠢いている。

「ふっ……んんっ……んっ………」

淫らな声を漏らすまいと口元に自身の甲を当て、必死に声を堪えている。その表情を見下ろして、誠吾は感慨深く思う。――以前は、こんな風に顔を見ながら抱くことはできなかった。

「史乃……声を堪えるな」

その手を取り、指を絡めるように顔の横に縫い留めれば、史乃が汗ばんだ額に貼りついた黒髪の隙間から、潤んだ目で恨めしそうに見上げる。

「でもっ……あっ……ああっ……」

同時に、ぐりぐりと最奥にねじ込んでやれば史乃が快楽に眉を寄せ、白い喉をさらして喘いだ。

褥の上に乱れた黒髪が命あるもののようにうねる。さっきから史乃の内壁がひくついて、誠吾をさらに奥へ奥へと導くように締め付け、誠吾もまた、端麗な眉を寄せ、奥歯を噛みしめた。

「そろそろ、達くか？」

「んん……まっ……ああっ……」

史乃がいやいやと言う風に首を振り、黒髪がさらに飛び散る。だが少し前までの、達するのを恐れるような雰囲気はない。――かなり強引に関係を再開してから、史乃は誠吾に抱かれる時、悦《よろこ》びを感じまいとしていた。少なくとも誠吾にはそう、見えた。夫以外の男に抱かれていると、罪悪感を抱いていたのだろう。快楽に抗おうとする史乃の様子も、誠吾に仄暗い悦びをもたらしたけれど、別に彼女を苦しめたいわけではなかった。

そんな時、前々から鬱陶しいと思っていた憲兵中尉に、史乃が料理を振る舞ったと聞いて頭に血が上った。史乃という女はもしや、あの手の醜男《ぶおとこ》が好みなのか。苛立ちのままに乱暴に抱いて、怒りに任せてほんの少しだけ仄めかしてやれば、史乃はすぐに誠吾の正体を理解した。

翌朝、片桐からの手紙をすべて破り棄てるくらいの葛藤があったようだが、史乃からは誠吾に何も聞いてこない。詰られ、罵られても甘んじて受けるつもりだったが、史乃の性格的に、誠吾から話さなければ何も聞かないのだろう。そんな奥ゆかしさも史乃の損なところだと思う。

だが、誠吾が片桐だと知って、史乃の精神はようやく安定を得て、のびやかに快楽を享受できるなら、仄めかしたのは悪くはなかった。

「ふっ……んっ……んあっ……あっ……」

両手の指を絡め、褥に縫い留めるように押し付けて、ずくずくと奥を突き上げれば、史乃が必死に顔を振って快感に耐えている。結合部からの水音と寝台の軋む音が響き、誠吾自身の息遣いと史乃の堪えきれない喘ぎ声が混じり合う。きつい締め付けに射精感を煽られて、誠吾は奥歯を噛みしめて天井を仰いだ。突き出た喉ぼとけがゴクリと動き、額から流れ落ちた汗が顎に蟠る。

「ううっ……史乃……もう……」

誠吾は上体を起こし、さらに腰を突き上げ、両手で豊かな胸を鷲掴みにした。節くれだった指の間でそれは自在に形を変え、色づいた乳首に誠吾は唇を寄せる。口に含んできつく吸い上げれば、史乃が悲鳴のような声を上げ、白い身体を弓なりに反らした。

「ひあっ……ああっ……それ、だめっ……」

反応に気をよくして舌で圧し潰すように舐め転がし、軽く甘噛みする。誠吾を締め付けている史乃の内壁が搾り取るように大きくうねった。誠吾が耐えられず唇を離す。

「史乃、それは、反則だッ……締めすぎッ……くっ……」

「あっ、あっ…あぁっ……だめっ……誠吾さま、ああっ……きちゃうっ……あっ…あ――――っ」

「史乃ッ……うぅっ……」

絶頂する史乃の内部で誠吾の楔も一気に弾け、熱い精を吐き出す。そのまますべてを出し切って、誠吾は史乃に覆いかぶさり、抱きしめた。

「史乃ッ……ううッ……」

「史乃……俺の……」

史乃もまた荒い息を吐きながら、誠吾の汗ばんだ肩に腕を回し、ギュッと抱きついてくる。

「誠吾さま……」

まだ息の整わない史乃に口づけて、誠吾が深く貪る。唖内を這いまわる舌に、史乃も応えるように舌を絡ませる。

それからはただ、お互い無言で口づけを深め、肌を寄せ合って過ごす。——これ以上、近づくことはできないというほどに。


腕の中で、史乃が身じろぎする。まだ、夜明けまでは間がある時間。

「史乃？　……起きたのか」

「すみません、波瑠が気になるのでそろそろ……」

腕の中をすり抜けて起き上がると、さきほど誠吾が引き剥がした綿の寝間着を探す。誠吾も起き上がり、枕元の明かりの下で煙草を手にし、吸いつけてマッチで火を点ける。煙を吐き出してから、浴衣に袖を通している史乃の後ろ姿に、言った。

「そうだ、大使館付きの武官として、欧州への派遣が決まりそうだ」

「……欧州……？」

「たぶん、芬蘭土《フィンランド》か、伯林《ベルリン》あたり……」

史乃が振り返る。

「……長くなるのですか？」

「三年はかたい。あちらは夫婦同伴が基本だ。ついてきてくれるな？」

しごき帯を結びながら、史乃が困惑げな表情をしている。

「外国暮らしだなんて、想像もしたことが……」

「同じ人間だ。たいした違いはない。……俺はどうも西洋料理を食いすぎると腹を壊す性質《タチ》なんだ。哈爾浜の露西亜料理屋でひどい目にあった。向こうで史乃の飯が食えないと、たぶん、また痩せて、今度こそ死ぬかもしれん」

史乃がしばらく考えて、諦めたようにため息をつく。

「言葉が不安です。教師《せんせい》をつけていただけます？」

「ああ、手配しよう」

誠吾は煙草の灰を落としながら言い、それから史乃を抱き寄せて口づける。煙草の匂いに、史乃が咽たらしい。

「……洋装も買いに行かないとな」

「そんな贅沢な」

「向こうでは物乞いも洋装しているんだぞ。贅沢とか言ってられるか」

「それはそうですね」

クスッと史乃が笑うので、誠吾は史乃の左手を取り、薬指の指輪にも口づけを落とした。

エピローグ

十一月の十五日。

波瑠の髪置きの祝いを済ませ、一家は予約しておいた写真館で家族写真を撮る。

中央の椅子に、上京してきた誠吾の父——先々代伯爵の清河直昌《なおまさ》——が紋付羽織袴姿で座り、横に鞠の模様の振袖に、白綸子の被布を重ねた波瑠。おかっぱには赤い花の髪飾りをつけ、神妙に立っている。その隣に濃色の金紗縮緬にモダンな薔薇の裾模様、長羽織を重ねた史乃。反対側に、カーキ色の軍服の右胸に参謀飾緒と天保銭が光る誠吾が立つ。帽子は脱いで左手に持ち、貴族出の青年将校らしく足元は短袴に膝下までのグシャ長である。

「まったく。図々《ずうずう》しく家族写真に写り込んで……」

史乃と波瑠と三人だけで撮りたかった誠吾がぶつぶつと文句を言えば、ご隠居が反論する。

「うるさい。冥途の土産じゃ。それより早く跡継ぎを頼んだぞ」

「史乃に負担をかけないでください！　いっそ、こんな家、潰してしまえばよかった」

「誠吾さま、写真師が困っています」

言い争いの絶えない夫と義父を窘め、史乃はちょっとだけため息をつく。

写真師は、遠く亜米利加は紐育《ニューヨーク》で最新の写真技術を学んだとの触れ込みで、中央で分けて撫でつけた黒髪に、ピンとたった口ひげ、これ見よがしな大きな蝶ネクタイに、小洒落たベスト姿。大きなストロボを掲げ、一行に声をかける。

「はい、じゃあこちらを見てくださいね。はい！　一、二、三！」

ガシャッ！　シュボッ！

すさまじい閃光。周囲が白い光に包まれ、眼が眩んでしまった。


大正十一年（一九二二年）三月の五日、横浜港を出港する扶桑郵船《ふそうゆうせん》の三島丸《みしままる》は、一月半かけて英国倫敦《ロンドン》に到着、その後、さらに乗り換えて瑞典《スウェーデン》に向かい、大使館附陸軍武官として赴任する予定になっている。

初めての外国旅行。馴れない洋装に身を包み、史乃は船に乗っただけで緊張して青い顔をしている。ツイードの上下に白いレースのボウのついたブラウス、編み上げブーツ。頭には、被る意味があるのかと聞きたくなる、ちょこんと小さなトーク帽。顔の半分を隠すチュールのレースが視界を遮って邪魔だし、タイトスカートは歩きにくいし、こんな服を着て毎日過ごすなんて……と早くも憂鬱になっている。

一方の波瑠は、赤いウールのコートの下はヨーク切り替えのふわりとした、クリーム色の膝丈のワンピース。コンビのブーツを履いて、普段の着物よりも軽くて動きやすく、何もかもが目新しくて好奇心一杯だ。黒い瞳を輝かせ、船中の目につくものすべて興味津々で、駆け出そうとしては、そのたびに誠吾に首根っこを掴まれる。

「落ち着け。せめて出航まで大人しくしていろ」

誠吾に叱られ、波瑠は小さな唇を尖らせた。

「波瑠さま、史乃さま、こっち、港がよく見えます！　まあ、あんなに見送りの人が！　あれ、おたかさんですよ！　おたかさーん！」

史乃付きの女中として、ちゃっかり海外駐在へついて行く切符を手にしたお久は、えいやっと、甲板から別れのテープを投げる。

「史乃、体調は大丈夫か？　無理はするなよ？」

誠吾が史乃の耳元で聞けば、史乃は微笑んだ。

「それはぜんぜん……」

「船医には伝えてある。もし、気分が悪くなったら――」

「今のところは大丈夫です。もう、安定期に入っていますし。無理はしませんから安心してください」

欧州赴任を前に、二人目の妊娠が発覚した。まだ、お腹《なか》は全然目立たないが、異国で出産・子育てを迎えることになる史乃を、誠吾はかなり気にしていた。赴任予定地は芬蘭土。露西亜帝国から独立したばかりの新興国で、日本は亜細亜《アジア》で初めての外交関係を樹立した国となる。当面、公使館は開設されず、在瑞典公使が兼任するが、誠吾は公使館開設の下準備の名目で、駐在武官として露西亜との緊迫した情勢について、諜報活動を行うよう命令を受けていた。

史乃が甲板の手すりから靡く色とりどりのテープと、見送りの人々を見下ろして言った。

「もう、出航だわ。……あ、お兄様！　来てくださったのね！」

港ではおたかとお勝がハンカチを手に見送り、隣には兄の健介もいて、軍帽を振っている。

見送りの群衆を見回していたお久が、あっと声を上げた。

「あ、見てあそこ！　あれ、憲兵中尉じゃありません？」

その声に、お久の背後から山本軍曹も覗き込んで言った。

「本当だ、高橋中尉だ！　……わざわざ横浜まで……暇なのか？」

誠吾がギリッと奥歯を噛みしめる。

「あの男……満州あたりに飛ばしてやればよかった……」

史乃が不思議そうに言う。

「ええ？　わざわざご親切に見送りに来てくださったの？　……中尉ー！」

無邪気に史乃がハンカチを振ると、一瞬怯んだらしい高橋中尉が坊主頭をさらして、おずおずと軍帽を振った。

「もしかして、高橋中尉、本気で史乃さまのこと……？」

「だから少佐殿は、無理矢理、駐在武官になって、史乃殿を外国に連れて行くんだ……」

ヒソヒソと言い合うお久と山本軍曹を誠吾がギロリと睨みつけ、山本軍曹が慌てて姿勢を正す。

その時、出航を告げる汽笛が轟《とどろ》いた。

ブオオオオオオ！

紙吹雪が舞い、船はゆっくりと港を離れていく。一生懸命、右手を振る史乃の、左手からするりとテープが抜ける。

青い波がキラキラと煌めき、遠ざかる陸地はすべての未来を祝福するように輝いて見えた。

指輪の光る史乃の手を、誠吾の白手套を嵌めた手がそっと握りしめ、二人は顔を見合わせて微笑んだ。

憧れの欧州航路

〔紙書籍限定ショートストーリー〕

三月の初旬に横浜《よこはま》を出航した三島丸《みしままる》は、約四十日の航海の後に、倫敦《ロンドン》に到着する予定である。国内最後の寄港地である門司《もじ》港を発《た》って、上海《シャンハイ》、香港《ホンコン》と南下し、新嘉坡《シンガポール》を経てマラッカ海峡を通過する。古倫母《コロンボ》へ向かう印度《インド》洋は、赤道直下でかなりの暑さであった。史乃《ふみの》は船上ではもっぱら、夏物の着物を着て過ごした。

日本から欧州へ向かう乗客は、国から派遣される外交官の一家や、商社員とその家族が多い。子供たちは一等船客専用の児童室で、スチュワーデスと呼ばれる育児員が預かってくれる。食事も子供用の時間が設定されているので、大人だけで豪華な食事や社交を楽しんだり、停泊地では観光もできた。狭い船内で過ごすため、船会社も客が退屈しないように工夫を凝らし、すき焼きパーティーやゲーム大会などの催しも頻繁に開かれた。必然的に船客同士の交流も盛んになり、史乃は外交官や駐在員の妻から欧州暮らしのあれこれを、独逸《ドイツ》留学に向かう大学教授から簡単な独逸語を教わることができた。

一方、情報将校としての誠吾《せいご》の仕事は、早くも船内から始まっているのだろう。毎日、外交官や商社員、報道関係者と喫煙室で交流を深め、情報収集にぬかりない。――というわけで、昼間は案外とバラバラに過ごす清河《きよかわ》一家であった。

波瑠《はる》にも早速、友達ができた。一流商社の巴里《パリ》支店長の息子、関口《せきぐち》家の双子の兄弟である。先に巴里に駐在している父親を追いかけ、雪江《ゆきえ》夫人が四歳の双子と生後六か月の赤子を連れて海を渡るのだ。子の年齢が近いこともあり、史乃と雪江夫人はすぐに親しくなった。

「あなたの旦那様はとても素敵ね。羨ましいわ」

甲板上を駆けまわる子供たちを目で追いながら、関口夫人に小声で囁《ささや》かれて、史乃はぎょっとする。

「そ、そうでしょうか……」

「だってすごい美男子だわ。しかもエリート将校だなんて。軍人さんなんて憧れちゃう」

雪江夫人は江戸から続く商家の出で、親の言いなりに一回りも年上の夫に嫁いだのだと言う。

「史乃さんはどんなご縁で結婚なさったの？　やっぱりお見合い？」

「ええっと、兄の伝手《つて》で……」

兄の言うままにルンペン文士と結婚したら、実は将校でした……なんて話はできないので、史乃は曖昧に言葉を濁す。

「昨年まで西伯利亜《シベリア》に出征しておりましたのよ。生きて帰ってきたのが奇跡みたいなもので。お国のためにいつ死ぬかわからないのが軍人ですから……」

「それもそうねぇ……」

噂《うわさ》好きの雪江夫人が「あ」、と言って、史乃の袂《たもと》を引いた。

「絵描きの広瀬《ひろせ》さんよ。船内で女と見れば口説きまわっているんですって」

見れば、デッキチェアに座った男が、さっきからスケッチブックを広げて何やら手を動かしている。気障《きざ》な口ひげを蓄え、ボウタイに派手なベスト、長めにした髪にはパナマ帽を被《かぶ》っている。

芸術の都巴里で絵の修業をするという話だが、とにかく軽薄な男だ。清河家の女中のお久《ひさ》も、モデルにならないかと誘われたと言っていた。

ヒソヒソと声を潜めて言い合っていると、関口家の女中がやって来て夫人に囁いた。

「あら、ごめんなさい、下の子が起きちゃったみたい。ちょっと失礼しますわ」

雪江夫人が席を外し、一人になった史乃は所在なく、残っている紅茶をカップに注ぐ。すっかり冷めたそれを飲んでぼんやりと甲板の向こうに広がる青い海を眺めていると、不意に影が差して頭の上から男の声がかかる。

「失礼、マダム。お茶をご一緒しても？」

馴《な》れ馴れしく話しかけてきたのは、噂の軽薄絵描きであった。史乃が戸惑って返事もできないうちに、男はさっさと史乃の隣のデッキチェアに腰を下ろし、手を上げて給仕にお茶のお替わりを頼む。

「さっき、僕の悪口を言ってましたね」

図星を突かれて史乃がうっと息を呑《の》む。

「い、いえ、そんなことは……」

「僕がいろんな女性に声をかけているのは、モデルを探しているからです」

「はあ……」

「画家はやはり本物を目で見て描かないと。だからモデルは大事なんです」

史乃が困惑して、さりげなく目だけで周囲を見回す。……夫以外の男性と二人でお茶を飲むなんて、誰かに咎《とが》められるのではと、気が気でない。やがて給仕がお茶を運んできて、広瀬は自分のカップと史乃のカップとに紅茶に注ぎ、「どうぞ」とにこやかに言った。

「お砂糖を使いますか？」

「いえ、自分で……」

だが広瀬は史乃のカップにも角砂糖を二つ入れ、銀のスプーンでかき回す。

「モデルは、女なら誰でもいいってわけじゃあない。僕は恋をしないといい絵が描けない性質《タチ》でしてね。僕にとって、色恋は芸術の肥やしなんです」

「は、はあ……」

広瀬ははっきりした顔立ちに、こってり甘い笑顔を貼り付け、史乃に笑いかける。

史乃がどう返答したものかと迷ううちに、広瀬は史乃の方に身を乗り出し、声を潜めるようにして言った。

「僕は、あなたみたいな女性がタイプなんです。……いかにも貞潔そうで。そういう女性を堕《お》としてみたくなる。仏蘭西《フランス》に、『危険な関係』っていう恋愛小説がありましてね。プレイボーイが貞淑な未亡人を誘惑する話なんですが——」

「あの、困ります。そういう、不道徳なのは……」

それ以上近寄って欲しくなくて、史乃が身を引いて言えば、広瀬はさも面白そうに笑った。

「道徳！　それこそ芸術の敵だ！　そう思いませんか？」

「いえ、その……」

「史乃？」

背後から低く耳慣れた声に呼びかけられ、史乃は驚くと同時にホッとして振り向いた。ちょうど喫煙室から屋外デッキに上がってきた夫・清河誠吾が、画家に絡まれている妻に気づいて、足早にやってくる。軍服ではなく、コロニアル風のベージュのスーツ姿はいかにも貴族然としていて、きちんと撫《な》でつけて固めた髪も艶があり、長い脚で颯爽《さっそう》と距離を詰めてきた。

「失礼？　妻が、何か？」

赤道直下の熱気を凍らせるほどの低く冴《さ》え冴《ざ》えとした声に、広瀬は慌てて居住まいを正し、史乃と距離を取る。

「いえ、たいしたことはありません。画家の芸術的興味から、奥様にモデルになっていただけないかと――」

「貴様、女と言えば誰かれ構わずモデルに誘っていると聞いたが。まさか人妻にまで？」

ぎろりと睨みつけられて、広瀬が肩を竦《すく》める。

「そんな、裸婦のモデルにってわけじゃありません。ごく普通の、健全な絵ですよ。美人画というか……そうですね、竹久夢二《たけひさゆめじ》やモジリアニのような……」

「断る」

史乃の真後ろに立ち、その華奢《きゃしゃ》な両肩を守るように手を置いて、誠吾がピシリと言う。

「貴方。わたしもお断りするつもりでしたから……」

あからさまに険悪なムードを醸し出す男二人に、史乃が下から見上げるように言えば、誠吾が端麗な眉を顰《ひそ》め、頷《うなず》いてから改めて広瀬に言った。

「今後一切、妻に話しかけないでくれたまえ。不快だ」

「大げさですね。嫉妬深い男は嫌われますよ」

「貴様に嫌われるなら本望だな。この惰弱者が！　国の恥だ！」

「貴方！」

このまま画家に殴りかかりかねない夫を何とか宥《なだ》めて、史乃は誠吾を画家から引き離した。


「まったく馴れ馴れしい男だ！　なにが画家だ！　俺や多くの兵士が極寒の西伯利亜で塗炭の苦しみに喘《あえ》いでいた時に、あいつは内地でぬくぬくと、チャラチャラしてくだらぬ女の絵を描いていたと思うと、吐き気がするな！　俺たちはあんな男のために戦争に行ったわけじゃない！」

まだブツブツ言っている誠吾を船室まで引っ張っていき、二人きりになってホッと息をつく。

「モデルなんて、当然、お断りするつもりですし、あの人もなんとなく声をかけただけでしょう。いい加減、機嫌を直してくださいな」

妻に窘《たしな》められ、誠吾は憮然《ぶぜん》とした表情で唇をへの字に曲げた。

「なんであんな奴を庇《かば》う」

「庇っていません。あのままだと貴方、あの人に殴りかかりそうでしたから」

「あの惰弱者、一発二発張り倒して……」

「ダメです！　大事なお役目で欧州に向かう途中で、女房に話かけられたくらいで将校が乱闘なんて。それこそお国の恥でしょう？」

史乃に正論を吐かれて、誠吾がむうと唸る。

「あいつだけじゃない。どうもこの船の中は浮ついた男どもが多くて気に食わん。こんなクソ暑い中ですき焼きを食わされたり、くだらぬ催しばかり開かれて、だから船旅はいやなんだ」

当時、日本から欧州へ赴任する際には、洋風の生活習慣やマナーに慣れるため、陸軍の規定として往路は海路と定められていた。そもそも、誠吾はそれが不快だったらしい。

「そうはおっしゃっても、鉄道経由はまだ、露国の情勢が不安だから使えないのでしょう？」

「……それは、そうなんだが」

「いったい、どうしてそんなイライラしていらっしゃるのです」

史乃が尋ねれば、誠吾は少しばかりためらうように視線を逸《そ》らし、唇を噛《か》んだ。

「その……欧州の情勢を聞き込もうと、喫煙室で一等書記官やら大学教授やら、新聞記者やらのくだらぬ話に付き合っているんだが……そこで……」

誠吾はややこけた頬をいかにも不快げに歪めた。

「結局、どの女が一番色っぽいかだの、その手の下世話な話題になって……」

誠吾は露西亜《ロシア》語に堪能な露国通ではあるが、西欧の事情には疎い。それで、同乗の男たちから現在の情勢を聞くために、とくに面白くもない世間話に付き合っていたのだが、そのうちに船の女性客の中で、どれが一番の上玉かと男たちは品定めを始めたらしい。

「あのバカども、自分の面体は棚に上げて、やれどの女の色が白いだの、腰つきが色っぽいだの、本当にくだらなくてバカバカしいことをあーでもない、こーでもない……」

ギリィと歯ぎしりが聞こえそうなほど奥歯を噛みしめる様子に、史乃は目を瞬かせる。喫煙室は男性客の社交場で、女たちは足を踏み入れないのだが、そんなバカバカしい下世話な話題で盛り上がっていたとは。女性関係には堅くて真面目な誠吾には、我慢がならないのかもしれないが、そこまで怒らなくても——。

だが、誠吾の怒りはさらにヒートアップする。

「しかもだ！　一番人気は貴女《あなた》だったんだ！　他人の女房を捕まえて、うなじが色っぽいだの、目元のホクロがいいだの勝手なことを……！」

「えええ？」

まさか自分が登場すると思わない史乃は仰天して目を見開けば、誠吾はその頬に手を当てて、そっと、史乃の泣きボクロを撫でる。

「下世話な想像の対象に貴女がなっているのが勘弁できず、途中で席を立って出て来てみれば、貴女はあの、軽薄な絵描き野郎に捕まっているし——」

誠吾は史乃の華奢な腰を抱き寄せ、唇の際に口づける。

「こんな狭い船の中で、貴女を他の野郎どもの視線にさらすなんて我慢ならない……」

「せ、誠吾さ、ま……」

史乃の制止も聞かず、唇が塞がれ、舌が捻じ込まれる。内部をまさぐられて口蓋の裏を舐め上げられ、史乃の背筋をゾクゾクした感覚がせりあがり、呼吸が荒くなる。

「んっ……んんっ……」

誠吾の片手が史乃の腰を抱き寄せ、舌を絡め合って貪られる。腰を抱き上げるようにしてベッドに運ばれ、押し倒される。

「だめ、まだ、こんな時間に……！」

明るい時間から寝室に籠もるなんて……と抵抗する史乃を真上から見下ろし、誠吾が情欲に掠れた声で言う。

「ここのところ、波瑠が起きるからと言って、抱かせてくれない。手短に終えるから……」

史乃が妊娠している上に、船室は寝台が二つで、史乃と波瑠とで一つを使っている。――つまり、出航してから半月以上、夫婦の営みはなかった。辛抱強い誠吾の、我慢も限界なのだろう。

史乃が微かに頷けば、誠吾の右手が絽《ろ》の着物の裾を捲り上げ、赤い蹴だしをはだけ、太ももに手を這わせる。指で秘裂をそっと辿り、同時に史乃の肩口に唇を寄せ、耳朶《じだ》を甘噛みされて、史乃はゾクゾクした感覚に思わず身もだえる。

「はっ……」

「史乃……」

至近距離から、誠吾に熱い視線で見下ろされて、史乃は脳が炙られるような疼《うず》きと、下腹部から湧き起こる官能の予感にすでに酔い心地で、両腕を誠吾の首筋に回して抱き着いた。

「誠吾さま……」

誠吾がもどかし気にネクタイを緩め、シャツの一番上のボタンを外す。それから麻の上着を脱ぎ捨てるのを見て、史乃が言った。

「だめ……皺になっちゃう……」

「大丈夫だ、なるべく早く終わらせる」

誠吾は言い捨てると史乃の唇をもう一度奪い、唾液を吸い上げるように貪る。指を性急に動かして花弁を分け入れれば、秘所はそれに反応して湿った水音を立て始める。

「すまない、我慢、できない……」

誠吾は慌ただしくズボンの前を寛《くつろ》げると熱い昂《たかぶ》りを取り出して、史乃の秘所に宛がい、ゆっくりと中に埋めていく。

「あ……」

久しぶりの圧迫感に、史乃がギュッと目をつぶる。誠吾が荒い息を吐いて、史乃の身体を抱きしめる。

「すまない、史乃……く……」

ゆっくり最後まで押し切って、二人の腰と腰が密着し、誠吾の突き出た喉ぼとけがゴクリと動いた。

「史乃……俺の、……俺のものだ……」

「んんっ……」

ほとんど前戯もなく挿入されたが、やがて史乃の身体が慣れた男を受け入れ始める。

誠吾が史乃の脇の下に手を入れて抱き起こすようにして、膝に乗せるように体勢を変える。自重でさらに奥まで受け入れて、史乃が切なげなため息を漏らす。

「忙《せわ》しなくて、すまない……でも……女が完全にいないなら我慢できるが、貴女が側にいるのに抱けないのは辛くて……」

「誠吾、さま……」

正面から抱き合うように向かい合って、史乃は誠吾の整った顔が快楽を堪《こら》えるように歪むのを見、そのこけた頬に掌《てのひら》を滑らす。

「ごめんなさい……我慢、させてしまって……」

「いや、それは、俺が……」

誠吾は肺腑《はいふ》の底から絞り出すような深いため息をつくと、腰を緩く突き上げながら史乃の肩口に顔を埋《うず》め、抱きしめる両腕に力を籠める。薄明るく、蒸し暑くて狭い船室で抱き合い、身体をぴったりと寄せ合い、一つになる感覚に史乃は身も心も溶けていきそうになる。

「史乃……離れたくない。でも、もう、保《も》ちそうにない……」

「ン……誠吾さま、好き……」

史乃の告白に、史乃の中に埋め込まれた誠吾の楔《くさび》がぐっと膨らみ、その刺激に史乃の脳内がチカチカした。

「史乃ッ……」

「あっ……誠吾、さまッ……あぁっ」

誠吾の突き上げが激しくなり、そのまま熱い滾《たぎ》りが史乃の中に吐き出されて、史乃はその刺激に絶頂して身を震わせた。


薄暗い寝台の上で、行為の後の気だるさのまま、史乃は眠ってしまったらしい。気づいて誠吾の胸から顔を上げると、肘枕していた誠吾と目が合う。

「あ……わたしったら……」

「いや、疲れさせてしまった、俺が悪い」

すでに陽は翳って周囲は黄昏《たそがれ》色に染まっている。こんなにも長く船室に籠もってしまって怪しまれるのではと青ざめ、慌てて乱れた衣紋《えもん》を整えていると、誠吾があっさりと言った。

「さっき山本《やまもと》が来たから、妊娠中で疲れが溜まっているから休ませ、俺が付き添う、と言っておいた」

「でも波瑠は……」

「育児室に行って、お久もいるから心配ない」

誠吾がじっと史乃を見つめて言った。

「お腹、少し目立ってきたか？　欧州の方が産科の医学も進んでいて安心だと思ったけれど、船旅のことまで考えが及ばなかった。無理に日本から連れ出すべきじゃなかったかもしれない」

心配そうな誠吾に、史乃は微笑んだ。

「関口さんを見ていると、産んだ後に一人で子供を連れて海を越える方が大変ですもの。貴方と一緒に居られる方がいい」

「波瑠の時に側にいられなかったから、今度はどうしても近くにいたかった……」

誠吾は筋張った大きな手で、史乃のまだほとんど膨らまない腹を着物の上からそっと撫でる。史乃が誠吾に顔を寄せて接吻すると、誠吾の手がうなじに回され、口づけが深められる。角度を変えながら互いに貪り合っていると、史乃の乱れた黒髪がバサリと誠吾の顔に落ちかかる。それも気にせずに誠吾は史乃の腰に腕を回し、ぐっと抱き寄せる。

その時、ドアがノックされて、史乃がびっくりして身を起こす。

「旦那様、奥様！　起きていらっしゃいますか？　そろそろ波瑠さまのお食事の時間なのでお支度を！」

空気を読まないお久の声がドア越しに聞こえて、誠吾がチッと舌打ちし、ポケットから金時計を取り出して時刻を確認した。
「ああ、ちょっと待て。今、鍵を開ける」
誠吾がベッドから滑り降り、身なりを整えながらドアの方に歩いて行く。——二人だけの時間は終わった。船旅はまだまだ続く。

船は古倫母を経由し、見渡す限りの大海原を横切ってアラビア半島のアデンへ、そして紅海を通り、スエズ運河に入る。船が運河を抜ける間、乗客はポートサイードの港で下船し、埃及《エジプト》を観光するのが常であった。かの名高い金字塔《ピラミッド》が見られると、史乃も珍しく洋装に身を包んで船を降りた。砂漠に聳《そび》える小山のような金字塔を背景に、駱駝《ラクダ》の背に乗り、波瑠はご機嫌で写真に納まった。

ちなみに——広瀬清三《せいぞう》画伯は巴里の画壇で名を成し、日本を代表する洋画家の一人となる。が、後々まで誠吾は「あの惰弱者が！」と悪態をつき、史乃に「いつまでも恨みがましい」とあきれられた。

あとがき

はじめまして。無憂《むゆう》と申します。

この度は『大正曼殊沙華《たいしょうまんじゅしゃげ》～未亡人は参謀将校の愛檻《あいかん》に囚《とら》われる』をお手に取っていただき、誠にありがとうございます。こちらは筆者の初めての商業書き下ろし書籍となります。

私はムーンライトノベルズで百八十万字超の、恐ろしく長い小説を書いたりしておりましたが、商業出版にはあまり縁がなく……。「ルフナ」さんより書き下ろしのお話をいただき、私は悟りました。……今までの作品は、商業としては致命的に長すぎたんですね……。

「少しくらいクズなヒーローでも大丈夫です」と担当編集さんに言われ、気が大きくなった私は、「なんか流行《はや》ってるから」、という安直な理由で大正時代を舞台に選択しました。当時の言葉遣いや風俗を知る一助にと読んだ菊池寛《きくちかん》『真珠夫人』（大正九年）の葬儀のシーンで、親族女性の喪服が普通に白いことに気づいたのです。もちろん白い喪服の存在は知っていましたが、大正の後半でもまだ、白い喪服がスタンダードだとは思いもよりませんでした。

その時、夫に死なれた白喪服の未亡人と、カーキ色の軍服に白手袋の陸軍将校、という場面がぱっと浮かんで、――あ、これめっちゃエロいやつ！　白×カーキには、差し色として赤が欲しい。できれば真っ赤な彼岸花――と、こうして冒頭のシーンが出来上がったわけです。

日本軍陸軍将校ヒーローということで、私には珍しいタイプのヒーローとなりました。ロシア革命、シベリア出兵等の当時の史実を配した結果、当初に提出したプロットと全然違う展開になってしまいましたが、担当編集さんには広い心で受け止めていただき、感謝の言葉もありません。そのほか、出版に関わったすべての皆様に、感謝の意を捧げたいと思います。

表紙、挿絵は鈴ノ助(すずのすけ)先生です。少佐は凛々しくかっこよく、史乃(ふみの)は可憐(かれん)で嫋(たお)やかに、波瑠(はる)はとにかく愛らしく、イメージ通りのイラストは感涙ものでした。ありがとうございます！

最後になりましたが、担当編集さんも含め、今までの私の長すぎる作品を読んできてくださった読者の皆様がいなければ、この本は生まれていませんでした。本当にありがとうございます。そして、この本を手に取ってくださった方にも、改めて最大限の感謝を。またどこかでお会いできれば幸いです。

令和五年盛夏

無憂

Ruhuna

お買い上げいただきありがとうございます。
作品へのご意見・ご感想は右下のQRコードよりお送りくださいませ。
ファンレターにつきましては以下までお願いいたします。

〒162-0822
東京都新宿区下宮比町2-26 KDX飯田橋ビル 5階
株式会社MUGENUP ルフナ編集部 気付
「無憂先生」／「鈴ノ助先生」

大正曼殊沙華
～未亡人は参謀将校の愛檻に囚われる

2023年9月29日　第1刷発行

著者：無憂

イラスト：鈴ノ助

発行人　伊藤勝悟
発行所　株式会社MUGENUP
〒162-0822 東京都新宿区下宮比町2-26 KDX飯田橋ビル 5階
TEL：03-6265-0808（代表）　FAX：050-3488-9054
発売所　株式会社星雲社（共同出版社・流通責任出版社）
〒112-0005 東京都文京区水道1-3-30
TEL：03-3868-3275　FAX：03-3868-6588
印刷所　株式会社暁印刷

カバーデザイン：カナイデザイン室
本文・フォーマットデザイン：株式会社RUHIA

Printed in Japan
ISBN 978-4-434-32519-9 C0093